Lotte Römer
Zitronenduft und zarte Küsse

Das Buch

Kim hat sich so sehr auf diesen Tag gefreut! Endlich würde ihr Chef ihre Beziehung offiziell machen. Doch stattdessen verkündet er bei der großen Präsentation, dass seine Frau schwanger ist. Enttäuscht flüchtet Kim in ein kleines Hotel am Gardasee, das von der warmherzigen Antonella betrieben wird.

Im *Casa Felicità* entdeckt Kim sich ganz neu – und sie lernt Luca kennen, den Surflehrer mit den besonderen Augen, der ihr schon bald nicht mehr aus dem Kopf geht. Doch da taucht Dirk mit seiner Frau im Hotel auf ...

Die Autorin

Lotte Römer, Baujahr 1979, lebt mit zwei Kindern und einem Auto namens »Wanderdüne« im südlichen Bayern. Hier versucht sie, Familie und Schreiben unter einen Hut zu bringen und dem täglichen Chaos Paroli zu bieten. Und manchmal klappt das sogar. Dann entstehen Bücher und Geschichten.

Lotte Römer
Zitronenduft
und zarte Küsse

Roman

 Montlake

Deutsche Erstveröffentlichung bei
Montlake, Amazon Media EU S.à r.l.
38, avenue John F. Kennedy, L-1855 Luxembourg
September 2020
Copyright © der deutschsprachigen Ausgabe 2020
By Lotte Römer

Umschlaggestaltung: bürosüd⁰ München, www.buerosued.de
Umschlagmotiv: © Evgeny Karandaev/Shutterstock;
© artem evdokimov/Shutterstock; © Muzhik/Shutterstock;
© SOMMAI/Shutterstock; © AtlasStudio/Shutterstock;
Lektorat und Korrektorat: VLG Verlag & Agentur, Haar bei München,
www.vlg.de
Gedruckt durch:
Amazon Distribution GmbH, Amazonstraße 1, 04347 Leipzig /
Canon Deutschland Business Services GmbH, Ferdinand-Jühlke-Straße 7,
99095 Erfurt /
CPI books GmbH, Birkstraße 10, 25917 Leck

ISBN 978-2-49670-440-2

www.montlake.de

PROLOG

Antonella begutachtete den Cappuccino in ihrer Tasse. Sie liebte Kaffee und konnte nie Nein zu diesem mit cremigem Milchschaum gekrönten Kaffeegetränk sagen. Um die Pasta für das Abendessen würde sie sich nachher kümmern, das eilte noch nicht.

Sie schnupperte an dem Cappuccino. Das vertraute Aroma war jedes Mal wieder ein sinnlicher Genuss. Die charakteristischen leicht karamelligen Röstaromen, dazu die frische, fruchtige Note der Arabica-Bohnen, die im *Casa Felicità*, wie Antonellas Hotel hieß, ausschließlich verwendet wurden.

Ein in den Schaum gezeichnetes Herz vollendete den Kaffee und machte ihn zu einem regelrechten kleinen Kunstwerk. Ein Espresso, dazu hundertfünfundzwanzig Milliliter Milch, genau richtig aufgeschäumt: so musste Cappuccino sein. Das war Antonella wichtig. Die bauchigen Tassen, in denen der Cappuccino serviert wurde, gehörten ebenfalls zu ihrem Wohlfühlkonzept. Die allerdings befüllte sie nur zu gern mit der doppelten Menge der Mischung. Sie dachte dabei automatisch an ihre Nonna. Der schwere Holzschrank in deren Küche, in dem die Seniorin ihre vom jahrzehntelangen Gebrauch fast durchweg angeschlagenen Tassen, keine wie die andere, aufbewahrt hatte, war ihr lebhaft im Gedächtnis geblieben. Und wie die Großmutter auf dem alten Herd in der mindestens genauso alten kleinen Espressokanne den besten Kaffee weit und breit gekocht hatte, sah sie ebenfalls noch genau vor sich, obwohl ihre Nonna seit Jahrzehnten tot war. Sie selbst kam allmählich auch in ein Alter, in dem sie Oma sein könnte, dachte sie amüsiert. Jetzt, mit über sechzig, kannte sie einige Frauen in Limone, die schon Großmutter waren. Ihre Kinder waren allerdings immer ihre Gäste und ihr Partner stets ihre Arbeit gewesen.

Antonella nahm einen Schluck und seufzte zufrieden. Wenn sie den Cappuccino aus einer ihrer bauchigen hellblauen Tassen schlürfte, fühlte sie sich immer besonders wohl – und auch von ihren Gästen bekam sie oft Komplimente für die hübschen Porzellangefäße. Offenbar ging es vielen Gästen ähnlich wie ihr, dass die Tassen für ein heimeliges Wohlgefühl sorgten und schöne Erinnerungen wachriefen.

Ein Blick auf die Uhr sagte ihr, dass sie noch zwei Stunden hatte, in denen sie einfach nur nichts tun musste. Was für ein seltener Luxus! Aber ein-, zweimal pro Woche gönnte sie sich das Vergnügen, ein Stück Freiheit zu genießen.

Sie trat hinaus auf die Terrasse. Der Pool lag als glatte Wasserfläche da. Keiner der Gäste hatte ihn heute schon aufgesucht.

Man hatte von hier aus einen freien Blick auf den Gardasee, eine leichte Brise brachte die Wellen zum Kräuseln, dabei war noch gar nicht die Zeit für den Ora. Der für den Lago di Garda typische Südwind kam gewöhnlich erst in der Mittagszeit auf. Es duftete nach dem großen pinken Oleander, den Antonella damals, als sie vor fünfzehn Jahren das Hotel eröffnet hatte, am Rand der Terrasse gepflanzt hatte und der sie mittlerweile weit überragte.

Schon jetzt, kurz nach zehn Uhr morgens, waren erste Boote auf dem See. Surfer jagten über das Wasser und nutzten den Wind, der auf dem Wasser deutlich stärker wehte als hier, wo die Häuser ihm trotzten und ihn auf diese Weise abmilderten.

Antonella atmete tief ein. Lavendelduft mischte sich unter das zarte Aroma des Oleanders. Sie liebte diese Zeit des Tages. Die Gäste saßen noch ein Weilchen beim Frühstück oder waren schon in die Berge oder an den See aufgebrochen, um ihren Freizeitaktivitäten nachzugehen, und sie konnte kurz ausspannen, bevor sie wieder an die Arbeit musste. Valentina, die noch nicht lang bei ihr arbeitete, hatte das morgendliche Geschehen perfekt im Griff, was Antonella immer wieder überraschte.

Lautes Miauen riss Antonella aus ihren Gedanken.

»Barbarossa!«

Ein rot getigerter Kater stolzierte um die Ecke, würdevoll und gemächlich, wie es sich für einen alten Kater gehört.

»Na, komm her! Komm, mein Süßer!« Obwohl Antonella Probleme mit den Gelenken hatte – sie war einfach nicht mehr die Jüngste –, ging sie in die Knie und streckte die Hand aus, um Barbarossa herbeizulocken. Der Kater maunzte erneut, als hätte er noch nie in seinem Leben Beachtung gefunden oder Futter erhalten, bevor er sich dazu herabließ, von seinem Frauchen gestreichelt zu werden. Antonella lachte leise. Sie kannte ihren Schlawiner schon so lange, dass sie den Ablauf vorhersehen konnte; schließlich wiederholte er sich tagtäglich.

»Mein Schönster«, flüsterte sie ihm zu, und er begann, immer lauter zu schnurren. So arrogant er wirkte, so liebevoll war dieser Kater im Geheimen. Niemand wusste, dass er jede Nacht im Bett seiner Dosenöffnerin schlief, schon seit seinen Babytagen, als sie ihn vor fast zehn Jahren auf Sizilien gerettet hatte.

Der Olivenbauer, bei dem sie zu jener Zeit immer ihr Olivenöl geholt hatte, wollte ihn totschlagen, zusammen mit den vier anderen armseligen Kätzchen, kaum dass die Kleinen die Augen geöffnet hatten. Ohne darüber nachzudenken, hatte sie den ganzen Wurf mitgenommen, ihn mit der Flasche aufgezogen und an ihre Freunde verteilt – alle, außer Barbarossa. Er war vom ersten Tag an ihr Kater gewesen, ohne Frage. Sobald er laufen konnte, hatte er sich an ihre Fersen geheftet und war nicht mehr von ihrer Seite gewichen. Das Olivenöl hatte Antonella ab dem Zeitpunkt woanders gekauft. Jemanden zu unterstützen, der so grausam mit Tieren umging, war sie nicht bereit.

Jetzt wurde Barbarossa allmählich alt, wie Antonella selbst, seine Bewegungen wurden langsamer, der Kater schlief mehr und Antonella fand, er wurde insgesamt behäbiger. Früher hätte keine Fliege in der Umgebung eine Chance gehabt – jetzt konnten ihm Insekten direkt vor der Nase vorbeischwirren und er schlief einfach weiter.

Antonella schaute sich um. Niemand war zu sehen. Mit einer flinken Geste tunkte sie ihren Zeigefinger in die aufgeschäumte Milch und hielt ihn ihrem Kater hin. Sofort glitt seine raue Zunge über ihre Fingerspitze, bis auch das letzte bisschen Milch weggeleckt war.

Seufzend rappelte sie sich auf und ging ein paar Schritte in den Garten, während Barbarossa unschlüssig auf der Terrasse neben dem kleinen Pool stehen blieb und ihr nachschaute. Sie würde sich unter den Zitronenbaum setzen, weiter hinten, wo ihre Gäste nur selten hinkamen, und die Beine von sich strecken.

Antonella stellte ihre Tasse auf die kleine Bank und sah hinauf ins Blattwerk. Grüne Früchte beschwerten die Äste, sodass sie schwer nach unten hingen. Es würde eine wunderbare Ernte werden in diesem Jahr. Genießerisch nahm sie einen Schluck Cappuccino und schloss die Augen. Diese Ruhe! Sie liebte ihren Garten so sehr. Antonella spürte, wie ihre Glieder träge wurden. Fast unbemerkt flogen ihre Gedanken in alle Richtungen davon und ...

»Signora Antonella?«

Antonella schreckte auf.

»Signora?«

»Ja?« Sie antwortete ganz automatisch, noch gar nicht wieder ganz in dieser Welt, erfüllt von ihrem Traum.

»Telefon, Signora; eine Dame aus München ist dran!«, rief Valentina in den Garten herunter.

Antonella seufzte. Sie griff nach ihrer Tasse, der letzte Schluck des Cappuccinos war inzwischen kalt geworden. Offenbar hatte sie doch eine Weile geschlafen. Wie ihr die hoch stehende Sonne verriet, musste es fast Mittag sein.

»Ich komme.« Sie stand auf. Ihr Nacken war ganz steif und ihr Kreuz schmerzte. Hoffentlich hatte sie sich keinen Hexenschuss zugezogen.

Antonella versuchte es mit einer schnellen Lockerungsübung, bog den Kopf nach hinten, streckte die Wirbelsäule und verzog das Gesicht. Es tat noch weh. Sie schaute sich um, aber Barbarossa war nirgends zu sehen. Vermutlich lag er irgendwo im Schatten und ruhte sich von seinen Streicheleinheiten aus.

Valentina stand auf der Terrasse und hielt das schnurlose Telefon in der Hand. Sie war ein Schatz! Antonellas Herz ging jedes Mal wieder auf beim Anblick dieses Mädchens, das noch kein ganzes Jahr hier arbeitete und dennoch schon einen so festen Platz im Haus hatte. Ihre Kompetenzen überschritten die eines Zimmermädchens bei Weitem. Wenn sie nur nicht so still und verschlossen gewesen wäre! Vielleicht aber, dachte Antonella, machte gerade das den Reiz dieser jungen Frau aus.

»Danke, Valentina.« Antonella war warm geworden auf dem kurzen Weg zum Haus. Die morgendliche Kühle war deutlich heißeren Temperaturen gewichen.

»Sehr gern, Signora.« Valentina lächelte ihr zurückhaltendes, freundliches Lächeln. Waren ihre Augenringe heute noch tiefer als sonst? Antonella wollte ihrer Mitarbeiterin einen prüfenden Blick zuwerfen, aber die hatte das Gesicht längst abgewandt. Sie war schon auf Höhe der Terrasse, lief den Gang unter den Weinreben hindurch zum Haus, mit Sicherheit auf dem Weg zu ihrer nächsten Aufgabe.

Antonella besann sich des Telefons in ihrer Hand. »Pronto?«

»Oh, äh, hallo. Sprechen Sie Deutsch?« Die Frau am anderen Ende der Leitung wirkte unsicher.

»Natürlich. Was kann ich für Sie tun?« Antonella ging jetzt auch auf ihr kleines Hotel zu, auf demselben Weg wie vorhin Valentina, vorbei am kleinen Pool mit den Liegestühlen und den bunten Sonnenschirmen, die Treppe hinauf, unter den Weinranken hindurch. Rechter Hand war die Terrasse mit den kleinen, runden Tischen, daneben die Terrassentür, die ins Haus führte.

»Ich, also … Nun, es ist mir sehr unangenehm, wissen Sie.«

Antonella wartete. Vermutlich wollte die Dame einfach absagen. Das kam häufiger vor und war um diese Jahreszeit, in der ganz Limone ausgebucht war, kein größeres Problem. Es gab viele Zimmersuchende, und wenn mal ein paar Tage ein Gästezimmer leer stand, brachte das Antonella auch nicht um. Dennoch würde sie es, entschied sie, der Frau nicht zu leicht machen.

»Ja?«, hakte sie deshalb nach.

Sie hörte, wie die Frau am anderen Ende tief einatmete. »Ich heiße Kim Weber und habe für übernächste Woche sieben Tage Urlaub bei Ihnen gebucht, zum Kiten, mit meinem Freund, Dirk Brosewetter, aber jetzt hat sich das zerschlagen und …« Die Stimme der Frau brach einfach weg. Antonella hörte, dass die Frau weinte, und sofort erwachte ihr Mitgefühl. Vielleicht war dem Mann etwas passiert?

»Das tut mir sehr leid!«, rief sie instinktiv aus. Antonella trug ihr Herz und ihr italienisches Temperament schon immer auf der Zunge.

Kim Weber schnäuzte sich geräuschvoll und Antonella hielt den Hörer ein Stück von ihrem Ohr weg. Statt ins Haus ging sie auf die Terrasse und stellte ihre leere Kaffeetasse auf den Tisch. Dann setzte sie sich in einen der bequemen Stühle, um der Frau am anderen Ende der Leitung jetzt ihre volle Aufmerksamkeit zu schenken.

»Muss es nicht. Es ist nur, nun ja … Ich würde jetzt allein kommen, wenn das in Ordnung ist? Vielleicht haben Sie ein Einzelzimmer? Wissen Sie, ich möchte keinen einzigen Tag mehr an ihn denken.« Plötzlich war die Traurigkeit in der Stimme der Frau von wilder Entschlossenheit überdeckt. Gestorben war der Mann, um den es ging, also nicht, so viel war klar.

Antonella seufzte leise. Das Einzelzimmer war tatsächlich frei. Es gab nur eines in dem kleinen Hotel und Antonella vermietete es selten. »Also das Zimmer ist frei, aber es hat keinen Seeblick und auch nicht die luxuriöseste Ausstattung«, erwiderte sie. Es war ganz einfach eingerichtet, nicht viel mehr als ein Extraraum, der manchmal von Familien mit einem Kind gebucht wurde, wo die Eltern sich ein wenig Zeit zu zweit wünschten. »Wir nutzen es nicht sehr oft, wissen Sie. Deswegen ist es eher ein einfaches, schlicht möbliertes Zimmer.«

»Das macht mir nichts aus. Ich muss wirklich mal runterkommen. Vermutlich gehe ich wandern und vielleicht lerne ich Segeln oder so was. Außerdem würde ich vielleicht mal wieder etwas lesen.«

Kim hörte gar nicht mehr auf zu reden und Antonella schüttelte nur ungläubig den Kopf. Das entsprach so gar nicht ihrer eigenen Vorstellung von *mal runterkommen*. Sie wollte ihren Gast schon unterbrechen, aber die Frau war nicht zu bremsen.

»Mir ist gerade sehr viel sehr egal. Ich muss endlich mal …
ach, ich weiß auch nicht genau«, sagte Kim und ihre Stimmung
schien erneut zu kippen. Plötzlich war sie still.

Klassischer Liebeskummer, schloss Antonella aus den
Tränen und den Worten der Frau und war froh, dass schon seit
Jahren Barbarossa das einzige männliche Wesen war, mit dem
sie das Bett teilte, wenn man so wollte. Kim tat ihr allerdings
leid. Ohne Details zu kennen, spürte Antonella, dass diese Frau
den Ortswechsel dringend nötig hatte.

»Wissen Sie was?«, antwortete sie, »ich glaube, hier ist genau
der richtige Ort für Sie, um wieder ein Stück zu sich selbst zu
finden.« Antonella hatte da schon so eine Idee für ihren Gast.
Sie lächelte. Vermutlich brauchte die Frau etwas ganz anderes,
als sie selbst dachte.

Ein leises »Danke« tönte durch die Leitung. Schlicht und
kurz, aber Antonella war sicher, dass es von Herzen kam.

»Keine Ursache«, gab sie zurück. »Wir sehen uns bald, nicht
wahr? Arrivederci!«

Antonella legte auf, noch immer mit diesem besonderen
Lächeln im Gesicht. Ja, sie hatte die perfekte Idee für Kim!

»Valentina?«, rief sie Augenblicke später laut durchs ganze
Haus, wie immer voller Tatendrang. Sie konnte es kaum erwarten, ihrem Gast nicht formulierte Wünsche von den Ohren
abzulesen, sozusagen. »Wo hab ich die Nummer von Luca?«

Antonella würde schon dafür sorgen, dass die Zeit in
Limone für Kim unvergesslich bleiben würde. Zufrieden
machte die Hotelchefin sich auf den Weg in Richtung Küche.
Heute würde sie handgemachte Orecchiette servieren, eine
Pasta, die aussah wie kleine Öhrchen und deshalb auch nach
ihnen benannt war – zur Feier des Tages!

1. SCHOKOLIKÖR

Kim schaute sich um, als sie den Saal betrat. Das Kleid, das sie ausgesucht hatte, war knallrot, endete in der Mitte ihrer Oberschenkel und betonte ihre Figur an den richtigen Stellen. Sie hatte abgenommen, mindestens vier Kilo. Genau so viel, dass ihre weiblichen Kurven perfekt zur Geltung kamen, ohne zu üppig zu wirken. Ein paar Männerblicke lagen bereits bewundernd auf ihr, wie sie bemerkte. Sie dagegen hatte für keinen der Männer einen zweiten Blick übrig.

Ihre Haare waren von einer Stylistin in Form gebracht und mit einer glitzernden Spange seitlich fixiert worden. Seit sie die Haare kurz trug, liebte sie diesen femininen Touch, der ihrer Frisur die Weiblichkeit verlieh, die sie sich wünschte.

»Guten Tag, Frau Weber!« Der junge angehende Mediengestalter, zweites Lehrjahr, musterte sie von oben bis unten, als sie ihn passierte. Kim schenkte ihm ihr freundlichstes Lächeln, stolzierte auf ihren hochhackigen Schuhen an ihm vorbei und genoss seinen Blick, der sehr genau erkennen ließ, dass er Kim bewunderte, obwohl sie um Jahre älter war als er.

»Hallo, Michael!«, begrüßte sie den Mitarbeiter freundlich. Kim wusste, dass sie von innen heraus strahlte. Heute war ihr Tag! Heute würde sie Dirk endgültig für sich gewinnen. Und das war all ihre Arbeit wert, eindeutig, sowohl an dem Projekt als auch an sich selbst. Die letzten Wochen hatte Kim praktisch kein Tageslicht gesehen, so viel Zeit hatte sie in der Agentur verbracht. Die Werbekampagne für *Chocolate Chase* war die größte Herausforderung gewesen, seitdem sie nach dem Studium begonnen hatte, im Marketing zu arbeiten.

Kim schaute sich erneut um. Sie war sehr zufrieden mit dem, was sie sah. Ihren Anweisungen war exakt Folge geleistet worden.

Der Saal war mit cremefarbenen Stoffen dekoriert, die von der Decke herabfielen wie kleine Wasserfälle. Sogar die Vorhänge im Saal waren – zufällig – von der gleichen Farbe wie die aufgehängten Stoffe, einer der Gründe, weshalb Kim diesen Ort gewählt hatte. Auf den Stehtischen waren die Schokoladenprodukte von *Chocolate Chase* angerichtet. Kleine Pralinenpyramiden, herrliche Arrangements aus Schokoriegeln und natürlich das neue Produkt der Firma, der Likör aus weißer Schokolade, standen bereit, um verkostet zu werden. Dazu gab es schokolierte Früchte, um das Sommerfeeling, das Dirk sich gewünscht hatte, noch zu verstärken. In der Mitte des Raumes stand der riesige Schokobrunnen, den sie bei einer großen Eventagentur eigens für heute gemietet hatten. Der Duft der heißen Schokolade, die in Kaskaden die Stufen des Brunnens hinunterlief, füllte den ganzen Raum aus.

Kim hatte sogar Palmen in riesigen Töpfen besorgen können, die dem Raum den letzten Schliff gaben. Indirekte Beleuchtung war das i-Tüpfelchen, das alles abrundete und für die richtige Stimmung sorgte. Alle Pflanzen wurden mit bunten Lichtern bestrahlt und sorgten so für das perfekte Ambiente. Man verspürte unweigerlich ein Urlaubsfeeling, wenn man den Raum betrat. Karibische Musik rundete alles perfekt ab und gab dem Ganzen den wirklich allerletzten Schliff.

Die Gäste der Präsentation trugen dem Anlass entsprechend festliche Garderobe, das Ukulelenquartett war tatsächlich so gut wie auf der Demo-CD, und der angeheuerte Cateringservice, der später als Kontrast zu all den Süßigkeiten herzhafte Häppchen kredenzen würde, hatte seine zwei gut aussehenden Kellner bereits mit kleinen Tabletts unters Volk gemischt, um Schampus zu servieren.

Kim schaute sich um. Wo war Dirk? Mit Sicherheit wartete er auf sie. Kim stellte sich trotz ihrer hohen Schuhe auf die Zehenspitzen. Immer wieder wurde sie gegrüßt, grüßte zurück oder winkte einem bekannten Gesicht zu, während sie den Raum durchquerte. Es war schon ziemlich voll. Bestimmt hielt sich Dirk nah an der kleinen Bühne auf. Schließlich würde er gleich seine Rede halten und den Werbefilm für den weißen Schokolikör feierlich starten. Dazu kam noch die Präsentation der Printwerbung, für die Kim zuständig war.

»Champagner?« Einer der Kellner war an sie herangetreten und lächelte Kim verbindlich an. Auch er verbarg nicht, dass sie ihm gefiel. Kein Wunder, sie gefiel sich ja sogar selbst!

Mit einem Nicken griff sie nach einem Glas. Ihre Fingernägel waren perfekt maniküert und farblich passend zu ihrem Kleid lackiert. Sie wusste, dass Dirk Wert auf Perfektion legte. »Danke sehr.«

»Gern!« Hatte der Mann vom Service ihr tatsächlich zugezwinkert? Die Wirkung ihres Outfits war noch weitreichender, als Kim es sich je hätte träumen lassen. Der Typ war wie alt? Neunzehn? Sie griff sich ganz automatisch ins Haar. Die Spange saß perfekt.

Kim nippte an ihrem Glas und ging weiter. Sie war keine große Champagnertrinkerin, aber seit sie Dirk näher kannte, wusste sie gute Qualität durchaus zu schätzen, und diesen Schampus würden die Gäste lieben! Manchmal lohnte es sich, ein paar Euro mehr für ein besseres Produkt auszugeben.

Zufrieden nahm sie einen weiteren Schluck.

Da war Dirk! Kim hörte ihn lachen. Sie drückte sich an einem kleinen Grüppchen vorbei, lächelte entschuldigend, hob ihr Glas hoch über den Kopf, um nichts zu verschütten, als sie die Leute passierte.

Jetzt sah sie ihn. Er hielt ebenfalls ein Glas Schaumwein in der Hand. Ihm gegenüber stand der Geschäftsführer von *Chocolate Chase* und sagte etwas, das Dirk sofort wieder laut auflachen ließ. Und neben ihm stand ... Kims Herz blieb stehen, wie es immer stehen blieb, wenn sie Elli sah. Nach einem kurzen Schockmoment setzte es wieder ein, schlug weiter, als wäre nichts gewesen, und sie konnte gar nicht anders, als einen riesigen Schluck aus ihrem Glas zu nehmen, um den Schock zu verdauen. Elli sah ein wenig aus, als hätte sie sich in einen Sack statt in ein Kleid gehüllt, was dem Anlass nun wirklich nicht angemessen war. Ihre Haare trug sie zu einem langweiligen Pferdeschwanz gebunden und sie war nicht einmal geschminkt. Öko wie immer, dachte Kim verächtlich, wohl wissend, dass eigentlich nicht Elli das Problem war, sondern die Tatsache, dass sie mit Dirk verheiratet war. Elli war, wenn man ehrlich war, eine Schönheit auf unaufdringliche Weise. Sie hatte es gar nicht nötig, sich in Szene zu setzen. Mit ihrer Alabasterhaut und den ebenmäßigen Gesichtszügen fiel sie sowieso jedem Mann sofort auf. Wenn man ihre dichten roten Haare noch mit ins Bild nahm, kam man nicht umhin, sie als außergewöhnlich attraktive Frau zu bezeichnen.

Dass Elli für Dirk nicht reichte, er sie, wie er behauptete, nicht liebte, war für Kim mehr als überraschend. Auch dass er sich stattdessen in Kim verliebt hatte, kam ihr noch immer wie ein gänzlich unerwartetes Geschenk vor.

Jetzt stand Elli da, lächelte versonnen, und man sah ihr an, dass sie gern ganz woanders gewesen wäre. Vermutlich beim Räucherstäbchenanzünden oder beim Meditieren, dachte Kim erneut gehässig und wies sich im nächsten Augenblick selbst zurecht. Schließlich kannte sie Elli gar nicht, jedenfalls nicht über ein Händeschütteln hinaus.

Es war nur – Dirk. Seit Jahren war es Dirk. Dirk, Dirk, Dirk. Wohin Kim in ihrem Leben blickte, er stand immer im Zentrum ihrer Aufmerksamkeit, seit er sie ganz klischeehaft nach der ersten Weihnachtsfeier auf seiner Couch im Büro verführt hatte.

Es war so vermeintlich harmlos losgegangen zwischen ihnen beiden. »Frau Weber, kommen Sie doch schnell mit, ich will Ihnen nur noch etwas für morgen zeigen, falls Sie vor mir im Büro sind.«

Ja, von wegen zeigen! Wobei: Dirk hatte ihr etwas gezeigt. Aber nicht das, womit Kim gerechnet hatte. Drei Gläser Wein und ein paar Komplimente hatten genügt, um mit ihm auf sein Sofa zu sinken. Seitdem pflegten sie und Dirk eine heimliche private und eine sehr intensive Geschäftsbeziehung.

Doch nach dem heutigen Abend würde alles anders werden. Es gab also überhaupt keinen Grund, Elli noch zu fürchten. Im Gegenteil! Kim sollte Mitleid mit dieser Frau haben, denn schließlich würde Dirk Elli heute verlassen. Sie beobachtete Dirk, der in seinem maßgeschneiderten Anzug und mit seiner Eloquenz äußerst selbstbewusst wirkte. Seine Haare waren ordentlich zurückgegelt, wie immer, und sein Bart, den er Henriquatre nannte, perfekt gestutzt. Das war, behauptete Dirk, der Fachbegriff für diese Art Bartfrisur. Es war ein Bart, der um den Mund herum und am Kinn wuchs und die Wangen frei ließ. Kim musste Dirk recht geben, der akkurat getrimmte Bart brachte seine markanten Gesichtszüge durchaus zur Geltung. Gut, er wirkte damit auch ein wenig arrogant, aber das mochte an seinem fast schon zu gepflegten Äußeren liegen. Wie froh Kim war, dass sie in das rote Kleid investiert hatte! Sie stand Dirk an Eleganz in nichts nach, auch wenn sie sich Elli gegenüber immer ein wenig unsicher fühlte.

Kim straffte ihre Haltung und ging auf das Grüppchen zu. »Guten Abend allerseits«, grüßte sie in die Runde. Als Erstes gab sie Elli die Hand, wobei sie mühsam Freundlichkeit heuchelte, dann Mister Mayer, dem Geschäftsführer von *Chocolate Chase*, der extra aus London angereist war, und zuletzt Dirk.

»Hallo, Kim. Sie sehen fabulous aus. Absolutely fabulous!« Mr Mayer war von Anfang an begeistert von Kim gewesen und hatte das auch immer wieder durchblicken lassen. Vielleicht, hatte Kim sogar schon einmal gedacht, wenn es Dirk nicht gegeben hätte, wer weiß? Unattraktiv war Mayer keinesfalls. Aber einen wirklichen Blick für den Mann hatte sie nie gehabt. Dirk war und blieb konkurrenzlos die Sonne, um die sich alles drehte.

Elli lächelte ihr schmales Lächeln und nickte abwesend zur Begrüßung, während Dirk ihre Hand einen Augenblick länger festhielt, als es notwendig gewesen wäre.

»Hi, Kim. Da bist du ja!«

War da leise Kritik in seiner Stimme, weil sie jetzt erst kam? Sie versuchte, aus seinem Gesicht etwas abzulesen, aber wie so oft blieb er ihr ein Rätsel, als er sie auf die Wange küsste und sie sich im Duft seines Aftershaves verfing.

»Haben Sie gut hergefunden?«, wandte sie sich deshalb an Mayer.

»Kein Problem. Ihre Beschreibung war perfekt – wie alles andere an Ihnen«, flirtete der Geschäftsführer. Mayer schaute Kim unverwandt an, so intensiv, dass sie errötete. Er sprach weiter: »Und auch hier, die Präsentation ist unglaublich gelungen. Dööörk sagt, das haben Sie organisiert?« Er hatte ein Problem mit dem I in Dirk und sprach den Namen daher immer wieder stark akzentuiert. Kim wusste, dass Dirk davon die Ohren klingelten, und amüsierte sich insgeheim.

»Ja, wobei die Vorhänge Zufall sind. Trotzdem: vielen Dank für die vielen Komplimente. Sie müssen jetzt wirklich damit aufhören, sonst werde ich noch rot. Außerdem ist mein Teil unserer Zusammenarbeit fast beendet.« Kim lachte erfreut. Es war schön, wie viele anerkennende Worte Mayer für ihre Arbeit fand.

»Dann können wir ja anfangen, oder?«, unterbrach Dirk das Geplänkel zwischen Kim und dem Engländer. Klang er leicht gereizt oder war das Wunschdenken?

Dirks Hand lag, Kim sah es sofort, auf dem Rücken seiner Frau, eine ganz selbstverständliche Geste der Nähe zwischen den Eheleuten, die niemandem unangenehm auffiel, außer Kim, die es kaum ertragen konnte, dass Dirk eine andere Frau als sie berührte. Er sah so gut aus in seinem Anzug, dazu die mit kleinen Pralinenmotiven bedruckte rote Krawatte, die Bezug auf den Anlass nahm. In seinem Outfit passte er so viel besser zu Kim als zu Elli, deren Kleid in Brauntönen gehalten war.

Kims Gedanken schweiften ab.

Sie dachte an all die verbotenen Küsse in Dirks Büro, an die »Geschäftsreise« nach Venedig, die natürlich viel mehr eine Genussreise gewesen war, bei der sie kaum etwas von der Stadt gesehen hatte, weil das Hotelzimmer sie nicht losließ. Nicht einmal den Canal Grande hatten sie gesehen!

»Da hätten wir auch nach Castrop-Rauxel fahren können«, hatte Dirk gemeint und dieses Kichern von sich gegeben, das er manchmal ausstieß, wenn ihn etwas besonders amüsierte und bei dessen Klang Kim immer erst kurz erschrak, bevor sie mit einfiel. Kichern und Männer, das passte irgendwie schwer zusammen. Sie verbuchte es unter »liebenswerte Eigenheit« und genoss das Tiramisu, das der Roomservice ihnen gebracht hatte.

Aber bald war es mit den Heimlichkeiten endlich vorbei. Kim hatte das Versteckspiel so satt! Vier Jahre war sie nun schon Dirks heimliche Geliebte und es waren lange Jahre gewesen.

Vor drei Monaten hatte Kim die Beziehung beenden wollen, hatte schon das Gespräch mit Dirk gesucht, als sie wieder einmal die Letzten im Büro gewesen waren. Er hatte sie gebeten, ja, angefleht, noch diesen einen Auftrag abzuwarten. Dann würde er sich von Elli trennen. Elli, die das Unternehmen zwar nicht aufgebaut, aber von ihrem Vater übernommen und somit die Finanzen in der Hand hatte, habe dann keine Macht mehr über ihn, wenn er erst mal einen so großen Coup wie diesen an Land zog. Sein Name sei dann so angesehen, dass er mit Kim eine eigene Firma aufbauen könne und Elli nicht mehr brauche, war stets Dirks Argumentation gewesen. Sie solle Geduld mit ihm haben, nur noch ein wenig, und ihn jetzt, ausgerechnet jetzt, nicht allein lassen mit all der Verantwortung – schließlich liebe er sie, sie müssten jetzt zusammenhalten.

Dirk hatte sie mit Küssen überschüttet und gebettelt, sie möge nur noch so lange durchhalten, bis *Chocolate Chase* unter Dach und Fach sei. Wie hätte Kim reagieren sollen? Hätte sie ihn im Stich lassen sollen? Den Mann, den sie begehrte und der versprach, ihr alle Sterne vom Himmel zu holen?

Und heute war der Abschluss des Auftrags! Endlich!

Kim zwang sich, wegzusehen, die vertraute Geste zwischen Dirk und Elli zu ignorieren. Es tat immer gleich weh. Das wurde nie einfacher, obwohl es ein Anblick war, den Kim schon allzu oft gesehen hatte.

»Ja, fangen wir an. Ist die Powerpoint-Präsentation bereit? Und der Beamer auch?«, fragte Kim mit der für sie typischen Entschlusskraft, woraufhin Dirk nickte.

»Ja, Michi hat sich darum gekümmert.« Michael, korrigierte Kim in Gedanken. Der liebenswürdige junge Mann hatte, als er in der Firma angefangen hatte, gleich darum gebeten, von einem Spitznamen abzusehen. Aber so war Dirk: Solche Kleinigkeiten ignorierte er einfach. Vielleicht trug er einfach zu viel Verantwortung, um für alles einen Blick zu haben. Es oblag nicht Kim, Dirk vor anderen Leuten zurechtzuweisen, das war nicht ihre Art.

»Wer fängt an, du oder ich?«, fragte Kim deshalb einfach nach.

Dirk zuckte mit den Schultern. »Mir eigentlich ganz egal. Mr Mayer, haben Sie eine Präferenz?«

Der Kunde schüttelte den Kopf. »Nein, ich bin sicher, die Beiträge sind gleichwertig, Dööörk.« Mayer trank zufrieden von seinem Champagner und fühlte sich sichtlich wohl.

Kim suchte Dirks Blick, wartete auf seine Entscheidung.

»Dann fängst du an und ich als Agenturchef beende den Vortrag mit einer großen Neuigkeit.« Dirk strahlte über das ganze Gesicht und rieb sich die Hände.

»Ist gut.« Kim hätte vor Freude auf und ab springen wollen. Er tat es, mit Pauken und Trompeten. Er bezog Position für Kim! Die Schmetterlinge in ihrem Bauch flogen auf und flatterten durcheinander. Hoffentlich würde sie sich auf ihre Präsentation, die sie so mühsam erarbeitet hatte, konzentrieren können.

»Dann fangen wir also einfach mit dem Printbereich der Werbekampagne an.« Sie hatte damit den trockeneren Teil des Vortrags, bei dem auch Zahlen, Kosten und Werbeflächen präsentiert werden mussten. Dabei war Kim an allen Arbeitsschritten beteiligt gewesen: der Entstehung des Werbefilms und dem Kreieren des Werbeslogans sowie dem Entwurf des Logos, der unzählige Anläufe gebraucht hatte, bis Mayer das Ergebnis gefiel.

Sie hoffte, die Gäste nicht zu Tode zu langweilen. Aber sie hatte Talent für solche Vorträge – wenn man davon absah, dass sie heute viel aufgeregter war als sonst, weil sie so gespannt auf Dirks »Neuigkeit« war. Wie überraschend und schmeichelhaft, dass er einen so öffentlichen Weg wählte.

Augenblicke später stand Kim auf der Bühne, bereit für ihre Präsentation. Sie strahlte ins Publikum, suchte Blickkontakt mit einzelnen Gästen, bevor sie zu sprechen anfing.

»Meine sehr verehrten Damen und Herren, ich darf Sie ganz herzlich zu unserer Präsentation der neuen Werbekampagne von *Chocolate Chase* begrüßen. Bedienen Sie sich während meiner Rede gern bei den köstlichen Pralinen, die Sie überall auf den Tischen finden, denn ich werde erst mal eine ganze Reihe Zahlen und Statistiken verkünden, und erfahrungsgemäß kann es da nicht schaden, wenn man sich die eher trockenen Fakten ein wenig versüßt.«

Mit ihren Einstiegsworten gelang es Kim, die Stimmung im Raum gleich ein wenig aufzulockern, und sie war guter Dinge, dass ihre Rede ein Erfolg würde.

* * *

Der Applaus nach der Vorführung des Werbefilms, den Dirk mit großen Worten anmoderiert hatte, war frenetisch. Die gesamte Führungsriege von *Chocolate Chase*, die Mitarbeiter der Agentur und die ausgewählten Großhandelsvertreter zeigten sich gleichermaßen begeistert von dem Video, das in der Karibik spielte, herrliche Sandstrände zeigte und am Ende klarmachte, dass die ganze Szenerie der Traum einer Frau gewesen war, nachdem sie den weißen Schokolikör gekostet hatte. Es handelte sich zwar um ein klassisches Werbekonzept, aber es war in hohem Maße erfolgversprechend. Die Schauspielerin war eine dieser Frauen, die einen einfach mitnahm, deren sinnliche Lippen Männer ansprach und deren schlanke Figur ihr Übriges tat. Sie war der Typ Frau, nach der sich die Kerle auf der Straße umdrehten, und der Mann, der sie am Strand küsste, war der Traum jedes jungen Mädchens. Mit seinen schwarzen Haaren und der gut trainierten, selbstredend nackten Brust, an die sich die Frau schmiegte, weckte er mit Sicherheit die Sehnsüchte und Träume vieler Singlefrauen. Der Film inspirierte damit beide Geschlechter, er vermittelte nicht nur die Atmosphäre von Urlaub, Liebe und Leidenschaft, sondern erzeugte nach Kims Auffassung beim Betrachter auch Lust auf den Likör.

Als der Applaus verebbt war, blieb Dirk in der Mitte der Bühne stehen und räusperte sich.

»Meine Damen und Herren, ich möchte Ihnen allen noch etwas Wichtiges mitteilen. Etwas, das mein Leben massiv und dauerhaft verändern wird.« Er lächelte, wirkte selbstsicher und glücklich.

Kims Mund wurde schlagartig trocken. Sie war so was von aufgeregt! Wie lange hatte sie jetzt auf diesen Moment gewartet? Jahre!

»Elli, darf ich dich auf die Bühne bitten?« Dirk streckte den Arm in Richtung seiner Nochehefrau aus, die die Augen verdrehte, den Kopf schüttelte, aber dennoch lachte und in Dirks Richtung kam.

»Ich darf Ihnen meine Frau vorstellen, meine Damen und Herren!«, rief Dirk über den Applaus hinweg.

Was wollte Dirk denn jetzt? Das war wirklich zu viel. So bloßstellen musste er sie wirklich nicht. Kim stand auf, versuchte, seine Aufmerksamkeit zu erlangen, schüttelte den Kopf. Aber Dirk schaute über sie hinweg ins Publikum, schien Kim gar nicht zu registrieren. Sie winkte, senkte dann den Arm wieder, als sie Mayers seltsamen Blick sah, schüttelte erneut den Kopf. Aber Dirk schaute einfach nicht in ihre Richtung.

Stattdessen küsste er Elli mitten auf den Mund, als sie schließlich neben ihm stand. Danach legte er den Arm um sie, zog sie ganz nah zu sich heran – und küsste sie erneut.

Kim war irritiert.

Das hier war falsch. Da lief doch etwas ganz und gar schief, was passierte hier gerade? Kims Mund fühlte sich mittlerweile an wie nach einer dreitägigen Wüstensafari ohne Wasser. Aber vor Aufregung kam sie gar nicht auf die Idee, etwas zu trinken.

»Meine sehr verehrten Damen und Herren! Ich darf Ihnen mitteilen, dass die Agentur Brosewetter Nachwuchs erwartet. Meine wunderbare Frau ist nämlich im fünften Monat schwanger und wir sind so glücklich wie noch nie!«

Lauter Applaus und Bravorufe erklangen von allen Seiten, Pfiffe und Johlen und mittendrin Kim, die keinen Boden mehr unter ihren Füßen spürte. Alles wackelte, ihre ganze Welt war mit einem Schlag, mit einem einzigen Satz aus den Fugen geraten.

Kim rechnete nach. Vor fünf Monaten war sie mit Dirk in München gewesen, beim Treffen mit der kleinen Hotelkette, die ein neues Werbekonzept erarbeiten wollte. Dirk und sie hatten eine romantische Nacht miteinander verbracht. Und Tage davor oder danach hatte er mit seiner Frau geschlafen – mit der er angeblich seit Jahren nur noch wie Bruder und Schwester zusammenlebte. Dieser Lügner! Er war ein Heuchler, hatte ihr alles nur vorgespielt.

Kims Knie zitterten wie Espenlaub, und sie wusste, dass jeder es sah, schließlich trug sie ein sehr kurzes Kleid. Sie rang um Fassung, fand sie nicht, aber dafür einen der Kellner. Sie ging wackeligen Schrittes auf ihn zu, griff sich ein Glas Schampus und stürzte es hinunter. Die Trockenheit im Mund wich Wärme im Magen, die überhaupt nicht zu ihrer unterkühlten Stimmung passte. Es tat weh. Es tat so weh! Sie fühlte sich missbraucht, belogen und betrogen, während Elli auf der Bühne ins Publikum lächelte, Dirk ihr etwas zuflüsterte und sie laut auflachte, ihre Hand mit einer vertrauten Geste auf seine Brust legte.

Kim musste hier raus, und zwar sofort! Keine Minute länger wollte sie hierbleiben und weiter dabei zusehen, wie all ihre Hoffnungen, ihre Träume und ihre Liebe, das Kartenhaus, das sie aus ihren Emotionen gebaut hatte, einfach in sich zusammenfielen. Es tat viel zu weh. Sie wollte laut aufschreien vor Schmerz und konnte nur hoffen, dass ihre Beine ihr nicht den Dienst versagten. Sie musste schnellstens hier weg.

Mit dem Glas in der Hand drehte sie der Bühne den Rücken zu. Zügig bahnte sie sich einen Weg durch die noch immer applaudierenden Gäste, ein gezwungenes Lächeln im Gesicht, das längst zur schmerzhaften Grimasse gefroren war.

Die Luft draußen war erstaunlich kühl. Als sie einen tiefen Atemzug nahm, bemerkte Kim, dass sie noch immer ein Champagnerglas in der Hand hatte. Achtlos ließ sie es zu Boden fallen, wo es in tausend kleine Scherben zerbrach.

Sie fröstelte und schlug ihre Arme um den Körper. Ihre Jacke war noch drin, aber sie würde einen Teufel tun und sie holen! Ein weiterer Schauer durchlief sie. Plötzlich fror Kim ganz erbärmlich. Sie würde nach Hause gehen, beschloss sie, auf direktem Weg. Als sie durch die dunklen Straßen Berlins lief, wurde ihr klar, dass sie jetzt allein war. Ganz und gar allein.

Es war vorbei. Die Geschichte mit Dirk, diese schmerzhafte Liebe, war ein für alle Mal Geschichte.

* * *

Mit Schwung warf Kim den Wischlappen in den Putzkübel zu ihren Füßen. Wie immer, wenn ihr Inneres in Unordnung war, machte sie sich daran, ihre Bude auf Hochglanz zu bringen. Und da sie in letzter Zeit kaum zu Hause gewesen war, schadete es überhaupt nicht, mal wieder für Ordnung zu sorgen. Sie hatte schon Staub gewischt und Fenster geputzt. Jetzt nahm sie sich den Boden im Bad vor, nachdem sie die Wandfliesen geschrubbt hatte, und dachte über ihre Beziehung zu Dirk nach – und über Doreen, deren Rat sie mitten in der Nacht gesucht hatte. Sie hatte wirklich jemanden zum Reden gebraucht.

»Hast du wieder Probleme mit deinem Typen?« Doreen war nicht gerade einfühlsam gewesen. »Ist dir klar, dass du nur dann anrufst, wenn du Kummer mit ihm hast?«

Das stimmte. Kim war ansonsten bei der Arbeit gewesen. Morgens nach dem Aufstehen war sie gleich in die Agentur aufgebrochen, hatte bis zwanzig Uhr gearbeitet, manchmal noch länger, und war dann todmüde nach Hause gefahren. Ihre Überstunden waren ein Liebesbeweis. Ihr Verhalten, alles zu Dirks Gunsten zurückzustellen, sollte ihm zeigen, wie sehr sie bereit war, in ihre Beziehung und eine gemeinsame Zukunft zu investieren. Ein Privatleben hatte sie schon lange nicht mehr. Es gab nur noch die Werbeagentur und Dirk. Wenn er sie lobte, blühte Kim auf. Wenn er sie kritisierte, arbeitete sie noch härter. Ein-, zweimal pro Woche trafen sie sich in seinem Büro, wenn die anderen schon gegangen waren, und Kim genoss die intimen Momente auf Dirks Sofa. Hin und wieder ließen sie sogar Essen kommen.

Kim hatte Dirk in ihre Wohnung eingeladen, aber er war nur zweimal gekommen. Meistens zog er es vor, im Büro zu bleiben, weil es, so sagte er, »weniger umständlich« war. Und ja, mit ein paar Kerzen und nur der Stehlampe als Beleuchtung konnte es beinahe heimelig wirken.

Aber später am Abend, wenn das Deckenlicht anging, war Kim jedes Mal zurück in die Realität geschleudert worden und hart auf dem Boden der Tatsachen aufgeprallt.

Gestern Abend nun, als Kim Doreen angerufen hatte, war deren Reaktion entsprechend gewesen. Wie viele Male hatte Kim Verabredungen abgesagt, wenn Dirk sie »brauchte«? Wie oft schon hatte sie sich bei der Freundin über ihre missliche Lage ausgeheult? Wie wenig Zeit hatte sie dagegen aufgebracht, als Doreen mit ihrem Freund Leon zusammengezogen war und sie versprochen hatte, beim Umzug zu helfen? Waren es zwei Stunden gewesen – oder sogar noch weniger?

»Du müsstest mittlerweile doch echt wissen, dass es Dirk nicht um dich geht!« Das hatte Doreen nicht zum ersten Mal gesagt. Ihre Freundin war durch und durch ehrlich. Wie oft hatte sie gesagt, dass sie Dirk nicht vertraue, gewarnt, dass Dreiecksbeziehungen nie ein gutes Ende nehmen, und so weiter und so fort. Kim hatte immer ein Aber parat. Für sie waren Dirks Argumente einleuchtend gewesen: Das Geld von Elli steckte in der Firma, das Image der Firma wäre bei einer Trennung gefährdet, er habe nicht die Mittel, sich etwas Eigenes aufzubauen, er wolle den richtigen Zeitpunkt abwarten. Immer wieder gab es Gründe, die ihn freisprachen und die Kim brav schluckte. Als Dirk dann noch erwähnte, dass auch ihr Arbeitsplatz flöten gehe, wenn er ihre Beziehung offiziell machen würde, ließ das Kims Herz vollends schmelzen. Dass er so fürsorglich an sie dachte, kam ihr sehr rücksichtsvoll vor.

Ha! Von wegen. Natürlich hatte Doreen recht behalten. Es war ihm immer nur um die Firma gegangen.

Wie hatte er es kurz nach ihrer Einstellung formuliert, als sie darüber nachdachte zu kündigen, um sich doch ganz und gar ihrer Kunst zu widmen? »Du bist eines der größten Talente, die mir in den letzten Jahren begegnet sind. Du kannst es bei uns sehr weit bringen.«

Mit dieser Art Honig, den er ihr regelmäßig ums Maul schmierte, hatte er sie dazu gebracht, nicht zu kündigen, und schließlich, ja, hatte sie es da nicht bis auf seine Couch geschafft?

Kim schnaubte verächtlich, voller Wut auf ihre Naivität und Verachtung für Dirks berechnende Tour. Er hatte sie gebraucht, weil er selbst nicht besonders kreativ war, so einfach war das. Nur deshalb hatte er mit ihr geschlafen und, als sie sich von ihm trennen wollte, auf das große Projekt von *Chocolate Chase* verwiesen. Wie hatte sie so blind und taub sein können?

Sie wrang den Lappen aus und wischte den Fliesenboden in ihrem Bad ein zweites Mal. Konnte ja nicht schaden. Ihre innere Ordnung war noch längst nicht so ausreichend wiederhergestellt, dass sie das Putzen ihres kleinen Apartments hätte beenden können.

»Und du glaubst wirklich, das war es jetzt?« Doreen war mit Recht skeptisch nach allem, was schon zwischen Dirk und Kim passiert war. Das Misstrauen konnte Kim ihrer Freundin nicht verdenken. Schließlich war es kein Wunder. Wie oft hatte sie sich schon getrennt oder war wutentbrannt bei Doreen aufgetaucht, um wieder einmal ihr Herz über Dirk auszuschütten.

»Ja!« Kims Stimme war ganz fest gewesen, sie war tatsächlich entschlossen. »Dieses Mal ja!« Dass er ein Kind mit Elli bekam, eine solche große Verantwortung mit ihr übernahm und die Neuigkeit vor ihren Augen auf der von *ihr* organisierten Veranstaltung voller Stolz verkündete, war der absolute Gipfel!

Sie trat gegen den Eimer, Wasser schwappte heraus und der Boden war klatschnass. Egal. Sie würde noch mal wischen, es war alles egal.

»Wolltest du nicht dieses Romantikding mit ihm machen?«

»Shit.« Erst als Doreen es erwähnte, erinnerte sie sich daran. Vor lauter Kummer hatte sie nicht mehr an die Reise an den Gardasee gedacht. Zur Feier des großen Auftragsabschlusses, zur Feier der offiziellen Bekanntgabe ihrer Beziehung hatte Dirk sie mit einer gemeinsamen Reise geködert. Zeit zu zweit, hatte er gesagt und ihr den Prospekt des romantischen kleinen Backsteingebäudes mit dem niedlichen Pool und den herrlich bunten Sonnenschirmen auf der Terrasse gezeigt. Das war natürlich alles hinfällig – und das, obwohl das Hotel Kims Vorstellung von einem Traumurlaub so nah kam, dass sie total ergriffen gewesen war, als Dirk ihr die Bilder präsentiert hatte.

Jetzt, wo Doreen sie an das Romantikding, wie sie es nannte, erinnerte, brach der ganze Kummer in einer Tränenflut aus Kim heraus.

Zuvor war alles dumpfer, grausamer Schmerz gewesen. Jetzt hatte er sich endlich Bahn gebrochen und Kim schluchzte ins Telefon. Doreen hörte zu, wartete einfach ab, bis der Tränenstrom verebbt war.

»Sei froh, dass du ihn los bist!«, versuchte Doreen sie zu trösten.

Kim hatte nicht gleich antworten können. War sie mit ihm durch? Sie spürte in sich hinein, aber da war nur diese schmerzhafte Leere zurückgeblieben. Sie sah ihn noch auf der Bühne stehen, Elli im Arm – seine schwangere Frau, die Frau, mit der er für die ganze Welt sichtbar glücklich war. Kim war nur ein Beiwerk gewesen, die Chilisoße in seinem Leben, ein kleines emotionales Extra, das Dirk sich leistete. Wenn sie es sich genauer überlegte, wollte sie diesen Mann am liebsten überhaupt nicht mehr sehen. Er hatte sie tief verletzt, ihr Vertrauen missbraucht und sie als billige Arbeitskraft, die freiwillig ihre freien Tage in der Agentur verbrachte, ausgenutzt. Und wofür? Leere Versprechungen und schnellen Sex, wenn man von dem kurzen Trip nach Venedig einmal absah.

Sie wrang erneut ihren Lappen aus und warf ihn in die Wasserlache. Mit der schlichten Feststellung »Sei froh, dass du ihn los bist!« hatte Doreen ihr mehr geholfen, als die Freundin wohl für möglich gehalten hatte. Schlagartig hatte sich zu Kims Trauer wilde Entschlossenheit gesellt. »Weißt du was, ich bin tatsächlich fertig mit Dirk.« Allein seinen Namen auszusprechen, tat weh. Aber das änderte auch nichts an ihrer Entscheidung.

Doreen hatte erleichtert aufgeseufzt. »Gott sei Dank! Das wurde echt Zeit.«

Kim war sehr bewusst, dass Doreen mit jedem Wort die Wahrheit sprach. Auch wenn es schwer war, das auszuhalten, schwer, sich selbst auszuhalten, während Doreen ihr einen Spiegel vors Gesicht hielt. Doch es half – und sorgte dafür, dass sich zu ihrem traurigen Gefühlschaos eine ordentliche Portion Trotz gesellte.

»Recht hast du«, pflichtete Kim ihrer Freundin bei. »Und nach Italien fahr ich trotzdem, jetzt, wo ich meine Arbeit gekündigt habe.«

Formal hatte sie das zwar nicht, aber Dirk konnte nach seinem Auftritt ja wohl nicht wirklich damit rechnen, dass sie noch mal in der Firma auftauchte. Sie würde in Italien anrufen, umbuchen und aus den Romantiktagen eine schnittige Singlereise machen.

»Sehr gut.« Doreens motivierender, energischer Ton sorgte für die letzte Prise Überzeugung, die Kims Entschluss die nötige Würze gab.

Erneut wrang sie den nassen Lappen über dem Eimer aus. Das Gespräch mit Doreen in Gedanken ein weiteres Mal zu durchleben, tat ihr irgendwie gut und bestärkte sie in ihrer Entschlusskraft.

Sie würde wandern gehen, sich richtig austoben, Energie schöpfen. Als sie plötzlich an das Doppelzimmer dachte, verpasste das ihrer Euphorie einen ordentlichen Dämpfer. Ein leeres Bett neben dem ihren. Kraftlos ließ Kim den Wischlappen in den Eimer fallen. Die Vorstellung, in dem Raum zu schlafen, der eigentlich für sie und Dirk vorgesehen gewesen war, tat zu weh.

Sie ging in ihr Wohnzimmer. Dort lag der Prospekt auf dem Tisch. Sie hatte ihn bewusst dort hingelegt, aus Vorfreude. Wann immer sie auf dem Sofa Platz genommen hatte – mit dem Arbeitslaptop natürlich –, hatte der Anblick des Hotels ihr ein Lächeln ins Gesicht gezaubert.

Kim schaute auf die Uhr. Es war zehn Uhr morgens. Sie ließ sich aufs Sofa fallen und starrte auf das Foto des Hotels. Es war wirklich wunderschön. Backstein, Blumentöpfe, die die Einfahrt säumten, und Zitronenbäume. Eine rundliche

Italienerin mit weißer Schürze stand in der Eingangstür, ein herzliches Lächeln im Gesicht. Sie strahlte förmlich unter der Kochmütze, die einen Teil ihrer mit weißen Strähnen durchzogenen schwarzen Haare bedeckte, die im Nacken zu einem Dutt gedreht waren.

Die Frau war ihr so sympathisch, dass Kim fast schon Sorge bekam, ob sie auch wirklich dort arbeitete und nicht nur ein Fotomodel für den Prospekt war. Kim wollte sie kennenlernen, einfach, weil sie so eine intensive Ausstrahlung hatte. Eine Katze mit rotem Fell saß ein Stück weiter vorn im Bild, die Augen halb geschlossen.

Nein, sie wollte keine andere Unterkunft, schon aus Trotz nicht. Dirk würde sie nie wieder von etwas abhalten. Aber vielleicht gab es ja die Möglichkeit, ein Einzelzimmer zu buchen.

Entschlossen griff Kim nach ihrem Handy, das vor ihr auf dem Tisch lag. Einen Versuch war es wert. Sie blätterte durch den Prospekt. Da war ja die Telefonnummer.

Ohne weiter nachzudenken, tippte sie die Zahlen ein und nahm ihr Handy ans Ohr. Es klingelte eine Weile. Kim wollte fast schon auflegen, als endlich jemand abhob.

»Pronto?«

2. FRISCH GEPRESSTER ORANGENSAFT

Die Straßenschilder waren aus Ton und mit perfekt modellierten, gelb lackierten Zitronen verziert. Kim war fasziniert von diesem liebevollen Detail, das an jeder Straßenkreuzung aufs Neue für Gemütlichkeit in Limone sorgte.

Sie sog alles in sich auf: den Anblick der bunt bepflanzten Blumenkästen am Fußweg ins Zentrum ebenso wie den der Zitronenbäume, die in einer Art Plantage serpentinenartig den Hang hinauf wuchsen, mitten im Ort. Ob hier Limoncello, der köstliche Zitronenlikör, hergestellt wurde? Sie nahm sich vor, danach zu fragen. Es gab einen Campingplatz, eine Vielzahl Hotels, alte Häuser, die sich in Gärten mit knorrigen Olivenbäumen duckten.

Das Dorf durchzog sogar ein Wasserlauf, der sich seinen Weg von den Bergen herunter bahnte.

Die Fahrt hierher hatte Kim als kleines Abenteuer erlebt, als sie hinterm Steuer ihres Fiat 500 durch die düsteren, engen Tunnel fuhr, die direkt in die Felsen des steilen Seeufers geschlagen waren. Tatsächlich war hier ein Rennradfahrer unterwegs gewesen. So gefährlich, wie der lebte, hätte sie nicht mit ihm tauschen wollen, dachte Kim, als sie ihn in weitem Bogen überholt hatte.

Limone jedenfalls gefiel ihr außerordentlich gut. Als ihr Navi sie dazu aufforderte, links in die Via Benedetto Croce abzubiegen, um nach hundertfünfzig Metern ihr Ziel zu erreichen, fühlte sie sich wohler, als sie es in den letzten vier Tagen getan hatte. Da befand sich sogar ein Wegweiser zum *Casa Felicità,* wie das kleine Hotel hieß, in dem Kim auf ein Einzelzimmer umgebucht hatte. Als sie vor dem Gebäude ankam, hätte sie es auch ohne das zweite Hinweisschild erkannt. Alles entsprach genau den Bildern, wenn man mal von den riesigen Sonnenblumen absah, die in einem überdimensionalen Topf direkt neben der Hofeinfahrt standen und dem Anwesen mit ihrem strahlenden Gelb noch mehr Atmosphäre verliehen.

Kim bog in die Hofeinfahrt ein, Kies knirschte unter den Reifen, als sie ihr Auto neben einem SUV parkte. Ihr Fiat 500 kam ihr neben diesem Schiff gleich noch winziger vor. Sie zog den Zündschlüssel ab und stieg aus. Sofort roch sie den typischen Duft des Oleanders, der mit seinen pinken Blüten ein kleines Stück weiter hinten dem Garten einen weiteren Farbtupfer verlieh. Überhaupt war der Garten so liebevoll angelegt. Die Steinmauer, die ihn umgab, ließ von der Straße her gar nicht erahnen, was für ein Kleinod sich hinter ihr verbarg.

»Hallo! Sie müssen Signora Weber sein, nicht wahr?« Eine junge Frau trat aus dem Haus und kam auf Kim zu. Obgleich sie ihre schwarzen Haare zu einem französischen Zopf geflochten hatte, sah man sofort, wie wunderschön sie waren. Über ihrem Sommerkleid trug sie ein adrettes weißes Schürzchen mit Rüschen, das wirkte, als stamme es aus einer anderen Zeit, aber irgendwie passte es zu dem alten Haus, in dem das Hotel untergebracht war.

»Ja, die bin ich.« Kim streckte ihre Hand aus und die Fremde schüttelte sie.

»Ich heiße Valentina. Herzlich willkommen im Hotel Felicità!« Der feste Händedruck verriet, dass die junge Frau harte Arbeit gewohnt war.

»Wollen Sie vielleicht erst mal reinkommen, Signora Weber? Wir haben wunderbare Orangen da, der Saft ist köstlich«, schlug Valentina vor. Sie sprach perfekt Deutsch, vielleicht mit einem leichten österreichischen Einschlag, fand Kim.

»Sehr gern.« Kim lächelte. »Aber nur, wenn Sie mich Kim nennen und du zu mir sagen, sonst fühle ich mich so alt.«

»Sehr gern!« Valentina lachte. »Also: wollen wir?«

»O ja, frisch gepresster Orangensaft klingt sehr gut.« Erst jetzt wurde Kim bewusst, wie viel wärmer es außerhalb des klimatisierten Autos war. Sie stand erst ein paar Minuten in der Mittagshitze, dennoch schwitzte sie bereits.

»Na, dann wollen wir mal!« Valentina deutete in Richtung Haus und wies Kim den Weg an ein paar Zypressen vorbei zur Haustür.

»Der Garten ist herrlich«, sagte Kim, während sie zu einem alten Olivenbaum hinüberschaute, die Zitronenbäume registrierte und die diversen Blühpflanzen, die dem Gesamtbild an allen möglichen Stellen des Gartens Farbtupfer verliehen. Kim erspähte neben dem Oleander eine Art Gartensessel für zwei, weiter hinten, fast verdeckt von dem Olivenbaum, standen zwei weitere Liegen und bei einem Zitronenbaum sah Kim eine Bank. Die Gäste waren unverkennbar herzlich dazu eingeladen, sich im Garten ein ruhiges Fleckchen zur Entspannung zu suchen. Allerdings versetzte es ihr einen kleinen Stich, dass selbst die Sitzgelegenheiten in der parkartigen Außenanlage mehr für Paare als für Singles wie sie eingerichtet waren.

»Wenn ich ein Plätzchen im Garten suchen würde, dann würde ich sofort das Fleckchen drüben am kleinen Teich wählen. Dort ist es im Schatten am kühlsten, und der hölzerne Liegestuhl ist für eine Person, was heißt, dass einem niemand auf die Nerven gehen kann. Außerdem mag ich unsere Palme besonders gern«, durchbrach Valentina ihre Gedanken – mit genau der richtigen aufmunternden Botschaft. Sie lächelte Kim zu, die sich irgendwie ertappt fühlte, obwohl sie gar nichts gesagt hatte. Valentina musste über eine gute Menschenkenntnis verfügen.

Kim dachte an Dirk. Sie konnte ihn sich eh nicht mit einem Buch in der Hand unter einem Olivenbaum liegend vorstellen, daneben sie selbst. Das Bild war geradezu absurd! Was hatte sie schon verbunden, jenseits von Agentur und Bett? Kim wusste nicht einmal, was er sonst gern tat.

Und sie selbst – wann hatte sie sich zuletzt die Zeit genommen, ein Buch zu lesen? Wann war ihr Kopf frei genug gewesen, um sich auf eine Geschichte einzulassen und mit ganzem Herzen darin einzutauchen und sie bis zur letzten Seite zu genießen?

Sie konnte sich nicht erinnern. Wie trostlos! Was für ein Armutszeugnis sich selbst gegenüber! Früher hatte sie sich ein Leben ohne Bücher überhaupt nicht vorstellen können – und ohne Malutensilien, flüsterte eine kleine Stimme in ihrem Kopf, der sie seit Jahren schon keine Beachtung mehr geschenkt hatte und die sie auch jetzt geflissentlich ignorierte.

Kim wurde wieder einmal bewusst, wie sehr Dirk ihr Leben beeinflusst, ja, beeinträchtigt hatte. Ihre Stimmung verdüsterte sich.

»Was haben Sie – äh, du – entschuldige. Also noch mal: Was hast du vor hier am Lago?« Valentina versuchte, das Gespräch mit Small Talk zu beleben. Sie war wirklich sympathisch. Kim mochte sie auf Anhieb.

»Ich will mir die umliegenden Dörfer anschauen, die sollen sehr stimmungsvoll sein. Außerdem werde ich ein wenig wandern. Ich möchte auf jeden Fall auch mal shoppen und mir ein paar hübsche Sachen für den Sommer kaufen. Ich wollte auch mal wieder was lesen, und es würde mich auch interessieren, surfen zu lernen.«

»Das klingt sehr ausgefüllt.« Valentina lächelte Kim an.

»Ja, das soll es auch sein.« Kim hätte sich am liebsten auf die Zunge gebissen, nachdem der Satz draußen war.

»Bist du so ein unternehmungslustiger Typ?«, fragte Valentina nach.

»Ehrliche Antwort? Nicht unbedingt. Ich hab meinen Freund verlassen und jetzt versuche ich zu überleben.« Das klang zwar fürchterlich dramatisch, aber genau das war es, was Kim gerade fühlte. Sie wollte einfach nur einen Tag nach dem anderen schaffen, manchmal nur die nächste Stunde oder sogar die kommenden zehn Minuten. Ihre Gefühle schwankten wie ein Segelboot bei Windstärke neun, und sie konnte kaum voraussagen, wann ihr wieder die Tränen kämen. Es war zwar in den letzten zwei Tagen besser geworden, als sie Koffer gepackt und die Reise geplant hatte, aber das schrieb sie der Aufregung wegen der Reise zu, die ihre gesamte Aufmerksamkeit gefordert hatte. Insofern war es gut, dass sie die Fahrt allein gemacht und dafür ihre ganze Konzentration investiert hatte.

Jetzt, wo sie sich Valentina offenbarte, drohte Kims emotionales Schiff wieder einmal zu kentern.

Aber Valentina sorgte dafür, dass Kim ein Schiffbruch erspart blieb.

»Das kann dann nur eine gute Entscheidung gewesen sein hierherzukommen. Du siehst mir sehr wie eine Frau aus, die weiß, was sie will«, stellte sie fest.

Die zwei Frauen hatten das Haus betreten. Es war herrlich kühl. Kim schaute sich um. Alles war in warmen Braun- und Rottönen gehalten, was dem Haus noch mehr Gemütlichkeit verlieh. Zwei kleine Sitzgruppen mit altertümlichen Sofas luden zum Verweilen ein. Ein älterer Herr saß hier und las vertieft in seiner Zeitung. Er sah nicht einmal auf, als die beiden Frauen ihn passierten.

Eine Holztreppe führte hinauf ins Obergeschoss, eine doppelte Tür mit Glasfenstern ermöglichte den Blick auf die Tische des Restaurants dahinter, wo alles mit weißen Tischdecken und Stoffservietten eingedeckt war.

»Du wolltest frisch gepressten Orangensaft? Oder doch lieber ein Glas Rotwein?«, fragte Valentina, die zielsicher auf die Flügeltür zuging und Kim bedeutete, ihr zu folgen. Zu dem Restaurant gehörte auch eine kleine Bar, die man vom Eingangsbereich aus gar nicht sah. Dort standen eine Orangenpresse und eine große Schale mit einer Pyramide aus frischen Orangen darin. Ihre leuchtende Farbe versprach so viel Frische und Genuss, dass Kim sofort wusste, wonach ihr war.

»Saft, bitte.«

»Sehr gute Wahl. Ich press ihn dir.« Valentina ging zu der fest installierten Orangenpresse aus Edelstahl und begann, die Früchte auf einem Holzbrett aufzuschneiden. Ihr Saft troff heraus und bildete einen kleinen See auf dem Brett.

Valentina hatte nur drei Orangen genommen. Sie legte die erste halbierte Frucht in die Presse und zog den Hebel nach unten. Augenblicklich floss der Saft in das Glas, das sie unter den Ausguss gestellt hatte. Blitzschnell waren alle Orangenhälften ausgepresst, Eiswürfel und ein Trinkhalm ins Glas gegeben und dieses an Kim weitergereicht, die kurz mit dem Halm umrührte, bevor sie den ersten Schluck nahm. Süß und sauer zugleich, mit dem puren Geschmack sonnengereifter Orangen, war dieser Saft ein Gedicht und verursachte eine wahre Explosion in ihrem Mund.

»Valentina? Tina?« Eine kraftvolle Stimme rief nach der Mitarbeiterin.

»Hier! Ich bin an der Bar.« Valentina wischte sich die Hände an ihrem kleinen Schürzchen ab.

Eine rundliche Frau kam von irgendwoher. Ihre Haare waren zu einem eindrucksvollen Dutt frisiert, graue Haarsträhnen durchzogen die einst pechschwarze Mähne, die von einem Haarnetz zusammengehalten wurde.

»Kannst du mir rasch einen Cappuccino machen?« Jetzt erst sah die Frau auch Kim. »Oh, buona sera! Sie sind Signora Weber, richtig?« Auch die ältere Dame wischte sich die Hände an ihrer blitzsauberen weißen Schürze ab. Es war mehr eine automatische Bewegung, denn die Finger der Frau waren schon zuvor sauber gewesen. Jetzt begrüßte sie Kim ebenfalls mit einem festen Händedruck, während Valentina sich an der riesigen Kaffeemaschine zu schaffen machte.

»Sie sind schon versorgt worden, wie ich sehe?« Aus der Nähe war es unverkennbar: Das war die Frau auf dem Prospekt. Sie deutete auf Kims Glas und Kim nickte.

»Ja, vielen Dank. Der Saft schmeckt wunderbar!«

»Dann haben Sie Glück, denn Sie werden ihn diese Woche jeden Tag zum Frühstück serviert bekommen.« Die Frau strahlte sie an. »Ich bin Antonella Bianchi und koche hier.«

»Und eigentlich gehört der Signora auch das Hotel«, fügte Valentina mit einem leicht ironischen Unterton hinzu. »Aber sie wird gleich sagen, dass das nicht wichtig ist.«

»Sehr richtig, Tina.« Antonella griff lachend nach ihrem Cappuccino und setzte sich auf einen der hölzernen Barhocker. Sie schnupperte an dem Kaffee und verdrehte genussvoll die Augen. »Perfetto!«

»Also, Frau Weber, hat Valentina Ihnen schon erzählt, was wir als Hotel alles bieten?« Jetzt nahm Antonella einen großen Schluck ihres Cappuccinos.

»Nein. So weit waren wir noch nicht«, mischte Valentina sich ein.

»Kein Problem. Also, ich erzähle mal. Setzen Sie sich doch zu mir, meine Liebe.« Antonella deutete auf den freien Platz neben sich und Kim kam der Aufforderung gern nach.

»Nun, wenn Sie hier hinausgehen, kommen Sie auf die Terrasse. Da haben Sie einen schönen Blick über den See und ein kleines Stückchen weiter hinten ist auch der Pool. Dort können Sie sich erfrischen. Und hier drin, das sehen Sie ja selbst, servieren wir das Abendessen.« Antonella nahm einen weiteren Schluck des Cappuccinos. »Wir bieten auch ein vegetarisches Menü an, selbstverständlich. Valentina zeigt Ihnen nachher noch die Auswahlmöglichkeiten. Außerdem haben wir ein Yogaprogramm.«

»Yoga?«, fragte Kim nach.

»Ja. Das ist sehr beliebt bei unseren Gästen, ein richtiges Highlight, um in den Tag zu starten. Es beginnt um sieben Uhr dreißig und dauert eine knappe Stunde. Ich rate Ihnen wirklich, das mal auszuprobieren. Das würde Ihnen guttun, denke ich.«

Kim konnte sich das überhaupt nicht vorstellen, das Letzte, was sie wollte, war nachzudenken – weder über sich selbst noch über irgendetwas sonst. Yoga – das war doch so ruhig und meditativ? Allein die Idee verursachte bei ihr schon ein Kribbeln in den Fußsohlen. Nein, das war nicht das, was sie brauchte. Zu viel Ruhe klang nach vielen unliebsamen Erinnerungen, nach Gedanken, die sie nicht haben wollte, nach Traurigkeit.

»Danke«, antwortete sie nur. Schließlich war es nicht ihre Pflicht, sich auf das Yoga einzulassen, nicht wahr?

»Wunderbar.« Antonella stellte ihre Tasse ab und klatschte in die Hände. »Wenn Sie sonst noch etwas benötigen, fragen Sie Tina, ja?«

»Sehr gern.« Kim fühlte sich wirklich willkommen geheißen. Sie trank ihren Saft aus.

Antonella stand auf. »Ich geh dann mal die Gnocchi machen. Heute gibt es Gnocchi mit Pilzen – ich kann sie nur empfehlen, auch wenn Eigenlob bekanntlich nicht besonders gut riecht.« Sie lächelte ihr freundliches, warmes Lächeln und ging in Richtung der Tür, aus der sie vorhin so plötzlich aufgetaucht war. »Bis später!«, rief sie noch – dann war sie verschwunden.

»Sie sind wirklich köstlich. Also – Antonellas Gnocchi, meine ich.« Valentina nahm die Kaffeetasse und stellte sie in die Spülmaschine, die sich rechts neben einer kleinen Spüle befand. »Hier zu arbeiten ruiniert auf die Dauer die Figur, das kann ich dir sagen.« Die gertenschlanke Valentina grinste. »Kann ich noch etwas für dich tun oder willst du erst mal ankommen?«

Kim dachte einen Moment nach. Sie hatte sich tausend Dinge vorgenommen – aber würde sie allein die Motivation finden und ihre Pläne auch verwirklichen? War es da nicht sinnvoller, einfach etwas fest zu vereinbaren? Kurzerhand fasste sie einen Entschluss.

»Ich könnte einen Surflehrer brauchen!«

»Na, das trifft sich ja günstig«, sagte Valentina und nickte. Kim verstand nicht ganz, sie wollte gerade nachfragen, warum, aber in diesem Augenblick betraten zwei Männer den Raum und schienen ihn sofort mit ihrer Anwesenheit bis in den letzten Winkel auszufüllen. Beide trugen knallbunte Hawaiihemden, einer hatte einen Kinnbart, den er zu einem kleinen Zöpfchen zusammengefasst trug, während dem anderen die Haare bis auf die Schultern fielen.

»Ciao, Bella!«, dröhnte der langhaarige Mann und meinte offensichtlich Valentina, denn er winkte grazil in ihre Richtung. »Was gibt es zum Essen heute?« Er war schlank und mindestens eins neunzig groß.

»Meine Herren, gut, dass Sie da sind! Ich wollte gerade Kim hier fragen, was sie gern speisen möchte – da können Sie sich gleich mit Ihrer Auswahl anschließen.« Valentina deutete auf ein Klemmbrett, das am anderen Ende der Theke lag und das Kim noch gar nicht aufgefallen war.

»Sehr schön, dann kommen wir gerade rechtzeitig. Wir waren in dieser Eisdiele, die Sie empfohlen haben – fantastisch!« Der zweite der Männer zupfte an seinem Bartzöpfchen. Er war dicklich und das Hemd spannte über seinem Bauch.

»Du hattest doch nur ein winziges Sorbet«, beschwerte sich der lange, schlanke Mann bei seinem Freund. »Ich musste den Amarenabecher allein essen.«

»Als ob dir das schwergefallen wäre.« Der kleine Dicke wandte sich an Kim. »Wissen Sie, ich muss konstant auf meine Linie achten.«

Na, eines war klar, fand Kim: Langweilig würde es in diesem Hotel wohl nicht werden, wenn alle Gäste so illuster waren wie diese beiden hier.

»Gnocchi!«, rief der langhaarige Mann jetzt aus. »Fantastisch!«

»Ernesto, du Genießer!« Kim hörte den liebevollen Ton des fülligen Mannes, während er kurz den Arm um seinen Begleiter legte, der offenbar Ernesto hieß.

Der Angesprochene grinste nur. »Und als Hauptspeise nehme ich den Fisch. Danke, Valentina! Was möchtest du, Clement?«

»Ich glaube, ich sollte die Suppe statt der Gnocchi wählen.« Man sah dem dicken Mann den inneren Konflikt deutlich an, als er erneut über sein Bäuchlein strich und sich kurz an das Bärtchen fasste, wie um nachzudenken.

Ernesto wandte sich an Valentina, ohne die Entscheidung seines Freundes abzuwarten. »Ich möchte die Gnocchi und den Fisch und Clement auch«, sagte er im Brustton der Überzeugung.

»Sehr gern. Und für dich?« Valentina schaute zu Kim, die die Szene zwischen den beiden Männern amüsiert beobachtete

41

und vor lauter Schauen ihrerseits vergessen hatte, das Menü zu studieren.

»Das Gleiche«, sagte sie. Im Moment hatte sie eh kaum Appetit, da lohnte es sich nicht, selbst die Speisekarte zu studieren. Außerdem schien Ernesto genau zu wissen, was er bestellte. Kim trank den letzten Schluck ihres Safts.

»Wunderbar, dann ist ja alles klar.« Valentina machte sich eine Notiz. »Und das mit dem Surflehrer kläre ich. Jetzt zeig ich dir noch dein Zimmer, ja?«

* * *

Das Zimmer war klein, aber nicht ungemütlich, fand Kim. Ein Bett, ein Schrank, ein Lesesessel. Es war minimalistisch eingerichtet, doch keineswegs lieblos. Es war durchaus ein Raum, in dem man sich wohlfühlen konnte, besonders auch wegen der Bilder von den Zitronenbäumen, die dem Raum gelbe Farbtupfer verliehen. Sie betrachtete sie genauer, die Pinselstriche, die Konturen. Aber es waren nur Zitronen, nicht wahr? Für Stillleben aller Art hatte sie sich nie besonders interessiert, auch früher nicht, als sie noch gemalt hatte.

Sie wandte sich ab. Auf dem kleinen Beistelltisch vor dem Sessel stand eine ebenfalls zitronengelbe Kerze und daneben lagen Zündhölzer bereit. Man wurde also als Gast dazu eingeladen, für zusätzliche Gemütlichkeit zu sorgen.

Es war still in dem Zimmer, unglaublich still. Kim saß auf der Bettkante, den Koffer noch nicht ausgepackt, und fühlte sich mit einem Mal schrecklich einsam. Vielleicht war es ein falscher Schritt gewesen hierherzukommen? Sie holte tief Luft, wollte gar nicht weinen, nein, nicht mehr wegen Dirk weinen, und schon spürte sie die Tränen in sich aufsteigen und nach draußen drängen. Sie sah die dunklen Flecken auf ihrer kurzen Hose, kleine nasse Punkte als Zeugen ihrer Traurigkeit.

Kim schniefte. All die Versprechungen, all die verstohlenen Küsse und die großartigen Komplimente, die Dirk ihr gemacht hatte, kamen ihr in den Sinn. War auch nur ein einziges seiner Komplimente wirklich auf sie bezogen gewesen? War es nicht jedes Mal um die Arbeit gegangen, ihre Kreativität, ihre Effizienz, ihre Aufopferungsbereitschaft? Hatte sie sich seine Anerkennung nicht tatsächlich im wahrsten Wortsinn erarbeitet? Es war nie ihr Gesicht gewesen, das ihm gefiel, oder ihr Aussehen, ihr Charakter. Sie dachte nach. Weitere kleine Flecken gesellten sich zu denen auf ihrer Hose. Nein, es war nie um sie, Kim, gegangen. Ihre Person hatte überhaupt keine Rolle gespielt, als hätte es sie für Dirk überhaupt nicht gegeben, nur das, wofür sie stand: beruflichen Erfolg.

Sie atmete tief ein. Keine Rolle, wirklich überhaupt keine, wiederholte sie in Gedanken wie ein Mantra. So, als wäre sie gar nicht existent gewesen. Diese Erkenntnis musste sie festhalten. Es würde ihr helfen, Dirk zu vergessen.

Vorsichtig tupfte Kim mit einem Taschentuch die restlichen Tränen aus ihren Augen, um ihre Wimperntusche nicht noch mehr zu verwischen. Sie musste unbedingt ins Bad vor dem Essen und ihr Aussehen kontrollieren. Aber jetzt würde sie erst einmal den Koffer auspacken.

Genau in diesem Moment klingelte ihr Handy. Als sie auf das Display starrte, konnte sie nicht fassen, wer der Anrufer war. Dirk! Er wagte es tatsächlich, ihre Nummer zu wählen? Was jetzt? Es brauste in Kims Ohren, als ob plötzlich ein Sturm aufgezogen wäre. Ihre Gedanken überschlugen sich. Was sollte sie tun? Abheben? Es lassen? In ihr tobte ein Sturm.

Schließlich drückte sie einfach das grüne Symbol.

»Kim?« Da war seine vertraute Stimme. Das Brausen in ihren Ohren schmerzte, ihre Knie zitterten. Kim war froh, dass sie ohnehin schon auf der Bettkante saß.

»Ja.« Warum klang sie so klein? Sie wollte groß klingen, wie eine Riesin, arrogant und unerreichbar. Kim ärgerte sich über sich selbst.

»Wie geht es dir?« Fragte er das wirklich?

Sie versuchte, sich noch ein wenig mehr aufzurichten. »Sehr gut, danke.«

Er schwieg tatsächlich eine Sekunde. »Wann kommst du wieder zur Arbeit? Hast du dich ein wenig beruhigt?«

Das war wirklich die Höhe! »Bist du denn noch ganz bei Trost? Du hast ernsthaft gedacht, es geht so weiter?« Endlich klang sie so, wie sie klingen wollte: Stark, groß und entschlossen. Kim konnte nicht glauben, was sie hörte. Sie war schlicht fassungslos angesichts von so viel Dreistigkeit.

»Na ja, es muss sich doch nichts zwischen uns ändern, nur weil …«

Kim unterbrach ihn. »Stopp. Hör auf!«, verlangte sie. »Es wird nicht einfach so weitergehen. Es geht nämlich überhaupt nicht weiter!«

Jetzt endlich, wo Kim schrie, blieb Dirk still.

»Du bist eine einzige Enttäuschung für mich«, fuhr sie fort. »Und ich dachte, dir sei zumindest klar, dass du mit mir in keinem deiner Lebensbereiche mehr rechnen kannst.«

»Aber Schatzi, der Urlaub!«, erinnerte Dirk. Offenbar wusste er nicht einmal, dass der längst begonnen hatte, dabei hatten sie das Datum gemeinsam festgelegt.

Und dann: Schatzi! Ernsthaft? Fast hätte Kim laut gelacht. Ja genau, so hatte er sie genannt. Unkreativer ging es wohl nicht für den Chef einer Werbeagentur. Und klang er tatsächlich weinerlich?

»Den Urlaub kannst du dir sonst wohin schieben. Ich fahr mit dir überhaupt nirgendwo mehr hin.«

Kim hatte einen Geistesblitz. »Und die Kündigung von dir samt saftiger Abfindung nehme ich natürlich an. Meine Kontodetails sind dir ja bekannt.«

Sie nutzte sein verblüfftes Schweigen, um einfach das rote Knöpfchen zu drücken. Erst jetzt merkte sie, dass sie mittlerweile am ganzen Körper zitterte. Aber ihr Auftritt war gut gewesen, fand sie. Besonders das mit der Kündigung. Natürlich hatte Dirk ihr nicht gekündigt. Doch in dem Punkt hatte sie ihn in der Hand, nicht wahr? Sie verdiente eine ordentliche Abfindung, fand Kim. Ohne sie wäre der *Chocolate-Chase*-Auftrag nämlich gehörig in die Hose gegangen. Sie war es gewesen, die das Logo entworfen hatte, die die Ideen für den Werbespot gehabt hatte, den Slogan kreiert, alles! Die ganze Kampagne wäre ohne sie niemals so zustande gekommen.

Jetzt stiegen doch wieder Tränen in Kim hoch. Sie konnte gar nicht sagen, ob aus Trauer oder Wut. Es war ein Wirrwarr von Gefühlen, die sie nicht zu verorten vermochte.

Jetzt war alles offen, ihre Zukunft war ein gänzlich unbeschriebenes Blatt, das sie mit neuen Plänen und Zielen füllen musste.

Kim schaute sich in dem kleinen Zimmer um und war froh, nicht zu Hause zu sein. Immerhin war dieser Ort nicht mit Erinnerungen an Dirk verknüpft. Sie stand auf. Zeit, sich auf das Abendessen vorzubereiten.

Als Kim in den Speisesaal hinunterkam, war es Viertel nach sieben und sie damit fünfzehn Minuten zu spät. Der Raum war voll besetzt, nur ein einziger Tisch war noch leer.

Zwei Kellner wuselten zwischen den Leuten herum und verteilten Getränke. An der Wand stand ein Tisch, auf dem Salate, Weißbrot und verschiedene Sorten Oliven darauf warteten, dass die Gäste sich an ihnen bedienten. Eine kleine Schlange hatte sich schon gebildet, in der Ernesto stand. Als er Kim sah, winkte er ihr fröhlich mit der freien Hand zu, in der anderen hielt er einen leeren Teller, um sich von den Speisen zu holen.

»Kim! Da bist du ja.« Valentina war an sie herangetreten. Das adrette Schürzchen war verschwunden, sie trug jetzt ein hübsches Kleid mit einer farblich passenden weinroten Schürze dazu und sah fabelhaft aus. »Dein Tisch ist dort drüben.«

»Ich habe es schon vermutet. Vielen Dank!« Kim ging auf den freien Tisch zu, und aller Optimismus, den sie in ihrem Zimmer so mühevoll gesammelt hatte, schien ihr zu entweichen wie einem Luftballon, den man angepiekst hat. So schön die rote Rose in ihrer Vase aussah, sosehr das Kristall des Weinglases blitzte, so perfekt das Tafelsilber poliert war, so liebevoll, wie die Serviette zu einem Schwan gefaltet war – Kim konnte sich nicht vorstellen, dass ihr das Abendessen allein am Tisch zum Genuss werden würde.

Sie setzte sich und schaute sich um. Fröhliches Stimmengewirr erfüllte den Raum, leise Klaviermusik sorgte für das richtige Ambiente, und zarter Knoblauchduft, vermischt mit dem Aroma von Rosmarin und Zitrone, schwängerte den Raum. Wann hatte sie eigentlich zuletzt etwas gegessen? Kim konnte sich nicht erinnern. Ihr Magen knurrte plötzlich, obwohl sie nicht den geringsten Appetit verspürte.

»Was möchten Sie trinken?« Einer der aufmerksamen Kellner war an den Tisch getreten.

»Eine Weißweinschorle, bitte.«

»Sehr gern. Am Salatbüfett dürfen Sie sich einfach bedienen. Wir servieren im Anschluss die Pasta.« Der Kellner nickte ihr zu, dann war er auch schon in Richtung Bar unterwegs, wo Valentina jetzt stand und sich um die Getränke kümmerte.

Kam es Kim nur so vor oder wurde sie wirklich von dem grauhaarigen Ehepaar am Fenstertisch beobachtet? Sie kontrollierte ihre Frisur. Manchmal stand am Hinterkopf eine Haarsträhne ab wie eine Antenne, aber heute war das nicht der Fall, wie Kim erleichtert feststellte.

Sie atmete tief ein und wieder aus. Dann entschied sie sich, das Naheliegende zu tun, und stand auf. Ein paar Oliven zur Weinschorle würde sie schon runterkriegen.

Das Büfett sah köstlich aus. Es gab Caprese und sogar Vitello tonnato. Kim liebte all diese Antipasti und das hauchdünn geschnittene Kalbfleisch mit Thunfischsoße besonders. Sie griff nach einem Stück Weißbrot und nahm sich dann jeweils eine kleine Portion, dazu ein paar schwarze und grüne Oliven mit Schafskäsefüllung. Der Duft, der von ihrem Teller aufstieg, war göttlich. Offenbar waren die Oliven auch noch in Knoblauchöl eingelegt gewesen.

»Sieht wunderbar aus, nicht wahr?«, raunte eine Stimme in Kims Ohr und sie drehte sich um. Da stand Clement, der dickliche kleine Mann, neben ihr. Er hatte sein Hawaiihemd gegen ein pinkfarbenes Poloshirt getauscht und begann seinen Teller zu befüllen.

»Ja. Es ist wirklich ein einladendes Büfett.« Kim schaute auf Clements Teller, der offenbar bis auf ein paar Salatblätter leer blieb.

»Aber Sie haben noch gar nichts gewählt, oder?«

»Nun, ich wollte heute mal ein wenig kürzertreten. Wenn ich allerdings diesen göttlichen Büffelmozzarella sehe ...« Er griff nach dem Löffel und legte sich eine einzelne Tomatenscheibe, gepaart mit einem kleinen Stück Mozzarella, auf den Teller. Dann krönte er die Kombination mit drei Basilikumblättern und seufzte schicksalsergeben.

»Ich finde, im Urlaub darf man ruhig ein wenig über die Stränge schlagen«, bestätigte Kim ihn in seinem Tun.

Clement lächelte bekümmert. »Das sagt Ernesto auch immer. Aber der hat es leicht, er sieht gut aus und kann essen, was immer er möchte.«

»Ach, wissen Sie, ich denke, Sie sollten trotzdem dem Genuss den Vortritt lassen. Am Ende verpassen Sie sonst noch das Beste. Ich wünsche Ihnen einen guten Appetit.« Kim hielt den Small Talk für beendet und machte sich auf den Rückweg zu ihrem Tisch. Sie schaute sich dabei erneut um und erspähte Ernesto am anderen Ende des Speiseraums. Insgesamt waren es vielleicht fünfzehn Tische, aber sie waren luftig im Zimmer angeordnet, so dass man ungestört plaudern konnte – sofern man einen Gesprächspartner am Tisch hatte.

Sie setzte sich. Zwischenzeitlich war ihre Weinschorle serviert worden, und Kim nahm einen großen Schluck, bevor sie nach der äußersten Gabel ihres Besteckarrangements griff. Wie romantisch es hier mit Dirk gewesen wäre! Ihr Magen zog sich für einen Moment so sehr zusammen, dass sie bezweifelte, auch nur einen einzigen Bissen hinunterzukriegen. Entmutigt legte sie das Stück Mozzarella, das sie gerade aufgespießt hatte, zurück auf den Teller und starrte auf die Köstlichkeiten, die sie sich aufgelegt hatte.

»Kim, nicht wahr?« Sie schaute auf und da stand Ernesto.

»Ja, genau.« Sie zwang sich zu einem Lächeln.

»Wie wäre es, wenn Sie sich zu uns setzen – oder erwarten Sie noch jemanden?« Ernesto hielt einen Teller in der Hand, der fast überquoll. Er hatte das Büfett sehr ordentlich geplündert, das musste man ihm lassen.

»Ich – ich weiß nicht«, stammelte sie jetzt, einerseits dankbar über das Angebot, andererseits nicht wissend, ob sie es annehmen sollte. Schließlich konnte sie eins und eins zusammenzählen, und mit ihrer eigenen Einsamkeit ein trautes Paar zu stören, war nun auch nicht ihre Art.

»Na, ich bitte darum. Wenn ich ohne Sie zurückkomme, verweigert Clement seinen Nachtisch und das können Sie nicht zulassen.« Ernesto hatte, ohne eine Antwort abzuwarten, nach Kims Glas gegriffen. »Kommen Sie, na los. Wir sind schon ganz gespannt auf Ihre Gesellschaft!«

Seine offensichtliche Neugier, seine Aufgeschlossenheit, gepaart mit der ehrlichen Freundlichkeit, die er an den Tag legte, überzeugten Kim und sie erhob sich. »Also gut. Ich komme gern mit.«

Das alte Ehepaar am Fenster warf einen weiteren Blick in ihre Richtung, jetzt mit offensichtlicher Missbilligung.

»Hallöchen, Sie beide!«, schmetterte Ernesto jetzt in deren Richtung. »Passen Sie auf, falls Sie den Fisch bestellt haben. Nicht dass Sie sich vor lauter Schauen an einer Gräte verschlucken, nicht wahr?« Täuschte Kim sich, oder hörte sie da einen Zwischenton heraus, der das Gestarre der zwei Alten missbilligte? Der Blick der beiden Senioren war jedenfalls Gold wert.

Ernesto trug noch das knallbunte Hemd vom Nachmittag. Jetzt erst wurde Kim der zwei Lovebirds gewahr, die die ganze Rückenseite des Shirts einnahmen. Ihre Schnäbel berührten sich, als würden sie einander küssen. Der Name der Vögel rührte von der für sie typischen sehr starken Paarbindung her, wie Kim wusste.

Vermutlich war dem griesgrämigen Ehepaar, das dasaß, als hätte es jeweils gleich mehrere Stöcke verschluckt, sicher schon allein die Tatsache ein Dorn im Auge, dass die knalligen Farben des Hemds in dem dezenten Raum so hervorstachen.

»Ich hab Kim mitgebracht. Bitte, setzen Sie sich doch!« Er deutete auf den freien Platz am Tisch, dann winkte er nach dem Kellner. »Würden Sie bitte für unsere Bekannte hier eindecken? Danke, überaus liebenswürdig.« Ernesto wartete die Antwort gar nicht ab, sondern wandte sich schon wieder Kim zu.

»Wollen wir uns vielleicht duzen?«

»Wie schön, dass du bei uns sitzt!«, rief Clement im selben Moment, in dem Ernesto seine Frage aussprach, und hob sein Weinglas.

Kim konnte gar nicht anders, als ihr Glas, das Ernesto vor ihr abgestellt hatte, ebenfalls zu heben bei so viel Freundlichkeit.

»Auf eine tolle Zeit hier im *Felicità*!« Clement prostete erst ihr und dann Ernesto zu.

»So, und jetzt erzählen Sie – äh, du, ich meine, erzählst du uns erst mal, warum du so traurig bist.« Ernesto schob seine bis zum Äußersten mit Salat gefüllte Gabel in den Mund und begann, energisch zu kauen.

»Äh.« Kim war ganz perplex von Ernestos Direktheit.

»Entschuldige. Man sieht einfach, wie traurig du bist, weißt du.« Er zuckte mit den Schultern.

»Na, das ist ja auch nicht schwer, da brauchst du jetzt nicht zu tun, als wärst du ein Hellseher, Darling.« Hatte Clemens wirklich *Darling* gesagt? »Sie müssen wissen, dass Sie ganz dunkle Spuren unter den Augen haben«, flüsterte er jetzt Kim zu.

»Verdammt!« Sie hatte ganz vergessen, ins Bad zu gehen und ihr Make-up zu überprüfen. Nicht, dass sie so aufwendig geschminkt gewesen wäre, aber …

»Ach, ich finde nicht, dass du dich verstecken müsstest. Schließlich hat jeder Mensch mal Kummer, nicht wahr?« Ernesto begutachtete eine der schwarzen Oliven und steckte sie dann in den Mund, sodass sich seine linke Wange ausbeulte, als hätte er gerade eine Weisheitszahn-OP hinter sich.

»Ja, das ist sicher wahr.« Kim holte ein Taschentuch aus ihrer kleinen Handtasche und rieb damit unter ihren Augen herum. »Besser?«

»Wunderbar!« Clement tätschelte Kims Hand mit einer so vertrauten Geste, als wären sie beide schon seit Jahren dicke Freunde. »Für mich bist du ohnehin die schönste Frau hier im

Raum.« Er grinste und schnitt ein winziges Stück von seinem Mozzarella ab.

Ernesto lachte. »Das kann ich bestätigen.«

»Danke.« Kim war den beiden humorvollen Männern wirklich dankbar. Sie griff nach dem Stück Weißbrot, das sie am Büfett mitgenommen hatte, und tunkte es in die Thunfischsoße. Sie war ein Gedicht!

»Also? Warum bist du traurig?« Sowohl Ernestos als auch Clements Augen ruhten auf Kim. Wie sollte sie das nur erklären?

»Das ist eine sehr lange Geschichte«, sagte sie schließlich.

»Herrlich! Dann werden wir dir jetzt ganz genau zuhören«, beschloss Ernesto. »Und dazu genießen wir gemeinsam Antonellas unwiderstehliche Küche.«

Die Vorstellung, genussvoll zu speisen, während sie vom Drama ihres Lebens berichtete, war für Kim so absurd, dass sie davon ganz überrumpelt war. Aber statt in Schweigen zu verfallen, tat sie genau das, was Ernesto sich gewünscht hatte. Sie begann den beiden fremden Männern haarklein zu erzählen, was ihr geschehen war, und ließ kein Detail aus, während Ernesto und Clement ihr an den Lippen hingen. Dazu genoss sie Steinpilzgnocchi, die auf der Zunge zergingen, und Fisch in Zitronen-Knoblauch-Soße mit Rosmarinkartöffelchen. Die Gerichte waren so perfekt zubereitet und aufeinander abgestimmt, dass Kim gar nicht auf die Idee kam, auch nur ein Krümelchen der Köstlichkeiten übrig zu lassen, die nach und nach serviert wurden, während Clement so von ihrer Geschichte fasziniert war, dass er nur halbe Portionen aß und den Rest seinem Freund Ernesto hinüberschob, der gern die zweite Hälfte verputzte.

Als es dann noch Tiramisu nach einem venezianischen Rezept als Nachspeise gab, kam Kim zum Ende ihrer Ausführungen.

»Und dann habe ich mich entschieden, eben allein nach Italien zu fahren.« Wie von Zauberhand war Espresso serviert worden und Kim nippte an der bitteren schwarzen Flüssigkeit. Kurz schwiegen alle drei. Kim hatte so eine Ahnung, dass Sprachlosigkeit etwas war, das bei Clement und seinem Freund eher selten vorkam. Sie begutachtete ihren Dessertteller: der schwarze Kakao, Früchte, ein winziges Sahnehäubchen.

»Was für ein kleiner Geist«, sagte Ernesto schließlich, als er sein Schweigen durchbrach. Seine Stimme klang so ruhig, dass Kim klar war: Er meinte jedes Wort. Und sie selbst fand so treffend, was ihr neuer Bekannter da aussprach. Dirk hatte keine Größe.

»Du sagst es, Ernst. Es ist doch nicht zu fassen, oder? Man möchte sich da doch sehr deutlich von diesem Geschlechtsgenossen distanzieren.« Clement hatte wie Ernesto (hatte Clement gerade Ernst zu ihm gesagt?) einen Teller Tiramisu vor sich und griff jetzt nach seinem Dessertlöffel.

Ernesto nickte. »Wirklich, Kim, es tut mir sehr leid, dass du auf so eine Wurst treffen musstest.« Die Formulierung fand Kim so witzig, dass ein lautes Lachen aus ihr herausplatzte. Wo zwischen all der Traurigkeit hatte sich das denn versteckt gehabt? Und jetzt, wo sie einmal angefangen hatte, konnte sie gar nicht mehr aufhören.

Eine Wurst!

Es war einer dieser absurden Lachanfälle, für die es keine Erklärung gab und bei denen man dabei sein musste, um sie wirklich zu verstehen, man konnte sie nicht erzählen. Jedenfalls war ihr Lachen so ansteckend, dass auch Ernesto und Clement mit einfielen.

Als sie sich wieder beruhigt hatten, stießen sie erneut an. »Auf Würste!«, rief Clement laut und ein leiser Nachhall des lauten Gelächters von gerade eben durchfloss Kim.

Ja, es war wirklich eine gute Idee gewesen, an den Gardasee zu fahren, denn zum ersten Mal, seit sie sich von Dirk getrennt hatte, spürte sie so etwas wie Leichtigkeit.

3. EISSCHOKOLADE

Kim stand am Ufer des Gardasees. Sie hatte die Schuhe aus-
und ihren Bikini angezogen und ging einen Schritt ins Wasser.
Die Abkühlung tat schon jetzt, gegen zehn Uhr morgens, gut.
Ihre Kleidung hatte sie weiter hinten unter einen Baum gelegt.
Sie konnte ja wohl kaum in Jeans und T-Shirt surfen lernen.
Allerdings war an dem Häuschen, wo sie den Surflehrer eigent-
lich treffen sollte, alles verrammelt.

Kim kontrollierte die Uhrzeit. Es war genau zehn Uhr. Sie
würde ihm noch zehn Minuten geben. Leise liefen kleine Wellen
heran, eine der gelben Fähren, die Limone mit dem gegenüber-
liegenden Seeufer verbanden, fuhr relativ nah am Ufer entlang
vorbei. Sicher würde sie gleich vorne beim Fähranleger einen
Stopp einlegen. Kim nahm sich vor, auch einmal mit dem Boot
rüber nach Malcesine zu fahren und von dort aus den Blick auf
die steilen Berghänge hier auf der Westseite des Sees, an deren
Fuß Limone herrlich in das Landschaftsbild eingebettet lag, zu
genießen.

Der Strandabschnitt war steinig, ein Kiesstrand. Sie spürte
die harten Steine unter ihren Fußsohlen, während das Wasser
ihre Knöchel ganz sanft umspielte. Ein schöner Kontrast,

fand Kim. Ob man das wohl malen könnte – als einfache Bleistiftzeichnung, nur Füße, Wasser, Steine?

Früher hatte sie gern solche Details dargestellt, damals, während ihres Studiums. Sie erinnerte sich daran, dass sie als Studentin nie ohne Zeichenblock und mindestens ein paar Bleistifte unterwegs gewesen war. Wehmut machte sich in ihr breit. Das waren Zeiten gewesen, in denen sie noch von einer Karriere als Künstlerin geträumt hatte, wo jede besondere Struktur, jeder Moment, jede Farbkombination das Potenzial gehabt hatten, magisch zu sein und sie zu neuen Bildern zu inspirieren.

Dann hatte sie ihr Studium beendet und angefangen, in der Agentur zu arbeiten – schließlich war ihr Vater kurz nach Abschluss ihres Studiums verstorben und Kim war mittellos gewesen. Das Stipendium, um das sie sich beworben hatte, hatte sie nicht bekommen und … ja, was hätte sie tun sollen, wenn ihre Kunst niemandem gefiel?

Es war einfach keine Zeit mehr für »kreative Flausen«, wie ihr Vater ihre künstlerischen Ambitionen genannt hatte – und mit Sicherheit hatte er damit recht gehabt. Kim seufzte. Sie sehnte sich gerade sehr nach Ausdruck, nach Kreativität. Sie wünschte, sie hätte genau jetzt einen Block und wenigstens einen einzigen Stift, selbst wenn es ein Kugelschreiber wäre. War doch eigentlich egal, wenn ihre eigenen Bilder nur ihr gefielen. Zumindest als Hobby konnte sie doch wieder malen, für sich selbst.

Kim nahm sich vor, später noch durch Limone zu bummeln. Mit Sicherheit gab es hier irgendwo Schreibwaren zu kaufen.

Kim war nicht die einzige Touristin, die um diese Zeit schon ihren Weg ans Seeufer gefunden hatte. Auf dem kostenpflichtigen Parkplatz standen bereits einige Fahrzeuge. Die meisten

Leute suchten jedoch nicht den kleinen Abschnitt jenseits des Bachs auf, an dem Kim auf den Surflehrer wartete, sondern würden weiter nördlich, wo der Strand am Ende in den Fähranleger mündete, ihre Handtücher und Decken ausbreiten.

Außer Kim befand sich nur noch eine ältere Dame hier, die versuchte, ihren Sonnenschirm in den steinigen Untergrund zu rammen, und dabei leise fluchte. Kim wollte gerade ihre Hilfe anbieten, als die Frau es schließlich schaffte, den Schirm sogleich aufspannte und mit in die Seiten gestemmten Händen zufrieden ihr Werk begutachtete, bevor sie einen Klappstuhl im mühsam errungenen Schatten positionierte und sich mit einem Ächzen darauf niederließ.

»Ciao! Sind Sie Kim?«

Kim war so beeindruckt von der älteren Dame und ihrer Entschlusskraft gewesen, dass sie den Mann, der jetzt fast schon neben ihr stand, gar nicht bemerkt hatte. Dunkle Locken, blitzende fast schwarze Augen, schlank. Seine Figur passte perfekt zu ihm. Er trug ein T-Shirt mit einem Schriftzug und dazu locker sitzende Shorts. Seine nackten Füße waren den kiesigen Untergrund offenbar gewohnt, denn er lief über den Strand, als würde er die pieksenden Steine gar nicht spüren.

»Entschuldige. Ich bin gestern ein wenig im Klub hängen geblieben.« Der Mann fuhr sich durch die wirren Locken, eine Geste der Verlegenheit, die dafür sorgte, dass seine dunkelbraunen, fast schwarzen Haare noch wuscheliger wirkten und ihm einen verspielten Ausdruck verliehen.

»Ich bin Luca!« Er streckte ihr seine Hand entgegen und Kim registrierte seinen kräftigen Händedruck.

»Kim.«

»Herzlich willkommen!« Luca lächelte sie an, schien sie von oben bis unten zu mustern. Jetzt bereute Kim, dass sie sich ausgezogen hatte. Was für ein Blick! Verlegen schlang sie die Arme um den Bauch.

»Bist du schon mal auf dem Brett gestanden?«, fragte er sie jetzt.

Kim dachte an den Urlaub mit ihrem Vater, damals war sie acht gewesen. Und ja, sie war auf dem Brett gestanden – allerdings auch sofort wieder runtergefallen. Er hatte geschrien, wie ungeschickt sie sei, sie war nicht mehr aufs Brett gestiegen. Fertig.

»Na ja. Nicht wirklich.« Aber das würde schon klappen, dachte sie bei sich. Sie war damals ein Kind gewesen, und wenn man die Surfer, die mittlerweile über den See schossen, so ansah, konnte es nicht so schwer sein.

»Gut. Kein Problem, ich bring dir alles bei«, sagte der Surflehrer jetzt wie zur Bestätigung. Luca wies in Richtung des Häuschens, dann ging er los, ein Schlüsselbund aus der Hosentasche ziehend. Kim stakste hinterher. Ihre Fußsohlen nahmen ihr den Untergrund übel und sie kam sich ein wenig wie eine Memme vor.

Sie hatte nicht gesehen, dass auf der anderen Seite der Hütte eine Art Regal war, wo die Surfboards aufbewahrt wurden. Dazu holte Luca noch zwei Segel, die er in Windeseile montiert hatte.

»Also, das hier ist zum Festhalten, der Gabelbaum. Den hab ich eben schnell mit dem Mast zusammengesteckt.« Luca zeigte auf die entsprechenden Teile. Kim fröstelte. Sie stellte fest, dass der Wind ein wenig aufgefrischt hatte. »Und natürlich das Segel, damit ist das ganze Rigg schon komplett.«

Er zeigte unter das Brett. »Das hier ist das Schwert. Das sorgt für mehr Stabilität des Bretts und dafür, dass du gut deinen Kurs halten kannst.«

Kim nickte, auch wenn sie keine Ahnung hatte, wovon Luca sprach. Die Begriffe wurden in ihrem Kopf zu Wortsalat. Sie war kein großer Theoretiker, für sie war es leichter, durch praktische Erfahrungen zu lernen.

»Lass uns mal ins Wasser gehen und dann legst du das Segel auf der windabgewandten Seite ins Wasser. Ich schlage vor, dass du es einfach mal ausprobierst.«

Erneut nickte Kim, während sie sich fragte, wo die windabgewandte Seite wohl war. Luca zog sich sein T-Shirt über den Kopf und warf es achtlos auf den Kiesstrand. Sein Oberkörper machte einen zähen Eindruck. Jeder Muskelstrang zeichnete sich in scharfer Kontur ab, weil er über kein Gramm Fett zu verfügen schien. Seine Unterarme, sehnig und definiert, hätten auch die eines Kletterers sein können, fand Kim. Er war nicht zu dünn, aber drahtig und unheimlich kraftvoll. Dieser Mann schien vor Energie nur so zu strotzen.

Sein Körper wirkte geschmeidig, jede Bewegung war von Leichtigkeit geprägt. Er hob die beiden Surfboards der Reihe nach an und trug sie ans Wasser, ohne mit der Wimper zu zucken. Was wog so ein Brett? Kim hatte keine Ahnung.

»So, schau, so richtest du dein Brett aus und dann steigst du auf.« Er demonstrierte Kim, was sie tun sollte, wie das Segel an dem dünnen Seil aus dem Wasser zu ziehen war und wie sie den Gabelbaum richtig in den Wind halten sollte, um vorwärtszukommen.

Kim kam es schon in der Theorie schwer genug vor, auf dem wackeligen Brett überhaupt das Gleichgewicht zu halten, aber sie versuchte, es sich nicht anmerken zu lassen. Außerdem kühlte der Wind ihre Haut jetzt so sehr, dass sie wünschte, sie hätte ihr T-Shirt angelassen oder Luca um einen Neoprenanzug gebeten. Aber dafür kam es ihr jetzt zu spät vor, wo er schon im Wasser auf sie wartete. Also biss sie die Zähne zusammen und stakste über die Steine zurück zum Wasser.

Kim ging zu dem Surfboard, das für sie vorgesehen war, und kletterte darauf. Sie kam sich so elegant vor wie eine Kuh auf einem Schwebebalken, genauso, wie sie es sich in der Theorie vorgestellt hatte. Mühsam hielt sie das Gleichgewicht, um nicht sofort ins knietiefe Wasser zu fallen.

»Und jetzt hol ich das Segel aus dem Wasser, oder?«, vergewisserte sie sich erneut. Als ob es nicht logisch wäre, schalt sie sich sofort. Was sollte sie sonst tun? Auf dem Brett stehen und vor sich hin starren? Vielleicht würde es auch einfacher werden, die Balance zu halten, wenn sie erst einmal in Fahrt kam und langsam die ersten Meter schaffte?

Ohne Lucas Antwort abzuwarten, beugte sie sich nach vorne, wäre fast vornüber auf das Segel gekippt, fing sich gerade noch und griff nach der Schnur. Gar nicht so einfach. Auf dem Segel hatte sich schon ein See gebildet und es war entsprechend schwer hochzuziehen. Dazu kam, dass Kim das Gefühl hatte, ihr ganzer Körper wäre ein einziger Krampf. Ihre Muskulatur, ihr Geist, alles befand sich in höchster Anspannung. Schließlich schaffte sie es und hielt den Gabelbaum in den Händen. Erst passierte gar nichts.

»Sehr gut, du stehst ja schon total stabil! Geht es dir gut?« Luca klang ganz begeistert.

Kim war sich nicht so sicher. Anscheinend sah sie besser aus auf dem Brett, als sie sich tatsächlich fühlte. Aber sie würde sich die Unsicherheit auf keinen Fall anmerken lassen. Bestimmt war das wie im Job: Wenn man souverän wirkte, fühlte man sich irgendwann auch so.

»Na klar, ich fühl mich spitze«, rief sie zurück und umklammerte mit den Händen so fest den Gabelbaum, dass ihre Knöchel weiß hervortraten. Kuh auf dem Schwebebalken, dachte sie ein weiteres Mal und musste fast lachen.

»Gut, dann dreh jetzt dein Segel ein bisschen nach da.« Luca zeigte ihr, was er meinte. Sofort nahm sein eigenes Brett Fahrt auf. Das sah wirklich sehr einfach aus.

Kim machte es ihm nach und ihr Brett tat einen wahren Satz nach vorne. Sie nahm so rasant Fahrt auf, dass ihr nichts übrig blieb, als sich weiter festzuhalten. Der Wind nahm zu, sobald man sich ein kleines Stück vom Ufer entfernte, und Kim wurde noch schneller. Was sollte sie jetzt tun? Abspringen? Wohl kaum. Am Ende würde sie im tiefen Wasser nicht mehr zurück auf das Brett kommen. Vielleicht konnte sie ihr Segel ein wenig drehen und so dem Wind die Angriffsfläche nehmen? Kim versuchte es, aber statt anzuhalten, sauste das Brett noch schneller über das Wasser. Sie hatte sich schon weit vom Ufer entfernt. Ihr Atem ging schwer. Die Unterarme brannten höllisch, während sie immer weiter beschleunigte. Instinktiv ließ Kim los. Sie ließ sich einfach nach hinten ins Wasser fallen. Die Kälte traf sie wie ein Schock, dann tauchte sie unter und wieder auf und der erste Schock wurde zu angenehmer Erfrischung.

»Wow! Du hast ja ganz schön Gas gegeben!« Als Kim auftauchte, war Luca schon da. Sein Blick verriet Anerkennung, als er das Segel geschickt so stellte, dass er zum Stand kam. Ein paar Meter vorne trieb ihr eigenes Brett. Sie wischte sich die Haare aus der Stirn, keuchte und schwamm mit zwei, drei schnellen Zügen auf das Board zu, stemmte sich hoch und versuchte aufzustehen. Bei diesem Wellengang kam ihr schon das vor wie eine Wissenschaft für sich. Bevor sie ganz stand, stürzte sie rücklings zurück ins Wasser.

Es brauchte vier Versuche, bis sie einigermaßen stand und nach dem Strick greifen konnte, mit dem das Segel aus dem Wasser gehoben wurde. Nur dass das Segel jetzt noch mehr voll Wasser gelaufen war als vorhin und sich kaum bewegte, als sie mit aller Kraft an dem Seil zog. Es gab sicher einen Trick, oder?

»Verdammt!« Kim fluchte und zerrte erneut an dem Seil. Langsam hob sich das Segel, das Wasser, das es füllte, kam in Bewegung. Eine unerwartet hohe Welle traf auf ihr Brett und Kim bekam erneut Probleme mit dem Gleichgewicht. Sie hielt sich an dem Seil fest, aber alles half nichts – sie landete schon wieder im Wasser.

Plötzlich war Luca neben ihr im Wasser. Er hängte sich an ihr Brett. »Mach langsam, Kim. Dann schaffst du das.« Sein Ton war ganz ruhig, fast hypnotisch schaute er sie aus seinen schwarzen Augen an, fing sie ein. Der Wind schien zu verstummen unter seinem Blick, die Wellen sich zu beruhigen. Alles war einfacher, nur weil dieser Fremde sie anschaute, wie er es tat. Die Welt verschwand einfach hinter seinem Blick.

»So, jetzt atme tief durch. Dann steigst du auf das Board. Komm, wir drehen es schon mal in die richtige Richtung. Es ist egal, wie lang wir jetzt brauchen, verstehst du? Das Wasser ist warm, es ist ein herrlicher Tag zum Schwimmen. Mach dir keine Sorgen.«

Sie hörte ihm zu, konzentrierte sich auf das, was er sagte, und hörte auf, sich Sorgen zu machen. »Gut. Ja, ich versuch es.« Sie holte tief Luft, stemmte sich hoch, schob ihr Bein ohne jede Eleganz auf das Brett und hievte sich hinauf. Mühsam fand sie ihr Gleichgewicht, als sie wieder stand. Hatten die Wellen ein klein wenig nachgelassen? Konnte das sein? Sie atmete erleichtert auf und griff nach dem Strick, dieses Mal, ohne Probleme mit dem Gleichgewicht zu bekommen.

»Und jetzt mit aller Kraft!«, wies der Surflehrer sie an. Kim sah, dass Luca noch immer an ihrem Brett hing. Er schien es zu stabilisieren, um ihr zu helfen.

»Hau ruck!« Sein Ton war jetzt laut und bestimmend. »Los, Kim, zieh!«

Und Kim zog. Das Segel hob sich aus dem Wasser und Kim konnte schließlich nach dem Gabelbaum greifen. Sie bewegte das Segel in den Wind, vorsichtiger dieses Mal. Und sie fuhr. Endlich! Sie fuhr! Das Brett glitt zurück in Richtung Ufer und – sie verlor das Gleichgewicht. Als sie dieses Mal aus dem Wasser auftauchte, wusste sie, was sie zu tun hatte. Sie würde das schaffen, wenn sie sich konzentrierte und auch ein wenig die Zähne zusammenbiss.

»Wird schon«, flüsterte sie sich selbst zu. »Du schaffst das, Kim.«

Und natürlich schaffte sie es. Drei Anläufe und das Ufer war erreicht. Ausgerechnet jetzt gelang ihr der Absprung allerdings nicht rechtzeitig und sie rauschte direkt in den Kies des Ufers. Das Brett stand mit einem Ruck, und Kim schoss ein jäher Schmerz durch den Rücken, als sie von dem Surfbrett ins knietiefe Wasser sprang, wo sich nicht weniger schmerzhaft die nagelspitzen Steine in ihre Fußsohlen bohrten. Elegant kam Luca neben ihr zum Stehen.

»Das war nicht schlecht fürs erste Mal.« Er klopfte ihr mit der nassen Hand auf die Schulter und strahlte sie an. Erst jetzt nahm sie seine perfekten weißen Zähne bewusst wahr. Er war ein klassischer Sonnyboy – nur mit dunklen Haaren.

»Danke.« Kim freute sich über das Kompliment, wohl wissend, dass sie es keinesfalls verdiente. Luca war so überzeugend, dass sie es ihm einfach abnehmen wollte.

»Möchtest du gleich noch mal rausfahren?« Luca hatte sein Brett schon umgedreht.

Aber Kim winkte ab. »Ehrlich gesagt kann ich mir gerade eine kalte Cola besser vorstellen.« Sie war ziemlich erledigt von der Aktion und konnte sich nicht entscheiden, was ihr mehr wehtat, die Füße, die saure Muskulatur ihrer Unterarme oder die Stelle am oberen Rücken, die pochend auf sich aufmerksam machte. Kim war einfach keinen Sport mehr gewohnt und sehr offensichtlich war es mit ihrer Balance auch nicht weit her.

»Gibst du auf?«, fragte er.

Kim fühlte sich von der Frage provoziert. »Wie meinst du das?« Sie setzte sich auf den warmen Kies.

»Na, wie ich es frage.« Bröckelte da gerade seine freundliche Fassade? War ja klar, dass er auch so ein Typ war, dessen Anerkennung man nur über Leistung bekam. Sind alle Männer so? Kim spürte förmlich, wie ihre Stimmung kippte. Gerade war sie einfach nur müde und geschafft gewesen, jetzt regte sich Ärger in ihr.

»Du kennst mich doch gar nicht. Wie kannst du mich da für jemanden halten, der gleich aufgibt?« Sie sah jetzt wirklich rot.

»Ich hab doch nur gefragt.« Luca hob abwehrend die Hände.

»Weißt du was? Du musst mir überhaupt keine blöden Fragen stellen. Deine Aufgabe lautet, mich surfen zu lehren!« Kims Stimme war wie ein Messer, kalt und schneidend.

»Ich …«

»Ja, du du du. Ganz ehrlich, ich bin hier, um mich zu erholen. Da brauch ich wirklich niemanden, dem es schon wieder nur darum geht, dass ich einen guten Job mache. Das hier ist nämlich kein Job, zum Glück.« Kim stand auf. Es zog in ihrem Rücken, ihre Unterarme taten ihr noch immer weh, der Boden wurde langsam, aber sicher zu warm, um barfuß zu laufen. Außerdem trug sie noch immer nichts als einen Bikini. Dabei hätte sie sich am liebsten eines ihrer Businesskostüme gewünscht. Darin fühlte sie sich immer wie eine Ritterin in einer Rüstung.

»So, und jetzt hab ich noch was Besseres zu tun. Guten Tag noch.« Sie wartete keine Antwort ab, ignorierte das Pieksen an ihren Fußsohlen und marschierte über den Strand zu ihren Sachen, die unter einem der schattenspendenden Bäume bei der Hütte ein kleines rosablaues Häufchen bildeten. Schnell war sie in Jeans und T-Shirt geschlüpft. Jetzt nur noch die Flipflops, dann wäre sie weg.

Als sie sich umdrehte, sah sie, dass Luca, dieser Ignorant, noch immer ganz gelassen an derselben Stelle saß und sie beobachtete. Kim konnte seinen Gesichtsausdruck nicht deuten, aber die Tatsache, dass er sich nicht einmal bewegt hatte, um irgendetwas zu ihr zu sagen oder sich zu entschuldigen, sprach Bände, fand sie.

Ohne ein Wort des Abschieds rauschte sie an ihm vorbei und über die kleine Brücke, die die beiden Strandabschnitte voneinander trennte. Sie rannte fast zu ihrem Auto, öffnete die Fahrertür und ließ erst mal den Schwall heißer Luft entweichen, der in dem stehenden Fahrzeug entstanden war.

Erst hatte Luca so sympathisch gewirkt. Dabei war er genau wie alle Männer. Das brauchte sie einfach nicht. Wirklich nicht. Man war allein viel besser dran als mit all diesen Dirks. Luca war auch nichts weiter als ein Dirk. Sie musste innerlich lachen. Dirk, das neue Schimpfwort. Wie passend!

Kim wartete neben ihrem Auto darauf, dass die Temperatur im Fahrzeug erträglich würde, noch immer gedanklich beim Surfen. Diese Erfahrung musste sie in ihrer Gesamtheit erst mal verdauen. Sie dachte an ihr Herumgewackel auf dem Brett und die Hilflosigkeit, die sie dabei gespürt hatte.

»Kim, ach, wie schön!«, flötete da eine Stimme.

Sie drehte sich um. »Ernesto!«

Der Mann lief auf sie zu und küsste sie auf beide Wangen. »Ich freu mich, meine Liebe. Das ist ja wunderbar, dass wir uns treffen. Clement macht morgens sehr oft Frühsport und ich hab mich gerade entsetzlich gelangweilt. Wollen wir nicht gemeinsam runter zum Strand?«, schlug Ernesto vor. Sein pink-lila Kurzarmhemd war farblich perfekt auf seine lila Shorts und die passenden Sandalen abgestimmt. Das Wort Frühsport hatte er ausgespuckt, als wäre es für ihn ein Synonym für »schleimige Schnecke«. Sein Widerwillen gegen den Sport seines Freundes war unverkennbar.

Kim hingegen wollte auf keinen Fall dem Surflehrer erneut begegnen. »Nein, tut mir leid. Ich komm gerade vom Strand.

Erste Surfstunde. Aber der Lehrer war ein totaler Dirk und ich plane nicht, ihn erneut zu treffen.«

»Ein Dirk?« Man sah Ernesto an, dass er nur Bahnhof verstand.

»So hieß der Kerl, den ich verlassen habe.«

»Die Wurst?« Natürlich erinnerte sich Ernesto!

»Richtig.« Kim musste tatsächlich grinsen bei der Erinnerung an den schönen gestrigen Abend. Sie hatten sich wirklich gut verstanden, besonders wenn man bedachte, dass sie einander noch kaum kannten.

»Oh. Dann schlage ich einen Cappuccino an der Strandpromenade vor – oder noch besser, diese wunderbare Eisschokolade mit den Schokostücken.« Ernesto lachte und schüttelte seine langen, dichten Haare. Es sorgte wohl schon der Gedanke an Eisschokolade dafür, dass er die Augen genussvoll verdrehte.

Kim musste nicht über den Vorschlag nachdenken. »Wunderbar. Zu einem Kaffee sage ich selten Nein. Und im Moment gerade noch weniger zu einer eiskalten Cola.«

Dann erinnerte sie sich an etwas ganz anderes: »Du kennst dich hier doch aus, oder?«

Ernesto nickte.

»Weißt du, wo ich in der Nähe Schreibwaren kaufen kann?«

4. EISWASSER

Kim wachte auf. Ihre Arme fühlten sich ganz schwer an, ihr Rücken schmerzte, und ihre Fußsohlen wirkten so warm, als wären sie zu stark durchblutet. Alles tat weh, wenn sie es genau betrachtete. Sie stöhnte und drehte sich auf den Rücken. Als ihr wunder Körper wieder ruhig dalag, gelang es ihr, die Muskulatur so weit zu entspannen, dass sie die Schwere, die sie gerade noch ausgefüllt hatte, nicht mehr so sehr spürte. Erst jetzt registrierte sie ihre drückende Blase. Sie musste aufstehen, es half alles nichts. Kim hievte ihre Beine aus dem Bett und hinkte ins Bad. Der Boden war herrlich kühl, eine Wohltat für ihre Füße.

Warum hatte sie denn sogar im Hintern Muskelkater, fragte sie sich. Das konnte ja wohl nicht mit dem Surfen zusammenhängen, oder doch?

Erneut nahm sie sich vor, dass sie nie wieder windsurfen würde, wie schon am Vortag. Dieser Luca hatte für ihre Begriffe einfach viel zu viel Pfeffer im Hintern, außerdem reagierte sie inzwischen bereits auf den kleinsten Hauch von Überheblichkeit allergisch, drum hatte sie ihm auch sehr eindeutig zu verstehen gegeben, was sie von ihm hielt.

Zurück im Bett, war Kim hellwach und schaute zur Decke ihres Zimmers hinauf. Ein Blick auf die Armbanduhr verriet ihr, dass es kurz vor sieben war. Frühstück gab es ab acht. Sie gähnte herzhaft. Nein, sie war wach. Da gab es keinen Zweifel. Sie würde nicht noch mal einschlafen können. Außerdem hatte sie trotz des üppigen Abendessens vom Vortag Hunger. Dieses Gesurfe schien ihre Reserven mächtig angegriffen zu haben. Der Gedanke an ein Croissant mit Vanillecremefüllung ließ ihr das Wasser im Mund zusammenlaufen. Überhaupt war das Essen hier eine Klasse für sich. Ernesto hatte Kim erzählt, dass Antonella, die Hotelbesitzerin, keinen Teller aus der Küche ließ, an den sie nicht selbst Hand angelegt hatte. Die Spaghetti, die es am Vorabend mit Pesto und Cocktailtomaten als Primo piatto, also als ersten Gang, gegeben hatte, waren selbst hergestellt und durch die Nudelmaschine gedreht worden – das schmeckte man natürlich. Auch das Pesto war hausgemacht, hatte Valentina beim Servieren des Gerichts erzählt. Kim hatte sich Nachschlag genommen, und am Ende des üppigen Mahls, nach der Panna cotta, hatte sie mit ihren beiden Tischherren – wie Ernesto und Clement sich selbst nannten – noch mit einem Sambuca angestoßen und war anschließend leicht beschwipst, aber auf jeden Fall beschwingt, in ihr Bett gefallen.

Der Urlaub tat ihr gut, besser, als sie erwartet hatte, und tatsächlich war es ja jetzt nicht so, dass ihr die Bewegung gestern beim Surfen geschadet hätte. In letzter Zeit war sie extrem unsportlich gewesen, kein Wunder also, dass ihre Muskulatur sensibel reagierte. Vielleicht war es ehrlich an der Zeit, ihrem Körper mal was Gutes zu tun!

Kim schaute erneut auf die Uhr. Es war drei Minuten nach sieben. Wann begann die Yogastunde? Sie hatte Zeit, sie war wach, warum also nicht? Erneut kämpfte sie sich aus dem Bett. Im Schrank hingen Leggins und Top. Schwerfällig schlüpfte Kim aus dem Shirt, in dem sie geschlafen hatte, und zog sich die

Leggins an. Das Top über den Kopf, ein Blick in den Spiegel, zack, schon war sie fertig. Wieder einmal war sie froh über ihre kurzen Haare, die sie nur mit einem Stirnband in Form brachte. Das sah aus, als hätte sie sich tatsächlich Mühe mit ihrer Frisur gegeben. Ein paar Strähnen standen ab, aber das wirkte eher gestylt als tollpatschig.

Kim schlüpfte in ihre Flipflops. Yoga war ein Barfußsport, wenn sie sich richtig erinnerte. Sie war noch nie beim Yoga gewesen. An sich hatte sie es überhaupt nicht mit Esoterik. Und ging es bei Yoga nicht um Esoterik? Kim musste sich eingestehen, dass sie bis auf Fotos, die sie in Zeitschriften gesehen hatte, wirklich nichts über Yoga wusste, dafür aber das Schlimmste befürchtete, wenn sie an die dort abgebildeten Menschen dachte, die mit verschränkten Beinen dasaßen, die Mittelfinger und Daumen zu einem O zusammengeführt.

Aber jetzt hatte sie sich nun mal entschieden, der Sache eine Chance zu geben. Wie dem Surfen, dachte sie und wäre fast zurück unter die Bettdecke gekrochen, statt ihr Zimmer zu verlassen.

Als Kim hinaus auf die Terrasse trat, lagen dort bereits vier Yogamatten im Kreis – aber niemand war da. Sollte es nicht schon in wenigen Minuten losgehen? Kim hatte auf eine größere Gruppe gehofft, in der man sich als einzelner Teilnehmer besser verstecken konnte. In diesem Setting dagegen würde sie sich zu sehr auf dem Präsentierteller fühlen. Nein, das entsprach nicht dem, wie Kim sich das vorgestellt hatte, auch wenn es wirklich hübsch war auf der Terrasse, in der Morgensonne, mit dem Pool direkt daneben, der leise plätscherte. Sie hatte nicht vor, sich vor Fremden zu blamieren, nein, vielen Dank auch.

Gerade wollte sie den unauffälligen Rückzug antreten, als sie eine Stimme aus dem Garten hörte.

»Wunderbar! Und ich dachte schon, es kommt niemand heute morgen.« Die Stimme kam Kim verdächtig bekannt vor.

Hinter einem Oleanderbusch trat Luca hervor. Er trug ein schwarzes Shirt und eine passende, weit sitzende schwarze Stoffhose. Das Schwarz betonte seine geheimnisvollen Augen, die Kim gestern so fasziniert hatten, noch mehr.

»Was machst du denn hier?« Kim war wenig begeistert, ausgerechnet Luca hier wiederzusehen. Ihr Ton war entsprechend gereizt.

»Ich gebe hier im Hotel immer die Yogastunde am Morgen. Hi, Kim, schön, dass du da bist.« Luca war herangetreten. Er klang, im Gegensatz zu Kim, sehr freundlich, als wäre am Vortag gar nichts passiert. Überrascht war er natürlich auch nicht, schließlich wusste er, dass sie in diesem Hotel wohnte und man sich da möglicherweise begegnete.

Wie kam sie nur aus dieser Nummer wieder raus?

»Hi. Ich wollte gerade wieder reingehen, weil …« Sie zeigte auf die Tür zum Speiseraum. Ihr fiel kein guter Grund ein.

»Wolltest du nicht zum Yoga?« Luca schaute sie unverblümt von oben bis unten an. Kim ließ ihren eigenen Blick dem seinen folgen. Sporthose, das enge Sporttop, das einen Streifen Bauch frei ließ, die Haare, die sie sogar mit einem Stirnband aus der Stirn hielt. Es war unverkennbar, dass sie vorgehabt hatte, in die Yogaklasse zu kommen. Sie musste da jetzt durch, wenn sie sich nicht heillos blamieren wollte.

»Doch, ich dachte nur … Es gibt doch bestimmt eine Mindestteilnehmerzahl, oder? Wo sind denn die anderen?«

»Keine Ahnung. Normalerweise kommt immer dieser etwas Dickere mit dem Zopf am Kinn.« Luca zuckte mit den Schultern.

»Clement.« Kim hatte sofort gewusst, von wem die Rede war.

»Genau. Der. Stimmt, so heißt er.« Luca war zu seiner Matte gegangen und hatte sich gesetzt. Er zog ein Handy aus seiner

Hosentasche und tippte darauf herum. Leise Musik ertönte aus einer kleinen Box, die neben seiner Yogamatte stand und die Kim bis dahin gar nicht aufgefallen war. Die Musik war ganz ruhig und lud zum Träumen ein.

Unschlüssig stand Kim herum und schaute in Richtung der Tür. Sie hoffte, Clement würde kommen – und von ihr aus auch das unsympathische ältere Ehepaar. Vermutlich würde Luca ohnehin gleich meckern, weil Kim keinen perfekten Spagat beherrschte. Da war es nett, wenn zumindest noch irgendwer da war, der auch Aufmerksamkeit verlangte.

»Willst du dich nicht setzen?« Luca zeigte auf die Matte ihm gegenüber.

Sie schaute auf die Matte, die genau in Lucas Fokus lag. Und in diesem Moment fasste sie einen Entschluss: Sie würde, statt sich zu blamieren, einfach perfekt sein, so! Niemand würde ihr anmerken, dass sie keine Ahnung von der Materie hatte, wenn sie die Zähne zusammenbiss, oder? So schwer konnte es schließlich nicht sein, Yoga zu machen.

Hoch erhobenen Hauptes ging Kim zu der Matte und setzte sich so grazil wie möglich, direkt in den Schneidersitz.

»Hallöchen, da bin ich!«

»Clement, wie schön!« Kim hörte, wie begeistert sie klang, viel zu begeistert.

Clement trug eine schlabbrige Jogginghose und ein T-Shirt mit der Aufschrift *Be Kind*. Das gefiel Kim. Eine Aufforderung an seine Mitmenschen, freundlich zueinander zu sein, auf dem Oberteil zu tragen, das sagte viel über jemanden aus. Clement hatte außerdem eine riesige Wasserflasche in Quietschgrün dabei. »Oh, Kim, wie schön, du bist auch hier!«

Mit schnellen Schritten kam er heran. »Ich hab heute Morgen Mut zur Hässlichkeit, wie du siehst.« Er lächelte Kim an. »Dafür bist du schön für zwei.«

Clement tätschelte kurz ihre Schulter, bevor er sich an Luca wandte. »Ich hab verschlafen, Entschuldigung. Und ich glaube, Frau Tauber und ihr Mann sind abgereist.«

»Das graue Pärchen?«, fragte Kim dazwischen.

Clement schien sofort zu wissen, wen sie meinte.

»Ich fürchte, nein. Die Taubers sind sehr nett gewesen.« Seine unverblümte Art tat Kim wahnsinnig gut. »Sie hatte so eine lila Strähne neben dem Ohr – sind sie dir denn gar nicht aufgefallen?«

Kim schüttelte den Kopf. Sie mochte Clement und Ernst einfach. Ernst – so hieß Clements Partner nämlich in Wirklichkeit. Ernesto war der liebevolle Kosename, den sein Freund ihm verpasst hatte, weil der ernste Name so gar nicht zu dessen sonnigem Gemüt passen wollte. Das hatte Kim gestern zwischen dem zweiten Cappuccino und dem ersten Aperol Spritz erfahren, den sie mit Ernesto getrunken hatte.

»Also sorry jedenfalls fürs Verschlafen«, wandte Clement sich erneut an Luca.

»Sie müssen sich nicht entschuldigen, Clement. Sie haben schließlich Urlaub.« Luca lächelte ihn freundlich an. Die Musik im Hintergrund war kaum merklich angeschwollen und ein Wasserfall rauschte.

»Also – fangen wir an?«

»Natürlich. Oder, Kim? Ach, ich freu mich, dass du da bist.« Clement war wirklich die Herzlichkeit in Person. Ächzend ließ er sich auf die Matte links neben Kim fallen. »Das Laufen gestern hat mich wirklich alles gekostet. Ich hab ganz schwere Beine«, erklärte er seine schwerfälligen Bewegungen.

Kim nickte. Sie verstand ihn blind, wenn sie nur an ihre Arme dachte.

»Na, Clement, da beginnen wir gleich mit Ihnen, wo Sie schon so schön angefangen haben. Wie geht es dir heute?«, fragte Luca und lächelte erst Clement, dann Kim zu.

Luca wirkte heute ganz anders als gestern am Strand. Obwohl: Auch dort hatte er diese selbstbewusste Ruhe ausgestrahlt. Hier jedoch kam Kim diese Ruhe noch tiefer vor.

Clement ergriff wieder das Wort.

»Ich hab ja schon gesagt, ein wenig schwerfällig fühl ich mich heute – aber nicht unzufrieden, gar nicht. Wir hatten einen wunderbaren Abend gestern, oder, Kim?« Clement schenkte ihr einen kurzen Seitenblick. »Und heute scheint die Sonne, es gibt wieder dieses herrliche Ciabatta zum Frühstück, was will man mehr? Ich werde mir Zitronengelee draufmachen, da freu ich mich jetzt schon.« Er lachte dröhnend. »Nach dem Yoga hab ich mir das nämlich verdient!«

»Na, wenn das nicht gut klingt.« Luca lachte leise mit. »Und du, Kim? Wie geht es dir?«

Sie schaute ihn an, dann Clement. Die Blicke beider Männer ruhten auf ihr.

»Ich war gestern beim Surfen, deshalb hab ich auch ziemlich schwere Arme, weil ich ständig ins Wasser gefallen bin. Der Surflehrer hat mich danach ziemlich schwach angeredet, deshalb hab ich mir gedacht, dass ich heute mal eine andere Sportart ausprobiere.« Sie wusste, dass ihre Worte eine einzige Herausforderung waren. Seine Augen blitzten. Amüsierte er sich über sie oder fühlte er sich provoziert? Kim konnte es nicht sagen.

»Wie geht es dir denn?«, erwiderte sie Lucas Frage. Er würde ihr die Butter nicht vom Brot nehmen!

»Blendend. Danke.« Jetzt grinste er tatsächlich. Kim konnte seinen Ausdruck nicht deuten. Aber es machte sie perplex, dass er »Fangen wir an, oder?« sagte und dann mit dem Training begann, als hätte er ihre Provokation nicht einmal wahrgenommen.

Clements Kopf war rot wie eine Tomate. Kein Wunder bei der Vielzahl Herabschauender Hunde, die sie beide unter vollem

Körpereinsatz fabriziert hatten. Auch Kim war ordentlich ins Schwitzen gekommen während der letzten Stunde. Luca war immer wieder zu ihr gekommen, hatte ihre Haltung korrigiert, Anweisungen gegeben und ihnen gezeigt, wie die Übungen auszuführen waren. Und dank Clement, dem es kein bisschen peinlich war, verbessert zu werden, schämte sich auch Kim nicht, wenn ihr etwas nicht so gut gelang.

»So, jetzt legt ihr euch auf den Rücken zum Entspannen«, wies Luca sie an. »Hört auf die Musik, konzentriert euch auf eure Atmung und versucht, einfach loszulassen, körperlich und auch emotional. Schafft euch Freiräume, lasst alte Dinge gehen, damit neue Platz haben.«

Plötzlich hatte Kim das Gefühl, dass Lucas Worte genau ihren Kern trafen. Platz schaffen. Genau das hatte sie schließlich getan, oder? Jetzt galt es, diesen neuen Raum mit Leben zu füllen.

Sie atmete tief ein und wieder aus.

»Ja, genau. Wir nehmen ein paar ganz tiefe Atemzüge und lassen uns fallen«, hörte Kim Luca mit sanfter Stimme sagen, bevor sie vollkommen in ihrer Welt versank, der leisen Musik folgend, die sie nur mehr als ein Raunen im Hintergrund wahrnahm. Alles schien zu verwischen, sich aufzulösen, ihr Körper fühlte sich ruhig und schwer an. Kim hatte das Gefühl, ganz bei sich zu sein.

Sie wusste nicht, wie viel Zeit vergangen war, als sie von Lucas Stimme wieder ins Hier und Jetzt geholt wurde.

»So, wir kommen zurück, vielleicht möchtet ihr euch noch mal lang ausstrecken, macht langsam die Augen auf.«

Kim folgte Lucas Stimme wie automatisch. Sie setzte sich auf, legte die Hände aneinander, noch ganz benommen, überrascht davon, welchen Effekt das Yoga auf sie gehabt hatte. War es die Musik gewesen? Oder die Art der Bewegung? Sie konnte es nicht einschätzen.

»Danke, dass ihr gekommen seid.« Luca deutete eine leichte Verbeugung an, Clement begann zu klatschen und Kim fiel ganz automatisch mit ein.

Dann standen die drei auf.

»Ich muss sofort zu Ernesto, der wartet auf mich. Er hält mir immer schon ein Wasser bereit, mit Eis, wenn ich morgens zum Yoga gehe. Außerdem wollen wir heute einen Ausflug machen und ich möchte mich noch duschen. Sehen wir uns beim Frühstück, Kim? Wiedersehen, Luca!«

Kim nickte und Clement war schon auf dem Weg in Richtung Haus. Auch Kim machte Anstalten zu gehen, aber Luca stellte sich ihr in den Weg.

»Sag mal, was genau hat dein Surflehrer eigentlich falsch gemacht?«, fragte er und fixierte ihren Blick.

»Ich …« Was sollte sie ihm sagen? Dass sie sich geärgert hatte, weil er einfach nur einen Nerv bei ihr getroffen hatte? Dass sie möglicherweise sogar überreagiert hatte?

»Er ist manchmal ein wenig forsch, das musst du ihm nachsehen.« Erst jetzt realisierte Kim, dass Luca in der dritten Person von sich sprach. »Manchmal ist er sehr direkt. Aber ich soll dir von ihm ausrichten, dass er sich gern eine zweite Chance verdienen würde.«

Kim verschränkte die Arme vor der Brust und wartete. »So, sagt er das?«

»Ja, genau das. Er meinte, vielleicht könntet ihr euch einfach in entspannter Atmosphäre am Abend auf einen Drink treffen. Ich kann dir verraten, dass er echt auch gute Seiten hat.« Beim letzten Satz war Luca nah an Kim herangetreten und hatte geflüstert, als würde er ihr ein Geheimnis verraten. Dabei kitzelte er sie im Ohr und sie musste unweigerlich lachen.

Sie fand ihn gerade irgendwie süß, vielleicht hatte sie wirklich vorschnell geurteilt. »Na gut.« Sie grinste. »Da kann ich ja kaum Nein sagen bei so einem Angebot. Außerdem will ich noch immer surfen lernen.« Kim ließ sich selten schnell von etwas abbringen, wenn sie ein Ziel verfolgte.

»Echt? Super! Dann gehen wir, also ich meine, Luca und du vielleicht einen Spritz trinken?« Er sah ehrlich aus, als würde er sich freuen. Seine Locken schienen unter Strom zu stehen und fielen ihm ins Gesicht, sodass Kim den Ausdruck seiner Augen nicht deuten konnte. Es war an sich egal, ob er sich freute, oder? Sie konnte zumindest mit ihm in eine Bar gehen – daran war nichts falsch.

»Gut. Dann gegen einundzwanzig Uhr?«

Luca nickte. »Ja, und ich sag ihm noch mal, dass er nett sein soll, okay? Er holt dich ab.«

Kim lächelte. »Mach das.«

Als sie sich umdrehte und mit beschwingten Schritten auf das Gebäude zuging, wurde ihr klar, dass sie soeben mit einem Mann geflirtet hatte – zum ersten Mal seit Jahren.

5. APEROL SPRITZ

Kims Tag war so ausgefüllt gewesen, dass sie mit einem Lächeln im Gesicht zum Essen kam. In der Tasche ihrer Jeans hatte sie einen Zettel, nur einen Zettel, aber der bedeutete ihr viel, obwohl sie ihn so klein zusammengefaltet hatte. Sie wollte ihn Ernst und Clement zeigen, ihren beiden neuen Freunden. Ja, sie brannte förmlich darauf.

Als sie an den Tisch kam und sich setzte, hatte sie das Gefühl, ihr Gesicht würde glühen.

»Sie lächelt anders, hast du gesehen, Ernesto?« Clement hatte Ernst unsanft in die Seite gestoßen und zu Kim herübergegrinst, die sich gerade über ihre Spaghetti ragù hermachte und jeden Bissen genoss. Sie war den ganzen Tag draußen gewesen, sicher hatte sie schon Farbe bekommen. Erst war sie durch das Örtchen gelaufen und dann war sie lang am See gewesen. Abgerundet wurde ihr Tag von einer Kugel Schokoeis mit Schokostücken, die sie genoss, während sie die Strandpromenade entlangschlenderte. Zum ersten Mal, seit sie wusste, dass Dirks Frau schwanger war, hatte sie diese Schwere nicht gespürt, die sich um ihre Schultern gelegt hatte, als er es öffentlich verkündet hatte. Gegen Ende ihres Bummels erstand sie sogar ein Tuch, ganz zart floral gemustert, das sie sowohl als

Halstuch als auch als schickes Accessoire für ihre Frisur verwenden konnte. Als sie es um ihre kurzen Haare drapierte, fand sie sich richtig hübsch.

»Ja, natürlich. Und sie hat dieses Tuch im Haar, nicht wahr?« Ernst drehte Spaghetti mit der Gabel ein und schaffte es, eine so große Menge in seinen Mund zu befördern, dass Kim nicht umhinkam, anerkennend seine Kaubewegungen zu betrachten. Clement dagegen schien auch heute wieder jede Nudel einzeln aufzurollen.

»Gibt es was Neues, etwas, das wir wissen müssten?«, fragte Clement unverblümt.

Kim beobachtete die beiden Männer, die amüsierte Blicke wechselten. Sie hatte bereits das Gefühl, in den beiden neue Freunde gefunden zu haben. Ernesto tupfte sich den Mund mit der Serviette ab. Zum ersten Mal fiel Kim auf, was für ein schöner Mann er war. Lange, feingliedrige Finger, die feinen Gesichtszüge, die ihm einen Ausdruck tiefer Zufriedenheit verliehen, die schlanke Figur und nicht zuletzt die Art, wie er sich bewegte: Alles passte zusammen.

Kim dachte an Luca, der beim Yoga wirklich nett gewesen war. Seine sanften Berührungen hatten ihr besser gefallen, als sie zugeben wollte. Und sein Selbstbewusstsein, diese Ruhe, die er ausstrahlte, hatten Kim noch zusätzlich beeindruckt. War er nicht auch beim Surfen so gewesen? Hatte sie ihm da möglicherweise wegen ihrer ganzen Wut eine Eigenschaft zugeschrieben, die nicht Luca, sondern vielmehr Dirk gehörte, der sie ständig zu neuen Arbeitsleistungen angetrieben hatte, immer unter dem Deckmäntelchen, dass sie beide danach miteinander – metaphorisch gesprochen – in den Sonnenuntergang reiten und er sein altes Leben zurücklassen würde?

»Nichts weiter«, sagte Kim jetzt als Antwort auf Clements Frage. »Ich geh nur noch aus heute. Das erste Mal seit einer ganzen Weile.«

»Ach, unsere Kim!«, rief Clement aus. »Hast du dir einen schicken Italiener geangelt?«

Angesichts der Neugier ihrer beiden Tischherren musste Kim schmunzeln. »Nee. Es ist mehr ein Versöhnungsgetränk mit Luca, dem Yoga- und Surflehrer.«

Ernesto, der längst eine nächste riesige Portion Pasta in seinen Mund manövriert hatte, hörte auf zu kauen. »Der ist gar nicht schwul?«

»Wie bitte?« Darüber hatte Kim noch gar nicht nachgedacht. Bevor sie etwas dazu sagen konnte, schritt Clement ein.

»Das hatte ich dir doch gesagt, Ernesto! Aber mir glaubst du ja nichts.« Clements schnippischer Ton ließ Kim aufhorchen.

»Ich dachte eben …«

»Ja, du dachtest. Dabei …« Clement ließ weder seinen Freund aussprechen noch vollendete er seinen eigenen Satz. Eisiges Schweigen senkte sich über den Tisch. Kim hätte gern etwas gesagt, aber sie wagte es nicht. Sie hatte das Gefühl, jedes Wort könnte gerade falsch sein. Dieser Konflikt hatte nichts mit ihr zu tun – und sie verstand gar nicht genau, worum es dabei ging. Ernst hatte seine Gabel beiseitegelegt. Zum ersten Mal, seit Kim den beiden Männern begegnet war, aß er eine Portion nicht auf. Clement dagegen schaute auf seinen Teller, als könnte er zwischen seinen verbliebenen Nudeln alle Weisheiten der Welt finden.

Das Schweigen dauerte an, bis die Pastateller abgeräumt worden waren, dann fand Ernst seine Sprache wieder. »Na, dann wünsch ich dir auf jeden Fall viel Spaß nachher.« Er lächelte. Wenn es ihn etwas kostete, ließ er es sich nicht anmerken.

»Ich hol mir noch ein wenig Salat. Möchtest du auch einen Bissen, Clement? Es gibt diese eingelegten Auberginen, die du so magst.« Ernesto legte seinem Partner die Hand auf die Schulter, nachdem er aufgestanden war, eine versöhnliche, liebevolle Geste.

»Danke. Eine Winzigkeit vielleicht.«

Kim verbiss sich ein Lachen angesichts dieser süßen Versöhnungszeremonie, deren Zeugin sie soeben wurde. Vielleicht, dachte sie, konnte Liebe so sein. Trotzdem hätte sie zu gern gewusst, was überhaupt der Zankapfel der beiden Männer gewesen war.

Indessen strahlte Ernst jetzt über das ganze Gesicht. »Wie schön. Ich bring dir auch noch ein Scheibchen Mozzarella mit, ja?«

Ohne die Antwort seines Partners abzuwarten, war Ernst schon losgegangen, während Clement einen kleinen Schluck seines Weißweins trank.

Konnte es sein, dass Ernst der eifersüchtige Partner in der Beziehung war? War Clement wirklich nur figurbewusst? Sie hätte die Beziehung des Paares ganz anders eingeschätzt.

Als Ernesto zurückkam und Clement das liebevolle Vorspeisenarrangement hinstellte, wechselten die beiden einen sehr innigen Blick. Dann beugte Ernst sich zu Clement und küsste ihn auf die Wange, bevor er sich seiner eigenen riesigen Portion Salat aus weißen Bohnen zuwandte.

»Das Haarband steht dir sehr gut«, sagte Ernesto jetzt, das Thema zwischen den beiden Männern schien abgehakt, man ging zum Alltag über. Luca wurde nicht mehr erwähnt, und Kim genoss die gewohnt angenehme Gesellschaft der zwei Männer, die sie schon so sehr in ihr Herz geschlossen hatte.

Kim schaute die beiden an. Sie hatte noch keine Gelegenheit gefunden, ihnen, die ihr Herz auf der Zunge trugen, ihren Zettel zu zeigen. Jetzt widmete sich jeder wieder seinem Essen und Ruhe war eingekehrt. Sie zog den Zettel heraus und strich ihn auf dem Oberschenkel glatt. Man sah zwar noch, dass sie ihn klein zusammengefaltet hatte, aber darum ging es in diesem

Fall ja auch gar nicht. Es ging darum, dass sie ihnen zeigen wollte, was sie gemacht hatte.

Wortlos legte sie das Papier zwischen die beiden Männer auf den Tisch. Clements Neugier war sofort geweckt.

Er starrte auf den Zettel und sagte gar nichts. Das war nicht gut. Dann stieß er Ernesto, der sich ganz und gar auf seinen Bohnensalat konzentriert hatte, in die Seite und deutete mit dem Kinn auf das Papier.

Beide Männer hatten aufgehört zu kauen. Auf den Zettel hatte Kim eine Skizze gezeichnet, die ihre beiden neuen Freunde zeigte. Sie saßen zu zweit an einem Tisch, nur grauschwarz mit Bleistift schraffiert. Kim hatte versucht, die Gesichtszüge der beiden Männer einzufangen. Clement lächelte sein scheues Lächeln, das er immer dann zeigte, wenn er das Gefühl hatte, zu viel zu essen, und Ernesto sah man die Freude an, die jede Mahlzeit ihm bereitete. Sie fand, dass ihr die Kritzelei nicht schlecht gelungen war, besonders, wenn man bedachte, dass sie die beiden Männer nicht unmittelbar vor sich gehabt hatte, während sie zeichnete. Sie war am Seeufer gelegen und hatte aus ihrer Erinnerung gearbeitet, immer wieder die Augen schließend und sich die beiden Männer vorstellend. Dafür war sie mit dem Ergebnis recht zufrieden. Dass die zwei jetzt allerdings nichts sagten, sorgte dafür, dass sie schwitzige Finger bekam.

Gefiel ihnen das Bild so wenig?

»Wie auch immer«, sagte Kim schließlich. Sie wollte über den Tisch greifen, ihren Zettel nehmen und wieder einstecken, aber Clements Hand legte sich blitzschnell auf ihr Werk.

»Stopp!« Er nahm die Zeichnung selbst in die Hand, hielt sie nah an seine Augen und reichte sie dann Ernesto.

»Faszinierend«, sagte der, während er sich das Bild genau besah.

»Hast du die Hand gesehen?«

Clement nickte. »Ich mag, wie sie hier die Schraffierungen …«

Er wurde von Ernst unterbrochen. »Genau, du sagst es. Und da, dieser Ausdruck.«

Endlich schien den beiden Männern Kims Anwesenheit wieder bewusst zu werden.

»Kim, das ist ein wundervolles Werk.« Es war Ernst, der über den Tisch langte und ihre Hand sanft drückte.

»Es ist nur eine Skizze.« Kim freute sich über die überschwängliche Reaktion der beiden, konnte sie aber genauso wenig einordnen wie zuvor die schlechte Stimmung zwischen ihnen.

»Nein, das würde ich so nicht sagen. Man sieht, dass du einen ganz eigenen Stil pflegst.« Ernst strich mit dem Finger über das Gesicht von Clement, das Kim gezeichnet hatte.

»Na ja. Ich habe seit Jahren nicht gezeichnet«, gab Kim zu. »Es war mehr eine Laune.«

Das war glatt gelogen, und Kim wusste es. Sie war darin aufgegangen, die Zeichnung anzufertigen, ja, sie war im Zeichnen versunken, hatte sich zu einhundert Prozent darauf konzentriert, jedes Detail war ihr wichtig gewesen, obwohl es *nur eine Skizze* war. Es war, als hätte sie eine lang verschüttete Leidenschaft einfach so wieder ausgegraben. Das hier bedeutete ihr wirklich viel, das war ihr bewusst geworden, als sie die ersten feinen Linien gezogen hatte. Für die gesamte Werbekampagne von *Chocolate Chase* hatte sie nicht so viel Leidenschaft empfunden wie für diese kleine Zeichnung.

»Wenn ihr sie haben wollt, dann sehr gern«, sagte Kim leichthin. Sie freute sich so sehr über das Lob, dass sie den beiden Männern die Zeichnung nur zu gern schenken wollte.

»Ja, wirklich?« Clement strahlte.

»Vielen Dank!« Der Enthusiasmus in Ernestos Stimme war zu viel des Guten, fand Kim. Er reagierte so überschwänglich, dass Kim nicht mehr sicher war, ob seine Freude echt war.

»Du solltest wirklich mehr zeichnen. Vielleicht nutzt du ja deinen Urlaub hier dafür«, sprach Clement weiter und Ernesto nickte zustimmend.

»Das habe ich vor. Ich bin selbst überrascht, wie viel Freude ich wieder an der Malerei habe«, antwortete Kim.

»Und du solltest die Bilder nicht falten und diesen Eselsohren aussetzen«, rügte Clement, der seinen Teller Antipasti völlig vergessen zu haben schien.

»Ist gut.« Kim lachte. »Es war aber wirklich nur ein Versuch.«

»Versuch mal weiter«, wies Ernesto sie an. »Und zeig uns das Ergebnis, ja? Du hast wirklich Talent.«

Kim spürte, dass sie rot wurde. »Danke. Das mach ich.«

Und sie wusste, dass das stimmte. Sie würde weiter malen und niemand würde sie je wieder davon abhalten.

Als Luca kam, um Kim abzuholen, saß sie gerade bei ihrem Espresso doppio und lachte herzhaft über einen Scherz, den Clement gemacht hatte. Antonella stand ebenfalls mit am Tisch. Sie war gerade gekommen, um nachzufragen, wie das Essen gemundet hatte.

Kim sah ihn sofort. Es war, als würde er zwischen allen Menschen herausstechen, weil er ein klein wenig anders aussah mit seinen wilden Locken und den schwarzen Augen. Das knallrote T-Shirt zu seiner Jeans betonte das noch mehr. Kim kam es vor, als würden die Blicke einiger Frauen im Raum auf Luca ruhen. Selbst die grauhaarige Frau, die wie immer am Fenster saß, schaute ihn unverwandt an. Ernestos Miene verfinsterte sich sofort. Er beugte sich zu Clement. »Luca?«, fragte er. Er flüsterte, aber Kim hatte ihn dennoch gehört. Clement nickte.

»Na dann«, meinte Ernesto trocken. Schon wieder so eine nicht deutbare Geste, fand Kim. Ernesto war tatsächlich eifersüchtig!

»Ciao, Luca!« Antonella lächelte und winkte Luca energisch zu. Sie schien nichts dagegen zu haben, dass er außerhalb seiner Arbeitszeit hier auftauchte.

»Hallo, schöne Frau!«, begrüßte er sie mit dem ihm eigenen Charme. Es kam ihm so leicht über die Lippen, dass Kim wusste, er sagte das nicht zum ersten Mal zu einer Frau. Aber das störte sie nicht. Sie war nicht auf der Suche nach Liebe. Sie war auf der Suche nach einem entspannten Abend in hoffentlich angenehmer Gesellschaft.

Antonella lachte. »Charmeur! Aber vielleicht sagst du das besser zu einer Jüngeren. Ich bin auf ewig mit Barbarossa vereint.«

Kim verstand kein Wort, aber Valentina, die gerade mit zwei Gläsern Rotwein vorbeiging, lachte. Sie verstand offenbar, worum es ging.

»Oh, ich habe eine Jüngere gemeint.« Luca klang übermütig. »Nämlich diese junge Frau hier.« Er zeigte auf Kim. »Nichts für ungut, Antonella.«

Sie winkte ab. »Ich brauch jetzt eh einen Kaffee. Einen wunderbaren Abend euch allen!«

»Ciao, Antonella«, entgegnete Kim, und damit war ihr Italienisch auch schon beinahe erschöpft. Sie musste Luca später fragen, wie es kam, dass er so perfekt Deutsch sprach. Kim nahm ihre winzige Tasse und trank sie leer. Dann stand sie auf. »Meine Herren, es war mir auch heute wieder eine Freude mit euch.« Sie deutete eine Verbeugung an.

»Ach, du liebes Mädchen«, entgegnete Ernesto und machte eine wegwerfende Handbewegung, die verriet, dass Kims Worte ihn berührten. »Die Freude ist wie immer auf unserer Seite, nicht wahr, Clement?«

Die beiden Männer hoben synchron ihre Weißweingläser zu einem »Prost«, so sehr waren sie aufeinander eingespielt. Kim fand sie einfach herzzerreißend süß miteinander.

Luca fuhr mit Kim in seinem Kastenwagen raus aus dem Dorf. Hinten, wo sonst oft die Rücksitzbank war, befand sich in diesem Auto eine riesige Ladefläche, die von einer Matratze, einer Decke und einem Kissen gut ausgefüllt wurde.

In einer Ecke stand eine Kühlbox.

»Ich nutze das Auto auch, wenn ich mal wo übernachte oder wenn ich ans Meer zum Surfen fahre – für Surfutensilien, weißt du?«, erklärte Luca, als er ihren Blick bemerkte.

Kim musste sich widerwillig eingestehen, dass sie das mochte, dieses Abenteuerliche. Man konnte sich richtig vorstellen, wie er einfach ein paar Sachen in dieses Auto warf, und los ging es.

»Wo fahren wir hin?«, fragte Kim.

»Ich dachte, ich zeig dir was«, war Lucas ausweichende Antwort. Ein paar Kilometer nach Limone bog er rechts ab und passierte einen kurzen Tunnel. Eine schmale Straße schlängelte sich in engen Serpentinen den Hang hinauf. Auf einem Schild stand *Strada della Forra*. Zum Glück kam ihnen niemand entgegen. Das Panorama auf den See war atemberaubend, wurde immer weiter und schließlich konnte man ein gutes Stück See überblicken.

Luca fuhr nicht weit den Berg hinauf. Er hielt in einer Parkbucht, von der aus man eine besonders schöne Aussicht hatte. Um diese Tageszeit, kurz vor Sonnenuntergang, war die Straße so gut wie leer. Luca ging um sein Auto herum und holte die Matratze heraus. Er legte sie auf die Wiese. Dann griff er nach der Kühlbox.

»Kommst du?«

Kim, die ihn überrascht beobachtet hatte, tat, wie ihr geheißen. Sie ging zu ihm und schaute ihm dabei zu, wie er Eiswürfel in zwei Gläser füllte.

»Ich hoffe, du magst Aperol Spritz?« Luca lächelte Kim entgegen. »Setz dich doch.«

Kim folgte seiner Aufforderung.

Luca holte eine Tüte Chips aus der Box. »Hier, machst du die auf?«

»Du hast ja wirklich an alles gedacht.«

»Na, das hoffe ich doch. Zumindest an das meiste. Erdnüsse sollten auch noch da drin sein.«

Kim griff hinein und holte eine Dose Nüsse hervor, während Luca sich um die Getränke kümmerte. Sogar Orangenscheiben hatte er dabei!

Als er fertig war, reichte er ihr ein Glas. »Chin-chin!«

Sie stießen an und tranken. »Mmmh, schön kühl.« Kim war zwar noch satt vom Essen, griff aber dennoch in die Chipstüte. »Toller Ausblick ist das von hier oben.« Sie fand es wunderschön, besonders die Ruhe, die sich jetzt, zum Sundowner, über den See legte.

»Ja, ich bin auch gern hier«, bestätigte Luca.

Ein kurzes Schweigen entstand. Hoffentlich würden sie gleich wieder Themen finden, über die sie sich austauschen konnten, sonst würde das ein schwieriger Abend werden.

Sie trank einen großen Schluck ihres Getränks, süß-bitter mit leichtem Orangenaroma – köstlich!

»Danke für die Einladung«, sagte sie schließlich.

»Sehr gern. Nachdem ich offenbar etwas vergeigt habe, ist es das Mindeste, was ich tun konnte.« Luca trank ebenfalls. Dann griff er nach den Kartoffelchips.

»Nein, das – na ja. Das lag auch an mir.« Kim dachte an Dirk, ihren eigenen Perfektionismus und die Tatsache, dass sie bei dem falschen Menschen ausgeflippt war. Aber sie wollte es Luca nicht erklären. So gut kannten sie sich noch nicht, so verwundbar wollte sie ihm gegenüber nicht sein. Außerdem hatte sie angefangen, sich für ihre Affäre und ihre Leidenschaft für Dirk zu schämen.

»Na ja, manchmal macht man Mist, ohne dass man es selber merkt, oder? Hätte ja auch sein können.« Luca war nach wie vor bereit, einen Teil der Schuld auf sich zu laden.

Kim nickte. »Ja, oder man merkt es zu spät.«

Sie lächelten einander an, plötzlich, mit nur ein paar Sätzen, die ihnen zeigten, dass der jeweils andere kein sturer Idiot war, hatte sich die Chemie zwischen ihnen beiden völlig verändert.

»Vielleicht gibst du dem Surfbrett ja noch mal eine Chance?«, fragte Luca. »Es macht echt irre viel Spaß, versprochen.«

»Das glaub ich dir gern. Mir tut nur im Moment noch der ganze Körper weh, aber das sollte ja besser werden mit der Zeit. Ich habe schließlich noch ein paar Tage. So einfach möchte ich auch nicht aufgeben.«

»Wie lang bleibst du am Lago?«

»Eine Woche.« Kim tat es fast schon leid, dass sie nicht länger blieb.

»Das sind dann noch fünf Tage?«

»Ganz genau. Aber vielleicht bleibe ich drei Tage länger, so lang wie Clement und Ernst, wenn im Hotel was frei ist. Ich bin recht flexibel in meiner Zeiteinteilung im Moment.«

»Frei, hm? Das klingt schön.«

»Na ja. Wie man es nimmt.«

»Immerhin kannst du machen, was du möchtest, oder? Ich genieße das sehr, seit ich hier bin.« Luca ließ die Eiswürfel in seinem Glas klingen.

»Woher kommst du denn?«

»Aus Innsbruck. Dort leben meine Eltern – und meine Schwester. Es sind viele Österreicher hier, die wegen der Arbeit kommen.« Täuschte Kim sich, oder klang er bei der Erwähnung seiner Familie ernst und, ja, auch irgendwie melancholisch? Sie traute sich nicht nachzufragen. Jetzt fiel ihr auch der österreichische Dialekt auf, der allerdings kaum wahrnehmbar war, nur ein ganz leichter Einschlag, ähnlich wie bei Valentina aus dem Hotel.

»Deshalb sprichst du so gut Deutsch!«, sagte sie stattdessen.

»Ja, genau. Es ist eher mein Italienisch, das ich noch perfektionieren muss.« Er lachte. »Aber für den Alltag reicht auch das, was ich kann, und im Job muss ich eh mehr Deutsch sprechen.«

»Ja. Es sind sehr viele Urlauber aus Deutschland hier, nicht wahr?« In Antonellas Hotel schienen die Gäste nahezu ausschließlich aus Deutschland angereist zu sein.

Kim war noch immer neugierig hinsichtlich Lucas Herkunft. »Vermisst du deine Familie manchmal?«

»Ja, doch, schon hin und wieder. Meine Eltern haben alles für mich getan und Johanna – das ist meine Schwester – ist eine meiner besten Freundinnen. Auch wenn mein Vater ein ziemlicher Perfektionist ist.« Er trank mit einem riesigen Schluck seinen Spritz aus, wühlte in der Kühlbox und holte eine Cola heraus. Er öffnete die Dose. Kim fragte sich, was er mit der Aussage über seinen Vater meinte, aber es ergab sich keine Gelegenheit nachzuhaken.

»Ich trinke lieber nicht viel, wenn ich fahre.«

Das mochte Kim – und es überraschte sie. Sie hatte ihn sich ganz anders vorgestellt, sehr locker, besonders auch, was Regeln anging. Dass er jetzt so verantwortungsvoll daherkam, gefiel ihr.

»Eine Woche ist eh zu kurz für diese Gegend, ich würde an deiner Stelle länger bleiben, wenn ich die Möglichkeit hätte«, griff er das Thema von vorhin wieder auf. »Schau, ich bin seit drei Jahren hier und kenn erst einen Bruchteil der Sehenswürdigkeiten.«

»Vielleicht hast du recht.«

»Ganz sicher.«

Sie schwiegen einen Moment, aber es war keine seltsame Stille.

»Schau, da drüben ist der Monte Baldo, da solltest du noch hin. Vielleicht kletterst du gern, und wenn du einen gigantischen Tagesausflug machen möchtest, rate ich dir auf jeden Fall noch zu Sirmione, da ist es wunderschön, total verträumt und herrlich romantisch.«

»Das ist aber ein Stück zu fahren, oder?«

»Das schon, ja. Aber ich fand es dort einfach magisch.« Lucas Blick wurde weich. Sicher war er mit einer Frau dort gewesen. Daran gab es keinen Zweifel.

»Na, dann hast du die Romantik dort ja schon genossen«, sagte Kim mit neckischem Unterton in der Stimme.

»Sehr wahr.« Luca lachte leise. »Sirmione ist immer einen Ausflug wert.«

Natürlich. Sie war der einzige unglückliche Single weit und breit, schien es. Dass ein Typ wie Luca eine Freundin hatte, war nun wirklich keine Überraschung.

»Na, dann schau ich mir aber vielleicht doch lieber erst mal die nähere Umgebung an. Ich hab noch nicht mal Limone so ganz erkundet. Und hier ist es sehr offensichtlich romantisch genug.« Erst als sie den Satz laut ausgesprochen hatte, wurde ihr klar, dass sie ein wenig biestig klang. Aber der Satz war draußen und war nicht zurückzunehmen.

Luca schaute Kim direkt in die Augen. »Das stimmt allerdings.«

Es war nur ein kurzer Moment. Aber in dem Moment sah sie Luca, sonst nichts. Sie hatte plötzlich das Gefühl, ihn schon immer zu kennen, ihr ganzes Leben lang. Da war ein Gefühl des gegenseitigen Verstehens, und sie glaubte zu spüren, dass es richtig war, mit ihm hier zu sitzen, bei ihm zu sein. Alles an ihm schien ihr plötzlich vertraut. Der Augenblick dauerte keine zwei Sekunden, dann war er auch schon vorbei und Kims flüchtiger Eindruck hinterließ ein wattiges Gefühl in ihr, bevor er sich auflöste und verschwand.

Es war mittlerweile dämmrig. Der Monte Baldo hatte sich vor einer halben Stunde immer kräftiger orangerot verfärbt, jetzt war die Farbe zur Gänze verblasst und es wurde dunkel.

Ihr Glas war fast leer. Kim trank den letzten Schluck, dann fummelte sie die Orangenscheibe wenig damenhaft aus dem Glas und aß das Fruchtfleisch.

»Wie gut, dass du das als Erste machst!« Luca lachte, während er es Kim nachtat. »Ich liebe Orangen, sie sind mein Lieblingsobst«, erklärte er noch.

Dann stand er auf und packte alle Sachen wieder in die Kühlbox. Kim hatte sich ebenfalls erhoben und schaute auf die Lichter des Ortes Arco hinunter, der sich zwischen die felsigen Berge im Süden und den Gardasee schmiegte. Daneben war gleich Riva und auf der anderen Seite schmiegten sich ebenfalls Dörfer ans Ufer. Es sah wunderschön aus.

Plötzlich spürte Kim Lucas Gegenwart physisch. Hatte er gerade seine Hand zwischen ihre Schulterblätter gelegt, nur ganz kurz? Oder hatte sie sich die flüchtige Berührung nur eingebildet? Sie war so in den Ausblick vertieft gewesen, dass sie es nicht mit Sicherheit sagen konnte. Aber er stand hinter ihr, sie hörte ihn in der nächtlichen Stille atmen.

»Sollen wir noch ein bisschen dableiben?«, fragte er leise mit seiner ruhigen Stimme, die perfekt zur spätabendlichen Atmosphäre passte.

Kim riss ihren Blick los und drehte sich zu Luca um. Seine Hände waren in den Taschen seiner Shorts vergraben. Sie musste sich eingebildet haben, dass er sie berührt hatte.

»Nein«, Kim schüttelte den Kopf, »fahren wir.«

Es war ein wundervoller, entspannter Abend gewesen, der nicht schöner werden konnte.

»Kommst du morgen zur Surfschule? Versuchst du es noch mal?« Luca wippte leicht hin und her, während er sprach, vor, zurück, vor, zurück.

»Ja, gern.« Sie antwortete aus einem Impuls heraus, nicht wegen des Surfens, das war wahnsinnig anstrengend, sondern weil – ja, warum?

»Super!« Er ließ sie nicht darüber nachdenken. »Wir könnten auch die SUPs nehmen, für das Gleichgewicht, weißt du. Es macht echt Spaß und du musst dich nicht um ein Segel kümmern. Ehrlich, Stand-up-Paddeln ist ein guter Einstieg.«

Kim lachte. »Kannst du Gedanken lesen?«

Luca grinste. Man sah, dass er sich freute. »Super, dann treffen wir uns am See – gegen elf?«

Mit einem Kopfnicken willigte Kim ein. Sie freute sich sehr auf Luca. Bestimmt war das Stand-up-Paddeln eine prima Idee, um besser in Balance zu kommen.

In Balance kommen, fand Kim, klang überhaupt gut, wenn sie mal einen Blick auf ihr Leben warf.

* * *

Als Kim am nächsten Morgen aufwachte, fühlte sie sich rundum erholt. Lang hatte sie nicht mehr so gut geschlafen wie in dieser Nacht. Sie fühlte sich so wach und so wohlig unter dem dünnen Laken, über das sie noch eine dünne Decke gelegt hatte, dass sie in diesem Moment entschied, ihrem Gedanken vom Vorabend Taten folgen zu lassen: Wenn ihr Zimmer weiter frei war, würde sie Antonella bitten, es für sie so lange zu reservieren, wie auch Clement und Ernst dablieben. Die beiden Männer waren eine super Gesellschaft und außerdem genoss sie das gute Wetter und die Landschaft. Und Surfen hatte sie auch noch nicht gelernt.

Kim schaute auf die Uhr und wäre fast aus dem Bett gekippt.

»Mist!« Sie sprang auf. Es war kurz nach neun, die Frühstückszeit war fast schon vorbei. Sie zog sich ein leichtes Kleid über und lief barfuß aus ihrem Zimmer.

Cappuccino und ein Bomboloni mit Puddingfüllung waren das beste Frühstück, das man sich überhaupt wünschen konnte, und die Vanillekrapfen hier im Hotel die besten, die Kim je gegessen hatte.

Ernesto und Clement lasen Zeitung, als Kim hereingestürmt kam.

»Guten Morgen, meine Liebe!«, rief Clement ihr entgegen, stand auf und rückte ihren Stuhl zurecht. »Bitte schön.«

Dankbar ließ Kim sich auf den Stuhl fallen. Auf ihrem Teller lag ein wunderschöner Bombolone mit Puderzucker.

»Das war der letzte, und ich dachte, ich sichere ihn dir.« Ernesto sprach mit Verschwörermiene, sodass Kim fast lachen musste.

Sie bestellte bei Valentina, die sofort an den Tisch gekommen war, einen großen Cappuccino. »Ich bring ihn sofort.« Zack, war Valentina auch schon wieder an der Bar und hantierte am Kaffeevollautomaten. Sie schaffte es, einfach überall im Hotel gleichzeitig zu sein, schien Kim. Auch beim Zimmerservice war es Valentina, die für den letzten Schliff zuständig war. Erstaunlich, was die junge Frau alles leisten konnte.

Kim wandte sich Clement zu. »Und, warst du heute beim Yoga?«

»Natürlich. Luca hat eine tolle Stunde abgehalten, das kann ich dir sagen.«

Ernst verdrehte die Augen, aber Clement merkte es nicht.

Kim konnte es sich vorstellen. Luca verfügte über eine bewundernswerte Körperbeherrschung. Schon ihm beim Yoga zuzuschauen, war faszinierend – da musste man selbst noch gar nicht mitmachen, um sich bereits bei seinem Anblick ein klein wenig wohler zu fühlen. Er war ein schöner Mann, fand Kim. Sich bei diesem Gedanken zu ertappen, überraschte sie. War nicht Dirk jahrelang der schönste Mann gewesen? Kim verlor sich in ihren Gedanken. Was hatte Dirk denn so reizvoll gemacht? Seine Machtposition? Die Tatsache, dass er ihr Komplimente machte? Zugegeben! Die Komplimente hatten sie schon gereizt und ihr geschmeichelt. Sie kannte das nicht, dass sie für ihre Leistungen gelobt wurde.

Kim war bei ihrem Vater groß geworden, nachdem die Mutter bei ihrer Geburt verstorben war. Der hatte ihr zwar materiell alles gegeben, seine Anspruchshaltung an Kim war jedoch immens gewesen – in seinen Augen gut genug zu sein, war ihr selten gelungen.

»Kim, das war nicht schlecht«, war sein größtes Lob, aber »nicht schlecht« war eben niemals »gut«, sondern nur *nicht ganz miserabel*. Dirk hatte sie dagegen extrem gelobt – und dieses Lob war für Kim gleichbedeutend mit Wertschätzung gewesen.

Sie dachte an seine Halbglatze, daran, dass sie ihn ertappt hatte, wie er am Computer Haartransplantationen in der Türkei recherchierte. Sie dachte an seine Hände, die kurzen, dicklichen Finger mit den zu kurzen Nägeln, die daher rührten, dass er sie in Stresssituationen abbiss. Aber das waren nur kleine Eigenheiten, über die man hinwegsehen konnte, oder? Das Schlimmste an ihm waren die Verlogenheit, die Gemeinheit, mit der er Kim und zugleich seine Frau hintergangen hatte.

Es war also wohl im Endeffekt ganz egal, ob Luca schön aussah oder nicht. Das war nur Beiwerk. Sie dachte an die Frau, mit der er in Sirmione gewesen war, und fragte sich, ob er wohl anders war als Dirk oder ob sie auch von ihm Unehrlichkeit und Unehrenhaftigkeit zu erwarten hätte. Andererseits: Er war nur eine Urlaubsbekanntschaft, nicht wahr? Es spielte keine Rolle.

»Der Cappuccino!« Valentina stellte eine riesige Tasse mit einem perfekten Herzen in der Crema vor Kim ab.

»Vielen Dank. Der wird mir jetzt guttun.« Kim registrierte, dass sie ihren Puddingkrapfen noch nicht einmal angerührt hatte. Das würde sie jetzt schleunigst nachholen.

»Äh, Valentina?« Die nette Hotelmitarbeiterin hatte sich schon abgewandt, drehte sich aber sofort wieder um und kam zurück an den Tisch. »Kannst du vielleicht Antonella sagen, dass ich mit ihr sprechen möchte?«

Jetzt runzelte Valentina die Stirn. »Ist etwas nicht in Ordnung?«

Kim schüttelte den Kopf. »O nein, im Gegenteil. Ich habe darüber nachgedacht, länger zu bleiben.«

»Wenn das keine guten Neuigkeiten sind«, mischte Ernesto sich ein.

Valentina lachte. »Das ist allerdings wahr. Ich schick sie dir, ja? Sie ist mit Barbarossa im Garten.«

Den eindrucksvollen dicken Kater hatte Kim schon kennengelernt. »Danke dir.«

»Nicht der Rede wert.« Valentina machte sich sofort auf den Weg. Mit leichten, schnellen Schritten trat sie hinaus auf die Terrasse und lief dort die Steintreppe in den Garten hinunter.

Kim biss herzhaft in ihren Krapfen. Ein wenig Vanillepudding kleckerte auf ihren Teller. Die Süße der Creme explodierte in ihrem Mund. Sie verdrehte voll Genuss die Augen. Das schmeckte so gut. »Wenn ich nach Hause fahre, werde ich vier Kilo mehr wiegen. Mindestens!«

Clement lachte. »Da bist du dann in guter Gesellschaft.«

Der Speisesaal hatte sich längst gelichtet. Sie waren allein, bis auf eine ältere Dame, die – bekleidet mit einem Sonnenhut mit Blumenarrangement – gerade ein belegtes Brötchen in eine Serviette wickelte, um es dann in ihrer Handtasche verschwinden zu lassen. Ganz schön dreist, fand Kim und schaute schnell in eine andere Richtung.

Da kam schon Antonella. Sie ging aber nicht zu Kims Tisch, sondern direkt auf die alte Frau zu.

»Na, Frau Dresemann? Haben Sie schön gefrühstückt?«

»O danke, ja! Es war köstlich.« Die alte Dame griff nach Antonellas Hand und drückte sie. Wie scheinheilig!

Antonella erwiderte die Berührung, indem sie ihre andere Hand obendrauf legte. »Haben Sie für Ihren Mann schon eine Kleinigkeit gefunden?«

»O ja!« Die alte Dame öffnete ihre Handtasche und ließ Antonella hineinschauen.

»Also ehrlich, Frau Dresemann!« Antonella klang ehrlich erschüttert. »Nehmen Sie doch bitte einen Teller! Möchten Sie ein Ei dazu? Vielleicht einen Obstsalat? Und Valentina bringt dann vielleicht noch ein Tässchen Tee aufs Zimmer?« Antonella ging, ohne eine Antwort abzuwarten, hinüber zum Büfett, nahm einen Teller, befüllte ihn mit einem hübschen Frühstücksarrangement und brachte ihn der alten Dame.

»Ach, Antonella! Sie sind ein Engel.« Frau Dresemann strahlte.

»Das ist nicht der Rede wert.« Antonella legte der Frau die Hand auf die Schulter. »Und dann wollen wir mal hoffen, dass Ihr Mann das Abendessen schon wieder hier unten genießen kann, nicht wahr? Es gibt meine hausgemachte Lasagne.« So gut Antonella Deutsch sprach – ihr italienischer Einschlag war unverkennbar. Sie wechselte noch ein paar Worte mit der alten Dame, bevor sie sich schließlich verabschiedete, um an Kims Tisch zu kommen.

Kim verspürte ein schlechtes Gewissen. Sie hatte der Frau etwas unterstellt, das schlicht falsch war. Das tat ihr jetzt leid.

»Guten Morgen«, grüßte Antonella in die Runde und alle erwiderten ihren Gruß.

»Kim, Valentina meinte, Sie bräuchten mich? Ich hoffe, alles ist in Ordnung?« Antonellas warmes, freundliches Lächeln schien den ganzen Raum aufzuhellen.

»O ja, natürlich.« Kim wurde rot, noch immer war sie gedanklich bei Frau Dresemann. Sie hoffte für die alte Dame, dass es ihrem Mann nachher tatsächlich wieder besser gehen würde. »Ich wollte fragen, ob ich mein Zimmer ein paar Tage länger haben kann. Genau genommen so lang, wie diese beiden Herren hier weilen.«

Antonella wurde ernst. Ihr Gesicht war plötzlich von tiefen Falten durchzogen, und sie schien Kim prüfend zu mustern, so intensiv, dass die zu ihrem Teller hinunterschaute, auf dem nur noch ein paar Krümel des Vanillekrapfens lagen.

»Doch, ja, das geht.« Hörte Kim ein Zögern in Antonellas Stimme? Oder bildete sie sich das nur ein?

»Wunderbar! Wenn ich in ein anderes Zimmer ziehen muss, ist das auch kein Problem«, wollte sie der Hotelchefin entgegenkommen, aber die schüttelte nur vehement den Kopf.

Antonella war noch immer ernst, aber in ihren Mundwinkeln begann wieder ein kleines Lächeln zu sprießen. »*No, no!* Das Zimmer ist wirklich kein Problem.«

Aber was war denn dann ein Problem? Kim runzelte die Stirn. Doch jetzt zeigte Antonella schon wieder ihren gewohnt fröhlichen Gesichtsausdruck und der Moment der Unsicherheit löste sich in Luft auf.

»Ich freu mich, dass es Ihnen so gut gefällt.« Antonella strahlte Kim an. »Noch einen Bombolone?« Diese Frau, die so eindeutig der gute Geist des Hauses war, kannte Kim schon überraschend gut.

»Die sind aus«, mischte sich Clement ein, bevor Kim dankend ablehnen konnte.

»O nein! Ich hab noch ein paar in der Küche. Bin gleich wieder zurück!« Und schon lief Antonella los, erstaunlich viel schneller, als man es der rundlichen älteren Dame zugetraut hätte.

Kim spürte in sich hinein. Ja, es fühlte sich genau richtig an, ihren Urlaub ein paar Tage länger zu genießen.

6. MARTINI BIANCO

»Ich frag mich, wo heute der Wind ist.« Luca warf einen irritierten Blick in alle vier Himmelsrichtungen. Es war tatsächlich beinahe windstill, ein Zustand, wie Luca sagte, den man am Gardasee sehr selten hat. »Aber für dich ist das super. Der See ist ja geradezu spiegelglatt heute.«

Tatsächlich lag die Wasseroberfläche fast wellenlos vor ihnen. Luca hatte die beiden SUPs schon ans Wasser gebracht und aufgepumpt waren sie auch.

Jetzt ging er zurück in das kleine Häuschen. »Hier, eine Schwimmweste für dich. Möchtest du noch einen Neoprenanzug oder so was?«

Kim verneinte. »Es ist eh so warm heute. Ich zieh einfach nur die Weste über den Bikini. Okay?«

»Na klar. Ich hab nichts gegen nackte Haut.« Er hob und senkte beide Augenbrauen. Dazu grinste er frech.

»Das kann ich mir vorstellen.« Sie ging auf seinen neckischen Ton ein, erwiderte ihn. Schließlich war sie im Urlaub, oder? Nichts sprach dagegen, ein wenig zu flirten, dachte sie fast trotzig.

»Kannst du das, ja?« Luca warf die Weste in Kims Richtung und sie fing sie überrascht auf. »Wollen wir?« Er zog sich das

T-Shirt über den Kopf. Wieder fiel Kim sein Muskelspiel auf und wie perfekt symmetrisch sein Oberkörper war. Aber heute, auf den zweiten Blick, entdeckte sie noch etwas anderes: ein kleines Piercing in seiner rechten Brustwarze, das kaum auffiel. Nur zwei winzige silberne Punkte, die allerdings, wenn man sie mal entdeckt hatte, dafür sorgten, dass man seinen Blick kaum abwenden konnte. Das Piercing war wie ein Eyecatcher, der Luca noch interessanter machte, die perfekte Symmetrie brach. Kim zwang sich wegzuschauen. Sie schlüpfte aus ihrem Sommerkleid und zog sich die Schwimmweste an. Vorne baumelte eine kleine Pfeife, um im Bedarfsfall nach Hilfe rufen zu können.

Sie schloss den Reißverschluss und entledigte sich ihrer Ballerinas. »So, ich bin so weit.«

»Sehr gut. Du nimmst das blaue Brett. Hier ist das Ruder. Das hältst du genau so.« Er legte eine Hand weiter unten um den Griff, eine Hand obenauf. »Und wenn du die Seite wechseln möchtest, dann tauschen deine Hände ihre Position«, erklärte Luca weiter. »Außerdem reckst du den Po nach hinten und nimmst beim Einstechen des Paddels den ganzen Oberkörper mit. Wenn der Wind so bleibt, wird das total super, da können wir uns eine größere Runde zutrauen. Ich paddle voraus und du kannst hinter mir herfahren und beobachten, wie ich es mache.«

»Alles klar! Ich habe nichts dagegen, dir auf den Hintern zu starren«, griff Kim den neckischen Tonfall von vorhin wieder auf. Das Paddeln mit dem SUP schien bedeutend einfacher zu sein, als zugleich noch auf ein Segel und den Wind achten zu müssen.

Er lachte. »Du bist unverbesserlich!«

Dann hob er ihr SUP ins Wasser.

»Bist du eingecremt?«, fragte Luca, während er sein Board ebenfalls aufs Wasser setzte und ihr dann ein Paddel reichte.

»Selbstverständlich!« Wie nett, dass er danach fragte. Er war wirklich aufmerksam.

Kim versuchte, seitlich auf das Brett zu steigen, und hätte fast das Gleichgewicht verloren. Es war wohl sinnvoller, erst einmal zu schauen, wie Luca das bewältigte, ohne vom Board zu fallen. Als er sich vorsichtig von der Längsseite her auf das SUP kniete, machte sie es ihm einfach nach. Es war zwar wackelig, aber funktionierte überraschend gut. Na, dann konnte es ja losgehen.

Kim fühlte sich sofort wohl auf dem Brett. Klar war es eine Herausforderung, die Balance zu halten, aber es gelang ihr deutlich besser als auf dem Surfboard. Sie mochte es, ihren ganzen Körper in Bewegung zu bringen und den Widerstand des Wassers zu spüren, und sie genoss das warme Sonnenlicht.

Luca hatte gleich die Richtung zur Steilküste eingeschlagen. Sie passierten eine Ruine. Kim fragte sich, ob das einst eine Burg gewesen war, genau konnte sie es nicht erkennen.

Mit kräftigen Paddelzügen durchpflügte sie das Wasser. Lucas Rückenmuskulatur war voll in Bewegung. Die großen und kleinen Muskeln, der Trapezmuskel, alle Konturen waren klar erkennbar. Wie braun gebrannt Luca war! Kein Wunder, so viel wie er sich draußen aufhielt. Sein Rücken bildete ein perfektes V, und Kim war sich sicher, dass auch der Hintern, der sich in den weit geschnittenen Badeshorts verbarg, zum Rest seines Körpers passte. Er war ein durch und durch schöner Anblick, der perfekte Mann für einen Urlaubsflirt, um sich abzulenken.

»Geht es dir gut da hinten?«, rief Luca über die Schulter zurück.

»Ja, ich genieße die Aussicht.« Er konnte ja nicht wissen, dass sie nicht vom herrlichen Bergpanorama, dem glasklaren Wasser und der Steilküste sprach, die ein kleines Stück weiter vorne in den See abbrach. Wenn auch die Landschaft ohne

Frage atemberaubend war, freute Kim sich doch darüber, dass Luca bei sich selbst auf die Schwimmweste verzichtet hatte.

»Geht es noch, von der Kraft her?«

»Natürlich!« Kim ließ ihr Paddel ins Wasser platschen und machte einen weiteren Zug. Das hier war ihre Sportart. Sicher könnte sie das auch zu Hause anfangen – an einem der Seen rund um München würde das sicher möglich sein.

Malen, mit dem SUP unterwegs sein, alte Freundschaften wiederaufleben lassen – so langsam hatte sie das Gefühl, ihre Zukunft war kein ganz unbemaltes Blatt mehr. Im Gegenteil: Sie füllte sich mit mehr und mehr Farben, wurde bunter und vielversprechender.

»Dann fahren wir da rüber!« Luca zeigte auf einen Punkt, der noch ein Stückchen weit entfernt sein musste. Kim konnte nur die grobe Richtung abschätzen, jedoch kein Ziel erkennen.

»Ist gut«, stimmte sie einfach zu.

Luca legte einen Zahn zu und paddelte schneller. Kim musste ganz schön Gas geben, um ihm hinterherzukommen. Neben ihnen war jetzt die imposante Felswand. Rechter Hand fuhr ein Dampfer vorbei, vielleicht ein Ausflugsschiff, dachte Kim. Es waren nur wenige Surfer unterwegs – noch immer war kaum Wind vorhanden.

Die Bergkulisse war atemberaubend schön. Hinter Arco reckten sich Felsen in die Höhe, die, das wusste Kim, zahlreiche Kletterer anzogen. Kein Wunder, dass der Gardasee so ein Eldorado für Urlauber war. Es war einfach herrlich hier.

Luca hatte aufgehört zu rudern und wartete auf Kim, die zügig zu ihm aufschloss. »Da vorne machen wir eine Pause zum Baden und Klippenspringen.«

Jetzt sah Kim den Felsvorsprung.

Nebeneinander paddelten sie darauf zu.

Als sie kurz vor dem Felsen waren, sprang Luca einfach von seinem Brett ins Wasser. Er nahm die Leine, die er vorn auf dem Board eingerollt hatte, und fixierte das Brett an einer Felsnase. Kim tat es ihm nach und glitt ins kühle Nass. Das Wasser wirkte im ersten Moment wie ein kalter Schock auf ihrer Haut, aber nach der langen Zeit in der Sonne war es ein angenehmer Schock.

»Komm, ich mach dein Brett fest.« Luca war zu ihr herübergeschwommen. Er schüttelte mit einer wilden Bewegung seines Kopfes die Haartropfen aus seinen Locken, dass sie nur so spritzten.

Kim wuschelte sich mit der Hand durch ihre Haare und lachte. »Danke. Die Dusche tut jetzt echt gut.«

Luca war zu seinem SUP geschwommen und hatte Kims Brett vorsichtig obenauf gelegt. Die beiden Paddel, die noch im Wasser trieben, legte er ebenfalls auf seine Konstruktion.

»Bei diesen Windverhältnissen geht das«, kommentierte er sein Tun. Dann wuchtete er sich an dem Felsvorsprung, der neben den Brettern ein kleines Plateau bildete, aus dem Wasser. Augenblicke später hangelte er sich einen Meter weiter rechts an den Felsen, die hier stufiger waren, ein Stück weiter die Wand hinauf. Als er etwa vier Meter weit oben war, stieß er sich einfach ab und ließ sich fallen. Das Wasser spritzte nur so nach allen Seiten.

»Willst du auch mal?«, fragte Luca, als er prustend wieder an die Wasseroberfläche gelangte.

»O nein, ganz sicher nicht.« Schon allein beim Beobachten seines Abenteuers hatte Kim Herzklopfen bekommen. Als er sich plötzlich vom Felsen wegdrückte, hätte sie vor Schreck beinahe aufgekreischt.

»Es macht aber wirklich viel Spaß.«

»Danke, auf diese Art von Spaß verzichte ich lieber.«

»Na gut.« Luca war behände wieder aus dem Wasser geklettert und saß jetzt auf dem Vorsprung. »Aber hier mit mir sitzen, das ginge, oder?«

Er beugte sich vor und hielt Kim seine Hand entgegen. Kräftige, schlanke Finger umschlossen die ihren, als er Kim aus dem Wasser half. Der Fels war von der Sonne aufgeheizt und wunderbar warm, als Kim sich setzte. Es war ein herrlicher Kontrast: Ihre Füße baumelten im kühlen Wasser, während die Sonne und der heiße Stein den restlichen Körper wärmten.

»Wirklich, es ist wunderschön hier.«

»Ja, oder? Ich liebe es auch, hier zu sein.« Eine kurze Pause entstand, bevor Luca weitersprach. »Mit dir.«

Kim schaute ihn überrascht an, aber sein Blick war in die Ferne gerichtet. »Auf den Monte Baldo führt eine Bahn. Du solltest unbedingt mal rauffahren. Die Aussicht von dort oben ist ein Traum.« Luca schien seinen eigenen Worten von gerade eben keine besondere Bedeutung beizumessen. Er war schon beim nächsten Thema und sprach mit ihr über die Berge der Umgebung. Was für ein herrlicher Moment. Sie hatten hier einen Platz gefunden, der ihnen beiden ganz allein gehörte. Warum nur fragte sich Kim, mit wie vielen Frauen Luca wohl schon hier gewesen war? Das konnte ihr schließlich völlig gleichgültig sein, nicht wahr?

Während Kim noch überlegte, stand Luca auf. »Und du willst sicher nicht dort rauf? Ehrlich, es ist eine tolle Erfahrung, über den eigenen Schatten zu springen, im wahrsten Sinne des Wortes.« Er zeigte auf die Stelle, zu der er vorhin hinaufgeklettert war.

»Ja, das kann ich mir schon vorstellen. Aber mein Schatten ist zu groß.«

Luca lachte. Behände wie ein Affe kletterte er erneut die Wand hoch, noch höher als beim ersten Mal, um sich dann wieder einfach rücklings ins Wasser zu werfen.

Mühelos stemmte er sich nach dem Auftauchen erneut auf das kleine Plateau, auf dem Kim wartete. »Ein anderes Mal springst du vielleicht«, sagte er ganz ruhig.

In Kims Ohren klang das wie ein Versprechen. Sie stand auf, um Lucas Augenhöhe zu erreichen. Sie ging Luca bis knapp über die Schulter. Sicher würde ihr Kopf bei einer Umarmung perfekt an diese Stelle passen, ihre Stirn würde in seiner Halsbeuge liegen, und womöglich könnte sie sich für ein paar Minuten einfach fallen lassen, in die Arme eines anderen Menschen. Plötzlich verspürte sie eine unendliche Sehnsucht, seine Haut an ihrer Stirn zu spüren.

»Ein anderes Mal.« Kims Stimme hatte sich verfärbt, klang ganz anders, als sie es normalerweise tat, kratzig.

»Ja, ein anderes Mal«, wiederholte auch er erneut. Und dann, ja dann beugte er sich ein kleines Stück zu ihr nach unten. Ihre Lippen trennten plötzlich nur noch Zentimeter. Da hielt er inne, ließ sie in die Tiefe seiner fast schwarzen Augen blicken, wartete auf ihr Einverständnis, so kam es ihr vor. Kim war es, die die letzten Zentimeter überbrückte, ihre von der Sonne erhitzten Lippen auf seine kühlen legte. Sie waren nicht zu weich, seine Lippen, die Kälte seiner Haut bildete einen markanten Kontrast zu ihrer Wärme, als Luca Kim vorsichtig zu sich zog, indem er einen Arm – nur einen – um ihre Taille legte, nicht zu fest, sodass sie sich seiner Berührung hätte entziehen können, hätte sie es gewollt. Aber sie wollte nicht, natürlich nicht. Sie drückte ihren Körper gegen seinen, Haut traf auf Haut. Kim war überrascht, wie sehr sie auf Luca reagierte, wie eine ungekannte Hitze ihren Körper durchströmte, als er ihre Aufforderung verstand und sie mit beiden Armen umschloss. Seine Zunge streichelte über ihre Unterlippe, seine kühle Hand zog die Linie ihrer Wirbelsäule nach. Ihr Kuss wurde leidenschaftlicher, drängender. Kim spürte, dass auch bei Luca der Kuss nicht ohne Folgen blieb. Auch sein Körper zeigte deutlich, dass er nach Kim verlangte.

Sie lösten sich nur zögernd voneinander, nach einer gefühlten Ewigkeit voller Berührungen und Küsse. Beide atmeten schwer.

Kim fühlte ihr Begehren wie einen Rausch. Sie wollte die Hand ausstrecken, Lucas Piercing berühren, seinen Oberkörper weiter erkunden und noch mehr spüren von dem, was es zu spüren gab.

Zugleich war sie von sich selbst überrascht. Hatte sie vor ein paar Tagen nicht noch gedacht, es gäbe nur Dirk, Dirk und noch mal Dirk? Jetzt, wo zahllose Wassertropfen auf Lucas perfekt gerundeten Schultern glitzerten, erkannte sie, dass sie keineswegs mehr auf Dirk fixiert war, obwohl sie … Wobei, halt. Wann waren sie sich zum letzten Mal nah gewesen, sie und Dirk? Wann hatten sie zuletzt Intimitäten miteinander getauscht, die über flüchtige gestohlene Küsse hinausgegangen waren? War nicht die letzten sechs Wochen, wenn nicht sogar zwei Monate, immer die *Chocolate-Chase*-Kampagne im Vordergrund gestanden?

Kim schaute ihr Gegenüber genau an: Um seine Augen waren kleine Lachfalten zu sehen, die sich mit den Jahren sicher noch vertiefen würden. Seine Lippen waren ganz leicht nach oben geschwungen, was ihm einen optimistischen Gesichtsausdruck verlieh. Da er sich am Morgen nicht rasiert hatte, bescherte ihm der dunkle Bartschatten zusätzlich zu den fast schwarzen Haaren noch mehr Wildheit. Luca war fraglos ein schöner Mann.

Sie beugte sich vor, um ihn erneut zu küssen, und er erwiderte den Kuss ohne ein Zögern.

»Du machst mich verrückt.« Seine Stimme war kaum mehr als ein Raunen an ihrem Ohr. Erneut presste er sich an Kim, küsste sie ungestüm, biss ihr sogar sanft in die Unterlippe.

»Komm, wir paddeln zurück.« Ganz plötzlich hatte Luca sich aus der leidenschaftlichen Umarmung gelöst.

Kim wusste nicht, wie sie das einordnen konnte, sein plötzlicher Rückzug verwirrte sie, aber Luca war schon mit einem perfekten Hechtsprung zurück im Wasser und bei den SUPs. Vielleicht gefiel sie ihm doch nicht so gut, wie sie es angenommen hatte? Irgendwie fühlte sie sich vor den Kopf gestoßen.

»Kim?« Sie mochte, wie er ihren Namen aussprach, das I ein kleines bisschen zu lang. Niemand hatte ihn je so betont, nur er. Das war irgendwie besonders.

Sie sprang ins Wasser, tauchte ganz unter, schwamm zu ihrem SUP, das Luca schon vorbereitet hatte. Was für ein Kuss, dachte sie bei sich. Das kalte Wasser war genau richtig, um ihre innere Hitze zu bekämpfen. Luca hatte vermocht, ihre Leidenschaft mit nur der Berührung ihrer Lippen anzufachen. Aber jetzt, nahm sie sich vor, würde sie den Rückweg nutzen, um sich abzukühlen. In diesem Moment fiel ihr Sirmione ein, der paradiesisch romantische Ort, hatte Luca gesagt, an dem er mit seiner Freundin gewesen war, und dort, wo gerade noch lustvolle Leichtigkeit in ihr geherrscht hatte, war plötzlich nichts als schwere Leere. Wie hatte sie schon wieder einen vergebenen Kerl küssen können? Sie war auf einmal wütend auf sich.

* * *

Kim hob ihr SUP selbst aus dem Wasser und trug es zu Lucas Hütte. Ihre innere Wut spornte sie an. Auf dem Rückweg hatte sie kein Wort gesprochen. Sie war ja so blöd! War sie etwa der Typ »ewige heimliche Affäre«? Warum verhielt sie sich auch so? Warum ließ sie ihn nicht einfach abblitzen, so wie eine Frau mit Wertvorstellungen das mit einem Kerl, der vergeben war, tun sollte.

Ihre Gedanken kreisten: Waren denn alle Männer miese Scheißkerle? Hatte keiner mehr Anstand und Moral?

»Wo soll das Brett hin?« Sie klang wütend und kalt, genau wie sie sich fühlte.

»Leg es einfach auf den Boden.« Luca, der ihr nachgekommen war, hatte ebenfalls sein Board in der Hand und legte es jetzt sanft auf den Boden. »Ich montier deine Finne ab, dann können wir die Luft ablassen.« Er ging zu ihrem Board. Mit einem schnellen Handgriff entfernte er das kleine Schwert, das das Brett im Wasser stabilisiert hatte. Danach öffnete er das große Ventil vorne, und die Luft entwich mit einem so lauten Zischen, dass Kim zusammenzuckte.

Als er das SUP anschließend zusammenrollte, war es so klein, dass es in einen mittelgroßen Rucksack gepasst hätte.

»Praktisch, oder?« Lucas freundlicher Blick war unerschütterlich. Er schien gar nicht zu merken, dass er Kim verletzt hatte, indem er sie stehen gelassen hatte wie bestellt und nicht abgeholt. Sie überlegte, ihn darauf anzusprechen – aber was hatte das für einen Sinn? Nur weil sie ihn attraktiv fand und sie sich kurz geküsst hatten? Sie würde doch eh bald wieder nach Hause fahren – dann wäre dieses Techtelmechtel doch ohnehin vergessen. Ihr Problem waren doch nur ihr verletzter Stolz und das Erkennen ihrer eigenen Dummheit. Sie sollte einfach nach Hause ins Hotel gehen und gut.

»So, ich mach mich jetzt mal auf den Weg. Danke für den Ausflug, war nett.« Kim zwang sich zu einem Lächeln, aber sie wusste, wie verkrampft ihr Gesicht dabei aussah, und spürte, wie es zunehmend mehr zu einer Grimasse verkam. Außerdem war *nett* das Schlimmste, was man überhaupt sagen konnte, oder?

Kim nahm ihre Sonnenbrille, die sie vorhin auf ihren Kleiderhaufen geworfen hatte, und setzte sie auf. Es fühlte sich an wie ein Vorhang, den sie einfach zuzog. Sie kam sich ziemlich cool vor, bis ihr die Schwimmweste einfiel, die sie noch anhatte. Entschlossen öffnete sie den Reißverschluss, zog die Weste aus und hielt sie Luca hin.

»Danke.« Er war gerade damit fertig geworden, das zweite SUP aufzurollen.

Kim nickte. Ihre Kleidung hielt sie unterm Arm. Schnell schlüpfte sie in ihre Flipflops und machte die ersten Schritte den Strand hinauf.

»Kim?«, rief Luca ihr nach. Sie drehte sich um.

»Ja?«

Luca stand da und schaute auf seine Zehenspitzen, die Arme hatte er um den Bauch geschlungen. »Ich war mit meiner Schwester in Sirmione. Ich dachte, ich erzähl dir das. Du hast ein wenig komisch reagiert, als ich von der Romantik dort erzählt habe.« Er zuckte mit den Schultern.

»Deiner Schwester?«

»Ja, genau. Sie kommt öfter hierher, wenn sie Semesterferien hat oder so.« Ein weiteres Mal zuckte Luca mit den Schultern, mit der genau gleichen Geste wie wenige Augenblicke zuvor.

Jetzt zog Kim keine Grimasse. Jetzt lächelte sie. »Ach so.«

Sie spürte, dass ihr Herzschlag beschleunigte. Plötzlich kam sie sich ganz albern und bescheuert vor mit ihrer kindlichen blinden Wut.

»Sirmione ist jedenfalls sehr schön. Ich würde es dir gern zeigen, wenn du magst. Wir könnten herumflanieren, die Sehenswürdigkeiten bestaunen, vielleicht irgendwo einen Martini trinken. Ich weiß von einer kleinen Bar, die köstlichen Martini Bianco serviert. Die Olive macht den Zauber, weißt du?« Luca schaute auf, straffte seine Körperhaltung, löste die Arme und stemmte die Hände in die Hüften. Wirkte er tatsächlich verlegen?

»Gut.« Kim war so aufgeregt, so über die Maßen aufgeregt, dass sie nicht mehr sagen konnte als dieses eine kleine Wort.

»Gut.« Luca nickte. Ihm stand die Freude ins Gesicht geschrieben. »Dann ...«

Sie schwiegen.

»Dann ... also, wenn du die Woche mal frei hast, gern.« Kim wollte. Sie wollte diesen Ausflug so gern machen. Mit Luca. Wegen Luca. Wegen Sirmione.

»Super, ja, das machen wir.« Da war er wieder: Der strahlende Luca. Der Luca, der er auf dem Wasser gewesen war, der entschlossene und in sich ruhende Luca. Der seltsame Moment der Missstimmung war wie weggeblasen. »Ich sag dir noch Bescheid, ja? Ich muss ein paar Termine rumschieben.«

»Ja, also … Nur, wenn es keine Umstände macht«, sagte Kim und meinte das Gegenteil. Sie wollte einfach viel zu gern mit Luca einen ganzen Tag verbringen.

»Oh, das macht keine.« Er grinste. »Du bist das wert.«

Kim spürte die Röte, die ihr Gesicht färbte, sie spürte die Freude, die bis in ihre Fingerspitzen flutete, die sie einfach durchströmte, als gäbe es nur noch Freude. Sie war Luca etwas wert.

»Danke.« Kim ging wie von selbst zu Luca zurück, kam ihm immer näher und näher, bis sie so nah vor ihm stand, dass sie nur noch ihren Kopf heben musste. Sie stellte sich ganz leicht auf die Zehenspitzen. Ihre Lippen berührten die seinen; ganz zart, einem Windhauch gleich, gab Kim dem überraschten Luca einen zärtlichen Kuss. Dann drehte sie sich erneut um und ging den Strand hinauf, ohne sich noch einmal umzusehen.

7. VINO ROSSO

»Die Knoblauchpasta war wahnsinnig gut.« Als Antonella an den Esstisch kam, konnte Kim einfach nur schwärmen. Das Essen war auch heute wieder perfekt gewesen.

»Das Geheimnis liegt in den Lorbeerblättern, meine Liebe – und man braucht natürlich ein gutes Olivenöl!« Antonella zwinkerte Kim zu. »Außerdem ist hausgemachte Pasta einfach unvergleichlich!«

»Das kann ich mir vorstellen. Nur leider hab ich davon überhaupt keine Ahnung.« Das stimmte. Kim war zwar eine mittelgute Köchin, konnte aber nicht behaupten, dass sie je selbst Pasta zubereitet hatte.

»Hm.« Antonella schenkte Kim einen prüfenden Blick. »Dann sollten Sie es vielleicht lernen, wenn Sie meine Rezepte so lieben?«

»Vielleicht, ja.«

»Wie wäre es, wenn Sie morgen Abend zu mir in die Küche kommen? Dann würde ich Ihnen zeigen, wie man Tagliatelle macht. Haben Sie Lust?«

»Tagliatelle à la Kim!« Ernesto spitzte die Lippen und klopfte sich auf den nicht vorhandenen Bauch, obwohl er gerade seine Portion Profiteroles und danach noch die von Clement verspeist hatte. Kim lachte.

»Sehr gern, Antonella. Aber ich will keine Umstände machen.«

»Papperlapapp!« Die Italienerin winkte ab. »Hätte ich Sie dann in meine Cucina eingeladen?«

»Dann gern.«

»Bravo!«, rief Clement aus. »Ich werde morgen meine Pasta ganz und gar selbst essen.« Clement warf einen Blick zu Ernesto; sein Freund hatte bei dieser Neuigkeit sofort einen Flunsch gezogen, den kein Vierjähriger besser zustande gebracht hätte.

»Keine Sorge, wir bereiten eine ganz große Portion zu, nicht wahr, Kim? Schließlich muss der Umgang mit der Nudelmaschine eh geübt werden.« Antonella klatschte in die Hände. »Dann bis morgen. Es gibt Tagliatelle alla Antonella, ein Spezialrezept von mir.«

»Ich habe den Eindruck, dass jedes Ihrer Rezepte eine Spezialität ist.« Kim lächelte.

Die Italienerin zuckte mit den Schultern. »Vielleicht, wer weiß?« Sie lachte verschmitzt. Dann wandte sie sich ab und ging in Richtung Küche davon. Sie hatte nicht arrogant geklungen, eher erfreut.

»Also. Wie war es denn nun mit dem SUP?«, fragte Clement, nachdem Antonella außer Sichtweite war.

Außerstande, ihre Erlebnisse in kurzen Worten zusammenzufassen, grinste Kim nur über beide Ohren, sodass Ernesto Clement mit dem Ellbogen anstieß.

»Habe ich es dir nicht gesagt?« Beide Männer trugen heute lila Hemden, die mit einem Papagei bestickt waren. Wenn irgendwer unter den Gästen bis jetzt nicht kapiert hatte, dass die zwei ein Paar waren, kam er bei diesem Partneroutfit nicht mehr umhin, die richtigen Schlüsse zu ziehen.

»Macht mal halblang, ihr zwei Süßen!« Der Ton zwischen den dreien war zwischenzeitlich noch entspannter geworden. Kim, die anfänglich etwas vorsichtig gewesen war, hatte mit ihnen nach den Tagen am gemeinsamen Tisch zu einem vertrauten, freundschaftlichen Umgang gefunden. Kein Wunder, schließlich hatte die Chemie von Anfang an gestimmt!

Die zwei Süßen schauten sie jetzt mit unverhohlener Neugier an.

»Es ist nur ein kleiner Urlaubsflirt nach meiner Misere zu Hause«, versuchte Kim abzumildern.

»Aber ein attraktiver Urlaubsflirt!« Clement hatte es laut ausgesprochen, bevor er nachgedacht hatte. Jetzt warf er einen bestürzten Seitenblick zu Ernesto, dessen Mundwinkel für Sekundenbruchteile nach unten zuckten, bevor er seine Fassung wiederfand und seine Hand besitzergreifend um Clements Stuhllehne legte.

»Zugegeben.« Kim nippte an ihrem Rotwein. »Wir werden uns wohl Sirmione miteinander anschauen.« Sie freute sich viel mehr, als es sich für einen einfachen Urlaubsflirt gebührte, aber das verriet Kim nicht. Auf ihrer Zunge explodierte zugleich fruchtig und trocken das herrliche Aroma des Vino rosso.

»Ach, Sirmione!« Ernst geriet sofort ins Schwärmen. »Erinnerst du dich noch an unseren Ausflug in die Thermalbäder damals, während unserer ersten Ferien hier?«

Ernesto warf Clement einen so feurigen Blick zu, dass Kim sich plötzlich mehr als überflüssig am Tisch vorkam. Clement griff indessen nach der Hand seines Partners und drückte sie fest. »Wie könnte ich diesen Tag vergessen – es war magisch!« Die beiden Männer schienen Kim für Sekunden ganz aus den Augen verloren zu haben, bis sie schließlich wieder in die Realität zurückfanden und Clement sich räusperte. »Ich rate dir jedenfalls, die Thermen zu besuchen.«

Kim lachte laut. »Offensichtlich!«

Auch Ernesto und Clement fielen in ihr Gelächter mit ein. Sie hielten sich noch immer an der Hand.

»Mal sehen, wie sich die Sache mit Luca entwickelt.« Sie würde keinen Schritt mehr auf ihn zugehen. Jetzt, nach dem Abschiedskuss, war er dran, fand Kim. Sie war sich noch immer nicht sicher, was er von ihr wollte.

»Ich finde ja, mit Sirmione kann man generell nichts verkehrt machen. Allein die Festung, die Ruine, die kleinen Geschäfte – wir sollten mal wieder hinfahren, Clement.« Ernesto trank seinen Espresso mit einem einzigen Schluck aus. »Und jetzt – würdest du mich auf unser Zimmer begleiten?«

Da war er schon wieder, der feurige Blick, der zwischen den beiden Männern ausgetauscht wurde. Kim hatte sie bis jetzt für ein liebevolles älteres Ehepaar gehalten, dessen erotische Hitze längst abgekühlt war, doch dieser Blick sprach Bände.

Die beiden standen auf, legten ihre Servietten auf den Tisch und verabschiedeten sich mit einer angedeuteten Verbeugung. Kim kam nicht umhin, sie ein klein wenig um ihre Liebe zu beneiden, eine Liebe, die ihr selbst bis jetzt noch nicht begegnet war.

Als sie sich im Speiseraum umschaute, in dem sich die Schar der Gäste schon gelichtet hatte, bemerkte sie, dass auch Valentinas Blick an den beiden Männern hing. Gerade hatte Clement seinen Kopf für Sekundenbruchteile an Ernestos Schulter gelegt, was Valentina, die gerade ein Weinglas gegen das Licht hielt, mit einem herrlich warmen Lächeln quittierte.

Dann fing sie Kims Blick. Valentina machte eine Kopfbewegung in Richtung der beiden Tischherren und zwinkerte Kim zu. »Süß, die beiden, nicht wahr?«, schien ihr Gesichtsausdruck zu sagen, bevor sie sich wieder dem Polieren der Gläser zuwandte.

* * *

»Darf ich Sie kurz stören?« Kim war gleich nach dem Frühstück zu Antonella gegangen, die es sich mit einer Tasse Cappuccino in der Hand und ihrem riesigen roten Kater auf dem Schoß im Garten unter einem Zitronenbaum gemütlich gemacht hatte. Es war ihr fast unangenehm gewesen, die Italienerin aus der meditativen Stille zu reißen, die sie einzuhüllen schien. Als Antonella jedoch die Augen öffnete, war ihr Gesichtsausdruck voll warmer Freundlichkeit.

»Natürlich. Wollen Sie sich zu uns setzen?« Sie deutete auf den Platz neben sich auf der einfachen Holzbank. »Ich liebe es hier um diese Zeit. Haben Sie gesehen, die bunten Spinnaker?« Antonella zeigte auf den See hinunter. Die Aussicht von hier war wirklich ein Traum! Tatsächlich waren auf dem See trotz der relativ frühen Stunde schon zahlreiche Boote unterwegs, deren bunte Segel wie fröhliche Farbtupfer auf dem Wasser wirkten und der wunderschönen Szenerie etwas Heiteres verliehen. Kim setzte sich gern. Der rote Kater erhob sich, machte einen Katzenbuckel und dann ein paar vorsichtige erste Schritte in Kims Richtung. Antonella lachte leise.

»Barbarossa, du alter Playboy!«, gurrte sie und klang dabei sehr liebevoll, während der Kater in Kims Richtung schnupperte und langsam einen Fuß auf deren Schoß setzte. Er schien Kim zu mustern, schnupperte wieder, setzte den zweiten Fuß und schließlich auch die Hinterpfoten auf ihr ab, und nach einem weiteren Kontrollblick ließ er sich mit dem ganzen Körper nieder und schien zufrieden zu seufzen, bevor er lautstark zu schnurren begann. Behutsam legte Kim ihre Hand auf seinen Nacken und begann, ihn zu kraulen, was der Kater damit quittierte, dass er seinen Kopf gegen ihre Finger drückte und mit den Pfoten rhythmisch zu treteln begann.

»Er mag Sie wohl wirklich. Meistens täuscht er nur an und kommt dann zu mir zurück.« Antonella lachte erneut.

»Barbarossa ist ein ganz besonderer Kater. Aber sind sie das nicht alle?«

»Ich weiß gar nicht, wann ich zuletzt eine Katze auf dem Schoß hatte.« Kim hielt ganz still. Es war wunderschön, das leichte Vibrieren des Katzenkörpers, das durch das Schnurren entstand, in ihren Beinen zu spüren. Kim fühlte, wie die Ruhe des Tiers sich auf sie übertrug. Sie verstand, warum Antonella mit geschlossenen Augen hier gesessen und offenbar ganz im Moment gewesen war.

»Das sollte es gar nicht geben.« Antonella beugte sich zu Kim herüber strich ihrem Kater kräftig über den Rücken. Nur ein einziger Strich, aber Barbarossa schaute aus halb geschlossenen Augen zu ihr, als wollte er sich bedanken.

»Was sollte es nicht geben?«, fragte Kim.

»Dass Menschen nicht wissen, wann sie zuletzt ein Tier gestreichelt haben. Meinen Sie nicht?« Antonella lehnte sich zurück und trank von ihrem Kaffee.

Kim dachte einen Moment nach. »Vermutlich haben Sie recht. Ich genieße es gerade sehr, den Kater auf dem Schoß zu haben«, gab sie zu.

»Ja, nicht wahr? Man fühlt sich anders, wenn man ein Tier um sich hat. Tiere nehmen einen immer, wie man ist. Barbarossa ist es egal, ob meine Haare gekämmt sind oder ich zugenommen habe. Und er freut sich über kleine Dinge. Ein wenig Milch in seinem Schälchen macht ihn schon glücklich. Natürlich bekommt er nur eine Winzigkeit, Katzen vertragen Milch ja nicht so gut.« Antonella lächelte mit Blick auf den Kater. Dann trank sie ihren Cappuccino aus.

»Was kann ich denn für Sie tun, Kim?«, fragte sie jetzt und wandte Kim ihre ungeteilte Aufmerksamkeit zu.

»Können wir die Pastastunde auf morgen verschieben? Ich fahre heute nämlich nach Sirmione. Wahrscheinlich bin ich

112

auch zum Abendessen nicht da – leider. Ich glaube, nirgends in der Gegend schmeckt es so gut wie hier!«

»Oh, vielen Dank, meine Liebe! Aber die Küche hier in der Gegend ist generell unschlagbar gut. Im Zweifel nehmen Sie eine Polenta, das ist nie verkehrt. Mit Steinpilzen ist sie ein Gedicht, sag ich Ihnen. Da können Sie mir vertrauen. Und natürlich ist es kein Problem, wenn wir unseren kleinen Kochkurs verschieben.« Sobald es ums Essen ging, war Antonella in ihrem Element. Auch gepökeltes Rindfleisch und Strangolapreti, eine spezielle Art von Spinatnocken, solle Kim probieren, schlug Antonella vor.

»Oh, aber entschuldigen Sie!«, unterbrach sie ihre Ausführungen selbst, indem sie sich die Hand vor den Mund schlug. »Niemand kann so eine Leidenschaft für Essen aufbringen wie ich.«

»Oh, es ist sehr spannend, Ihnen zuzuhören. Und ich werde mal sehen, ob ich irgendwo diese Stranguliernocken finde.«

Antonella lachte. »Strangolapreti meinen Sie?«

»Ja, genau. Wobei ich nicht sicher bin, ob ich mir den Namen merken kann.«

Plötzlich hatte Barbarossa aufgehört zu schnurren. Sein ganzer Körper war mit einem Mal angespannt und auf ein Ziel fokussiert. Als Kim seinem Blick folgte, entdeckte sie weiter vorne in einem Busch ein Vögelchen, das arglos auf einem Zweig herumhüpfte. Lautlos sprang der Kater von Kims Schoß und schlich in Richtung des kleinen Piepmatzes.

Als er zum Sprung ansetzte, schwang der Vogel sich lautlos in die Luft und ließ einen verdutzten Barbarossa zurück, der sich setzte und verlegen begann, seine linke Vorderpfote zu putzen.

»Genießen Sie Sirmione, es ist ein wunderbarer Ort«, empfahl Antonella.

Kim nickte. »Das hat Luca auch gesagt.«

Antonella hob die Augenbrauen. »Unser Luca? Der hier die Yogastunden gibt?«

»Ja, genau der!« Kim spürte, dass nun auch sie sich ein wenig verlegen fühlte.

»Deshalb hat er sich also für morgen freigenommen.« Antonella klang nicht überrascht.

Bevor Kim ein schlechtes Gewissen bekommen konnte, sprach die Italienerin schon weiter. »Dann wünsch ich Ihnen beiden viel Spaß. Er ist ein sehr netter junger Mann.«

»Danke. Ich finde das gerade heraus«, antwortete Kim ehrlich. Es gab hier, jenseits ihres Alltags, nichts zu verstecken.

»Ich bin sicher, Sie werden sich wohlfühlen«, sagte Antonella mit Nachdruck. »Luca ist ein besonderer Mensch.« Antonella tätschelte Kims Hand, als wären sie alte Freundinnen. Und genauso fühlte es sich seltsamerweise auch an.

Jetzt schaute sie hinunter auf den See, für ein paar Augenblicke in ihre Gedanken versunken.

»Na, wir werden sehen«, formulierte Kim noch immer vorsichtig. Sie sah auf ihre Armbanduhr. »Ich muss jetzt eh los.« Rasch stand sie auf. Die Zeit würde gerade noch reichen, um sich dezent zu schminken und in ein leichtes Sommerkleid zu schlüpfen.

»Dann bis morgen, oder?«

»Ja, haben Sie einen guten Tag!« Kim winkte im Weggehen. Sie freute sich von Herzen auf Sirmione und auf die Strangulierknödel, wie sie die Spezialität in Gedanken noch immer scherzhaft nannte.

Kim hatte es so eilig, dass sie keinen Blick zurückwarf. Deswegen bemerkte sie auch nicht, dass Antonella sich mit einem breiten Grinsen im Gesicht die Hände rieb wie jemand, dem gerade der Coup des Jahrhunderts gelungen war.

* * *

Dunkelblaues Wasser, der helle Steinstrand und eine Gruppe reinweißer Schwäne. Kim hatte sie gezählt. Es waren genau sieben Tiere, die majestätisch am Ufer standen und sich in trauter Eintracht das Gefieder putzten. Luca und sie waren durch die Altstadt, vorbei an der Scaligerburg, die einst die Stadt geschützt hatte, an Boutiquen und bunten Häusern entlang bis hier heraus auf die grüne Halbinsel geschlendert. Die einzigartige Altstadt Sirmiones verzauberte Kim genauso wie das Sahnekaramelleis, das Luca ihr gekauft hatte. Er war die ganze Zeit über aufmerksam und ein wenig wie ein Reiseführer, der ihr die Halbinsel nahebrachte. Offenbar gab es das Örtchen schon seit der Steinzeit und später wurde es vor allem wegen seiner strategisch günstigen Lage wichtig. Heute war es einfach nur ein Juwel, eine Sehenswürdigkeit, die Tausende Touristen anzog.

Als Luca vorschlug, auch die grüne Halbinsel mit ihrer üppigen Vegetation zu besichtigen, hatte es keiner Überredungskunst bedurft. Allein jetzt der Anblick der Schwäne war herrlich, die in aller Selbstverständlichkeit ihren Strandabschnitt bevölkerten und damit der ohnehin schon perfekten Szenerie den letzten Schliff verliehen. Kleine Wellen brachen sich am Ufer, was das mediterrane Flair noch verstärkte, das Kim in seinen Bann zog.

Luca stand ganz nah neben ihr. Den ganzen Tag hielt er sich schon in ihrer Nähe, doch ohne sie zu berühren. Er hatte keine Avancen gemacht, sie weder geküsst noch sie umarmt, nichts. Je länger sie miteinander unterwegs waren, umso mehr wünschte sie sich, er möge sie berühren, und umso mehr fing sie an, diesen Mann zu vermissen, obwohl er bei ihr war. Es war ein seltsames Gefühl. Aber sie wollte nicht den ersten Schritt tun, das musste er machen, fand Kim, besonders, nachdem sie ihm ja zuletzt den Abschiedskuss aufgenötigt hatte.

»Gehen wir weiter? Es kommen noch mehr märchenhafte Stellen, wenn wir ein bisschen über die Halbinsel wandern.«

»Gut, gern.«

Kim und Luca setzten sich wieder in Bewegung.

»Wir gehen vor zur Ruine. Dort ist der Jamaica Beach, der wird dir sicher gefallen«, fuhr Luca fort.

»Sehr gern. Danke übrigens, dass du mich mitgenommen hast. Es ist wunderschön hier.« Kim war wirklich völlig fasziniert.

Hier draußen waren weniger Menschen unterwegs als im Ort, was diesen Teil des Ausflugs noch reizvoller machte als die Besichtigung des Örtchens selbst. Sie war gern hier draußen in der Natur, merkte sie.

»Ich wäre ohne dich gar nicht hergefahren.« Luca lächelte Kim an. Plötzlich spürte sie seine Hand, die nach ihrer griff. Ihre Finger verschränkten sich ineinander, und Kim wünschte sich für einen kurzen Moment, Luca möge sie nie mehr loslassen und dieser Tag würde niemals enden. Ihre Hände schienen perfekt ineinanderzupassen, wie zwei Teile eines Ganzen.

Schweigend schlenderten sie weiter.

»Kommt deine Schwester oft zu Besuch?«, fragte Kim schließlich. Sie selbst hatte keine Geschwister. Ihr Vater war an Krebs gestorben, als Kim gerade mit dem Studium fertig gewesen war, sein Tod hatte ihr Leben ordentlich auf den Kopf gestellt. Es war ihr so unfair erschienen, als Halbwaise von Geburt an nun auch noch ihn zu verlieren und damit ganz allein im Leben zu sein. Das Wissen, ohne Familie dazustehen, war nur schwer zu ertragen gewesen. Sie hatte sich mindestens ein halbes Jahr lang fast ausschließlich mit Porträts ihres Vaters beschäftigt und ein Kunstprojekt einzig seinem Bildnis gewidmet, dem Versuch, sein gütiges Lächeln einzufangen, seine Nachdenklichkeit, seine Liebe zu ihr, seine schwermütige

Traurigkeit, die ihn manchmal umgeben hatte. Das war Kims Art gewesen, um ihren Vater zu trauern.

Erst sechs Monate später war ihr Geist wieder frei genug, um auch anderen Motiven Raum zu geben. Seitdem hatte sie ihren Vater nicht mehr gemalt, kein einziges Mal. Und die Bilder lagen alle ordentlich in Mappen verstaut auf dem Dachboden.

»Nicht mehr so oft, seit sie verheiratet ist und Kinder hat.« Klang Luca kritisch?

»Magst du ihren Mann nicht?«, hakte Kim nach.

»Warum? Wie kommst du darauf?«

»Du klingst ein wenig so.«

»O nein! Er ist sehr nett. Meine Eltern lieben ihn. Ich glaube, er ist ihr Traumschwiegersohn. Dazu haben sie Traumenkelkinder bekommen. Also alles, was sie sich gewünscht haben.« Warum klang Luca so wütend? Jetzt ließ er auch noch Kims Hand los.

»Du scheinst deinen Schwager nicht besonders zu mögen«, stellte Kim fest.

»Was?« Luca stutzte. »Ach, doch. Jonas ist in Ordnung. Er arbeitet als Steuerberater, versorgt meine Schwester gut und ist auch ein Vater wie aus dem Bilderbuch. Das Problem ist eher …«

Luca sprach nicht weiter. Er schaute hinaus aufs Wasser und fuhr sich mit der Hand durch die wuscheligen Haare. Kim wäre gern seine Hand gewesen in diesem Moment. Sie wartete darauf, dass er weitersprach.

»Das Problem ist eher, dass ich nicht in das Bild der Familie passe. Ich bin nur der Freigeist. Der, der aus der Art geschlagen ist, weißt du? Ich wollte immer Surfen und Yoga machen. Mir war Geld nie so wichtig. Mein Vater ist Rechtsanwalt, mein Schwager Steuerberater, meine Mutter im Stadtrat, weil sie etwas für die Bürger bewirken möchte. Und ich? Ich lebe am Gardasee und rudere mit dem SUP raus.«

In Kims Ohren klang das deutlich schöner als eine Arbeit mit Zahlen und Paragrafen, aber sie schwieg. Sie hatte das Gefühl, Luca war noch nicht fertig mit dem Erzählen, und sie hatte recht.

»Weißt du, ich habe es versucht. Ich habe Maschinenbau studiert.« Luca lachte verächtlich. »Es war schlimm. Ich war den ganzen Tag drin, ich habe mich abgerackert für das Studium und hatte das Gefühl, ich verschwende meine Zeit für etwas, das mir überhaupt nicht liegt. Aber meine Eltern waren total glücklich. Sie haben überall damit angegeben, dass sowohl meine Schwester – sie ist Architektin – als auch ich etwas Ordentliches studieren. Als ich irgendwann aufgegeben habe, das Studium, meine ich, da waren sie entsetzt. Der Schritt, an den Gardasee zu übersiedeln, hat dem Ganzen dann noch die Krone aufgesetzt. Da kam gerade recht, dass Johanna ihren Jonas geheiratet hat. J und J, selbst die Initialen sind perfekt.« Er lachte, aber es klang kein bisschen fröhlich. Da war nur Bitternis.

»Aber du hast dir doch hier etwas aufgebaut, etwas, das dich glücklich macht?«, versuchte Kim Luca zu trösten.

»Das ja. Aber – ich bin nicht der Mustersohn, den meine Eltern sich gewünscht haben. Wir haben uns jetzt schon seit gut einem Jahr nicht mehr gesehen.«

»Haben sie dich nie hier besucht?«, wollte Kim wissen.

»O doch! Sie waren da. Sie haben bei Antonella im Hotel gewohnt, weil ich es dort so hübsch finde. Meine Mutter hat sogar einmal meine Yogastunde mitgemacht – ein einziges Mal!« Er schnaubte. »Dann ist sie nicht noch mal gekommen. Dabei glaub ich, ich bin echt nicht so mies als Yogalehrer – oder?«

Plötzlich klang Luca ganz unsicher.

»Ich mochte deine Stunde«, sagte Kim ohne Umschweife. »Und ich komm auch auf jeden Fall noch mal.« Sie sprach mit fester Stimme. Dann griff sie nach seiner Hand und mit ineinander verschränkten Fingern gingen sie weiter.

»Ich versteh nicht, wie Eltern immer erwarten können, dass Kinder ihre Ebenbilder werden. Mein Vater war da anders. Er war Mechaniker mit einer eigenen Werkstatt. Und er hat mich allein großgezogen. Entsprechend streng war er allerdings. Ich sollte immer mein Bestes geben.«

»Kenn ich.« Lucas Gesichtsausdruck war nicht zu deuten.

»Trotzdem war ihm wichtig, dass ich Kunst studiere, weil er gemerkt hat, dass das meine Leidenschaft war. Ich meine, was hätte er denn davon gehabt, wenn ich mich besonders für Ölwechsel interessiert hätte?«

»Das stimmt.« Luca war noch immer ernst. Doch plötzlich schlich sich ein verschmitztes Grinsen in sein Gesicht, und er sah wieder aus wie der Sonnyboy, den Kim in der Surfstunde kennengelernt hatte. »Ich denke allerdings, dass du in einer dieser Arbeitshosen unfassbar scharf aussehen würdest. Mit nichts drunter.«

»Luca!« Kim stieß ihn in gespieltem Entsetzen in die Seite.

Die trüben Gedanken schienen vertrieben, als er laut loslachte.

»Komm, wir gehen direkt zu den Kalkterrassen. Eine Erfrischung wird uns beiden guttun!« Luca beschleunigte seinen Schritt und Kim passte sich seiner Geschwindigkeit an. Ein Bad im See klang wirklich gut.

* * *

Luca war noch im Wasser. Es war herrlich hier draußen bei den Kalkterrassen, die Steinplatten verliehen dem Wasser Türkistöne, die geradezu Karibikfeeling aufkommen ließen. Ein Stück weiter, wo das Wasser tiefer war, zog Luca, der ein guter Schwimmer war, seine Bahnen und genoss den Moment, während Kim ihren Block und einen Bleistift hervorgeholt hatte. Sie begann mit Lucas Augen, versuchte den Glanz ihrer

Dunkelheit einzufangen. Es war ungewöhnlich für sie, eine Zeichnung so zu beginnen, aber sie ließ sich ganz von ihrem Gefühl leiten. Es dauerte ewig, bis sie die genaue Form seiner Augenbrauen schraffiert hatte, die Nase, die Wangenknochen durch Schatten angedeutet. Und noch immer war sie nicht damit zufrieden, wie sie den Ausdruck seiner Augen wiedergegeben hatte. Der Schwung seiner Lippen war leicht zu treffen, aber die Leichtigkeit und Schwermut seines Blicks gleichermaßen einzufangen, stellte sich als echte Herausforderung für sie dar.

Kim schaute von ihrer Arbeit auf, um nicht von Luca überrascht zu werden. Sie wollte nicht, dass er die Zeichnung von sich sah, dafür kam sie ihr zu wenig perfekt vor, viel zu unvollständig. Ein Stück weiter links machten zwei Frauen mithilfe eines Handysticks ein Selfie in einer ziemlich affigen Pose, wenn man Kim fragte. Beide Mädchen formten ein Victory-Zeichen und streckten die Zungen heraus.

Die Sonne wärmte Kims Rücken, was sie sehr genoss, als sie sich wieder in ihre Malerei vertiefte. Mittlerweile war es später Nachmittag geworden und die Hitze war angenehmer Wärme gewichen. Langsam bekam Kim Hunger, aber sie spürte es kaum. Nichts ließ sie so fokussiert sein wie das Zeichnen. Es war ihre ganz eigene kleine Welt, in die sie abtauchte, die nur ihr allein gehörte. Wie hatte sie nur zulassen können, dass Dirk ihr die Tür zu ihrer eigenen Welt einfach zuwarf?

Hochkonzentriert zeichnete sie eine Haarsträhne von Luca und eine weitere, detailverliebt und genau führte sie den Stift, die Verlängerung ihrer Hand, ihres Blicks, ihrer Vorstellung von diesem jungen Mann. Sein Bartschatten, das winzige Grübchen am Kinn, das man kaum sah, wenn man nicht ganz nah vor ihm stand, seine kleinen Ohrläppchen. Der Stift bewegte sich wie von selbst auf dem Papier, ganz ohne dass Kim ihn bewusst steuern musste.

Gerade als sie zu den kleinen Details übergehen wollte, kam Luca aus dem Wasser. Blitzschnell ließ Kim Block und Stift in ihrem Rucksack verschwinden.

»Was machst du da?« Luca ließ sich klatschnass neben Kim auf das Handtuch fallen und schüttelte seinen Kopf, dass das Wasser nur so spritzte. Kühle Tropfen trafen auf Kims erhitzte Haut.

»Ich hab ein bisschen gezeichnet«, antwortete Kim wahrheitsgetreu.

»Den See und die Berge? Ja, es gibt hier eine ganze Reihe Maler.« Luca schüttelte erneut das Wasser aus seinen Haaren. »Darf ich das Bild sehen?«

Kim schüttelte den Kopf. »Nein, auf keinen Fall. Es ist noch nicht fertig. Mehr ein Entwurf, weißt du.« Sie würde ihm die Zeichnung nicht zeigen. Ihre Bilder waren von jeher ein Ausdruck ihrer selbst gewesen, ihrer Gefühle, ihrer Wahrnehmung einer Person. Luca das Porträt zu zeigen, wäre so, als würde sie ihn direkt in ihr Herz sehen lassen – und dazu war sie nicht bereit.

Luca legte sich hin, setzte sich seine Sonnenbrille auf und wirkte noch cooler als zuvor.

Kim tat es ihm nach. Sie berührten sich fast, und Kim war versucht, ihre Hand einfach so weit nach rechts zu schieben, dass sie ihn spüren konnte, seine kühle Haut.

»Schau mal, da!« Luca zeigte zum Himmel und Kim sah eine Wolke in Herzform. Sie musste lachen.

»Das ist jetzt aber schon sehr kitschig.«

»Ich weiß. Macht doch nichts.« Luca wandte sein Gesicht Kim zu und schob sich die Brille ins Haar, um ihr in die Augen schauen zu können. »Wir können doch die Woche, die wir hier miteinander haben, genauso gut genießen, oder?«

»Das stimmt.« Er hatte recht. Sie würde eh in ein paar Tagen wieder abreisen. Da konnten sie in der verbliebenen Zeit miteinander tun und lassen, was sie wollten. Sie waren frei. Es gab nichts, was sie nicht tun durften.

Kim beugte sich vor und gab Luca einen Kuss. Sie tat es einfach, ohne darüber nachzudenken, einfach, weil sie es wollte. Seine Lippen schienen nur darauf gewartet zu haben, tanzten mit den ihren, zart und wild zugleich. Ohne ein Zögern legte Kim ihre Hand auf Lucas Brust, genau über das Piercing, das sie kühl an der Handfläche spürte. Dann strich sie mit dem Zeigefinger über den Schmuck, während sie Luca erneut einen Kuss gab und vorsichtig mit ihrer Zunge seine Unterlippe berührte, woraufhin Luca seine Hand um Kims Nacken legte, sie noch näher zu sich heranzog und seiner Leidenschaft freien Lauf ließ.

Ohne ihr Zutun entrang sich Kims Kehle ein fast unhörbares Stöhnen, so überrascht war sie davon, wie sehr sie in diesen Kuss fiel, in die Berührung seiner Haut, in die Hemmungslosigkeit, die möglich war, weil es keine Zukunft gab, sondern nur diesen Moment, den es zu nutzen galt. Und sie küsste Luca zurück, ließ sich einfach mitreißen.

Plötzlich endete der Kuss, Luca rückte von Kim ab, musterte sie aus seinen dunklen Augen. Feuer konnte schwarz sein, realisierte Kim, als sie seinen intensiven Blick erwiderte. Ihr ganzer Körper schien unter Strom zu stehen, einzig davon, wie intensiv Luca sie musterte.

»Wie wäre es, wenn wir hier bleiben für diese Nacht? Wir nehmen uns irgendwo ein Zimmer. Was meinst du?« Luca küsste sie erneut, wild und ungestüm, in eindeutiger Absicht.

Kim drängte sich ihm entgegen, schlang ihr Bein um ihn, spürte seinen festen, trainierten Körper an ihrem. Sie nickte, während ihre Lippen schon wieder miteinander verschmolzen.

Es war einfach herrlich, ohne ein schlechtes Gewissen, ohne verstecken zu müssen, dass sie beide zusammen waren, in aller Öffentlichkeit genau das tun zu dürfen, worauf sie Lust hatten.

»Dann sollten wir aber zusehen, dass wir etwas finden, meinst du nicht?« Luca lachte leise, als Kim sich über ihn beugte, um die gepiercte Brustwarze mit ihren Lippen zu erforschen. Sie fand es mehr als reizvoll.

Jetzt seufzte sie und richtete sich auf. »Ja, da hast du recht. Und wenn ich ehrlich bin, sterbe ich fast vor Hunger.«

»Dann los.« Luca richtete sich auf, griff nach seinem T-Shirt, das als achtloses Knäuel neben ihm lag, und schlüpfte hinein. Dann stand er auf und reichte Kim die Hand, um sie hochzuziehen. Luca tat es mit viel mehr Kraft, als Kim erwartet hatte, und sie prallte fast gegen seine Brust. Beide mussten lachen. Erneut küssten sie sich, ganz leicht dieses Mal, verspielt.

»Komm, wir schauen ins Dorf. Irgendwo wird es einen Platz für uns geben!«

Kim hoffte, dass Luca da nicht zu optimistisch war, mitten in der Saison. Aber sie nahm nur zu gern wieder seine Hand, als sie den Rückweg antraten. Ein wenig fühlte es sich an wie als Kind an Heiligabend. Vor ihr lag ein Abend voller Verheißungen und sie freute sich auf jede einzelne Sekunde.

* * *

Die Sonne ging unter. Kim stand, in ein Handtuch gewickelt, auf dem Balkon des Hotelzimmers. Es war ein hübsches kleines Boutiquehotel mit Seeblick, das tatsächlich noch ein freies Zimmer gehabt hatte. Luca war einfach in ein paar Hotels marschiert und hatte mit aller Selbstverständlichkeit nach einem Zimmer gefragt. Kim staunte, wie nonchalant er sein konnte, wie gewinnend.

Sie genoss die leichte Brise und schaute dabei zu, wie der Himmel sich blutrot verfärbte, die Farben sich immer weiter wandelten und die Sonne schon den Horizont berührte. Ein kleiner Pool unterhalb des Balkons lag still da. Die Gäste machten sich um diese Zeit sicher schon fürs Abendessen fertig oder saßen bereits in einem der hübschen Restaurants von Sirmione. Oder im Hotelrestaurant, dachte Kim. Auch das kleine Speisezimmer hier im Haus hatte durchaus verlockend gewirkt, ganz klassisch italienisch mit den Holztischen und den rot-weiß gemusterten Tischdecken, wirkte der Raum wie eine kleine Trattoria und verströmte damit mediterrane Gemütlichkeit.

Kim atmete tief ein. Der Duft eines Oleanders, der pink blühend in einem riesigen Topf neben einer der Poolliegen stand, schlich sich in ihre Nase. Nie hätte sie vor einer Woche gedacht, dass sie sich je wieder so wohlfühlen würde, geschweige denn, dass es ihr schon so bald wieder so gut gehen würde wie in diesem Augenblick. Kim kuschelte sich enger in ihr Handtuch, zog leicht die Schultern an und fröstelte. Aber der Ausblick war viel zu schön, um hineinzugehen.

»Dir ist doch kalt.« Sie hatte Luca gar nicht bemerkt. Er stand ganz plötzlich hinter ihr, sie spürte seinen Atem an ihrem Ohr und seinen vom Duschen warmen Körper, der sich an ihren schmiegte. Ohne nachzudenken, lehnte sie sich gegen ihn, bettete ihren Kopf an seine Schulter. Luca küsste ihren Scheitel, ihre Schläfe, schlang seine Arme um sie und hielt Kim fest.

Mit einer Hand hielt sie ihr Handtuch vorne zusammen, die andere legte sie auf seine Hände, die jetzt auf ihrem Bauch ruhten.

»Wunderschön«, raunte Luca, und Kim ahnte, dass er alles meinte: den Sonnenuntergang, den idyllischen kleinen Balkon, die Ruhe, das laue Lüftchen, den Blumenduft, der alles zu durchtränken schien und vielleicht sogar Kim.

Sie drehte sich zu ihm herum, um genau das herauszu-finden und Luca zu küssen. Als sie einander anschauten, schob er mit dem Zeigefinger eine Haarsträhne aus Kims Stirn, bevor er sich leicht zu ihr herabbeugte und sie küsste. Längst waren ihre Lippen einander nicht mehr fremd. Sie fanden sich, und es war, als würden ihre Münder miteinander tanzen.

»Gehen wir rein?« Es war Kim, die diese Frage stellte und mit ihren Augen in Richtung des gemütlichen Betts zeigte. Ein Himmelbett, wie aus einem romantischen Traum, hatte ihnen der Zufall beschert. Sie hatten noch einen Scherz darüber gemacht, als sie den Raum betreten und es entdeckt hatten. Jetzt, im lila Abendlicht, passte das besondere Bett perfekt.

Luca nickte. Er legte seine Hände auf ihre Hüften und zog sie ins Zimmer, küsste sie wieder. Fast wären sie über die Türschwelle gestolpert, und Luca musste lachen, was etwas von der elektrischen Spannung entlud, die sich zwischen ihnen unmerklich aufgebaut hatte.

Als sie es hineingeschafft hatten, war es Kim, die Luca, noch immer lachend, mit ihrer freien Hand auf das Bett schubste. Er hatte nichts an außer engen Boxershorts, die durchaus verrieten, dass er nichts gegen Kims Tun einzuwenden hatte. Im Gegenteil, sein Blick auf sie war eine einzige Aufforderung, der sie jetzt nur zu gern nachkam.

Kim öffnete die Hand, die das Handtuch die ganze Zeit vor ihrer Brust zusammengehalten hatte. Leicht fiel es zu Boden. Sie blieb einen Moment stehen, bevor sie auf Luca zuging, der sie unverwandt anstarrte, seine Lust unverhohlen im Blick, während er sie musterte. Seine Augen waren schmaler geworden. Kim fand, er sah aus wie ein Raubtier auf der Jagd. Ihre innere Anspannung ähnelte einem straff gespannten Gummiseil, als sie langsam auf das Bett zuging. Schließlich war es Luca, der nicht mehr warten wollte. Er richtete sich auf, griff nach Kims Hand und riss sie zu sich. Er streichelte ihr über den Rücken hinunter zum Ansatz ihres Pos, immer wieder, ließ keinen Zentimeter ihrer Haut aus, küsste sie auf das Schlüsselbein, ließ seine Lippen weiterwandern, erkundete zärtlich ihre Brüste, knabberte sanft an ihrer Brustwarze, ließ seine Hand weiter nach unten gleiten, immer weiter, bis Kim seine Berührung an ihrer intimsten Stelle kaum noch erwarten konnte.

Sie ließ ihre eigenen Hände wandern, berührte ihn auf die gleiche Weise am Bauch, auf die er sie berührt hatte. Als er leise aufstöhnte, war das der Moment, in dem Kim Luca seine Boxershorts auszog, während sie ihn küsste. Ihre Lippen hatten einander wiedergefunden. Alle Berührungen schienen jetzt einfach zu passieren, ungeduldige Hände, gierige Münder fanden einander, streichelten, küssten, spürten einander, Haut an Haut. Kim war warm, ja, heiß, aber sie registrierte die Hitze nicht, registrierte nur, wie Luca ihr nah und näher kam, sein leises Stöhnen an ihrem Ohr, seine Lippen an ihrem Hals, sein Rhythmus, der zu ihrer beider Takt wurde und sie noch weiter mit sich riss, immer weiter und weiter, bis Kim das Gefühl hatte, sie würde sich auflösen, und ihre Anspannung in eine einzige gigantische Explosion mündete. Schwere Atemzüge blieben, ein zarter Kuss an ihrem Hals. Luca, der sich über ihr aufrichtete, schwarze Augen, die ihren Blick suchten.

»Geht es dir gut?«, fragte Luca atemlos, noch immer nah, so nah. Ihre beiden Düfte, vermischt zu einem gemeinsamen Parfum, umgab sie, als Kim wortlos nickte, Luca wieder an sich zog, ihre Beine um seine Hüften schlang, um seine Nähe noch ein paar Augenblicke länger zu genießen. Ihr Körper fühlte sich federleicht und tonnenschwer zugleich an – und wie befreit.

»Das war wunderschön«, flüsterte Luca.

Die Sonne war untergegangen, das Licht im Zimmer der Dämmerung gewichen, als Kim ihre Augen schloss, noch immer in Lucas Armen.

Ja, dachte Kim, wunderschön, ein einziger Rausch. Und dann war sie auch schon eingeschlafen.

8. KAFFEE MIT MILCH

»Zucchinilasagne! Wir machen Zucchinilasagne mit selbst gemachten Nudelplatten, das wird ein Fest!«, rief Antonella aus und schnalzte mit der Zunge. Hinten in der Ecke schaute Barbarossa von seinem Napf auf, vertiefte sich jedoch sofort wieder in seine Mahlzeit, die verdächtig nach einer Dose Thunfisch aussah.

»Leider haben Sie die Tagliatelle gestern verpasst. Wir hatten die Pasta schon auf der Speisekarte«, erklärte Antonella wie zur Entschuldigung und reichte Kim eine Schürze. »Wenn Sie möchten, können Sie aber morgen noch mal kommen, da gibt es Spaghetti ragù, ganz klassisch.«

Kim schaute sich in der Küche um, während sie sich die Schürze umband. Alles war blitzblank in der Edelstahlküche. Natürlich gab es ausschließlich Kochplatten, die mit Gas betrieben wurden. Ein duftender Knoblauchstrang hing neben einem riesigen Gewürzregal. In Töpfen standen frische Kräuter auf allen Fensterbrettern und verbreiteten ihren betörenden Duft. Kim hatte auch im Garten schon eine Vielzahl Kräuter erkannt, das hier musste die Ergänzung von Antonellas Sortiment sein.

»Ich habe mich während der Pilzsaison mit Pfifferlingen eingedeckt und eine Unmenge davon eingefroren. Das wird

der ganzen Sache das nötige Aroma verleihen, ich sag es dir!«
Wie selbstverständlich hatte Antonella Kim geduzt. Jetzt warf
sie erschrocken eine Hand vor den Mund, als ob sie die letzten
Worte mit dieser Geste noch einfangen könnte.

Kim lachte. »Mir ist das Du eh lieber. Ich fühl mich sonst
immer so alt.«

»Na, dann ist es ja gut. Dann lassen wir das förmliche
Sie. Ich bin zwar alt, aber – na, ich muss es ja nicht ständig hören, oder?« Antonella lachte auch. Ihr Lachen war ein
lautes, präsentes Dröhnen, das die Küche bis in den letzten
Winkel ausfüllte.

»Ich hab hier hinten schon alles hergerichtet – Mehl, Eier,
Grieß und Salz. Es ist wirklich kein Hexenwerk.« Antonella
begann mit der Arbeit, erklärte, knetete. Und Kim beobachtete jeden Handgriff der Italienerin. Am Ende waren aus
den Zutaten mehrere Teigkugeln geworden, die Antonella in
Frischhaltefolie wickelte. »So, siehst du? Jetzt kommt der Teig
für die nächste Stunde in den Kühlschrank und wir können
uns der Füllung der Lasagne zuwenden. Hast du schon einmal
Béchamelsoße gemacht?«

Kim schüttelte lachend den Kopf. »O nein.«

»Was ist denn so abwegig daran?«, wollte Antonella wissen.

»Ich habe das letzte Jahr überwiegend am Schreibtisch
mit Fertiggerichten und Lieferservice-Essen verbracht. Und,
zugegeben, ab und zu war ich in einem Restaurant.« Es war
nicht oft gewesen. Dann, wenn Dirk sie besänftigen wollte,
oder anlässlich des Geburtstags von Doreen. Die Freundin
hatte ihren Dreißigsten in einem mexikanischen Restaurant gefeiert, mit DJ. Es war ein rauschendes Fest gewesen, aber Kim
hatte ständig auf ihr Handy gestarrt und darauf gehofft, Dirk
möge ihr schreiben, wenigstens einen kurzen Gruß, weil er an
sie dachte. Aber natürlich war kein Gruß von ihm eingegangen

und natürlich hatte er sie nicht vermisst. Je größer ihr Abstand zu Dirk wurde, um so mehr erkannte Kim, wie naiv sie gewesen war, auch nur für Sekunden zu denken, sie wäre ihm etwas wert gewesen.

»Zum Kochen hatte ich jedenfalls nie Zeit«, sagte sie zu Antonella.

»Wie schade! Ich finde, es ist ja nicht nur das Ergebnis, das befriedigt. Es ist auch ein sensorisches und kreatives Erlebnis. Für mich war das Kochen nie Arbeit.« Antonella hatte eine riesige Schüssel Pfifferlinge, mehrere Zucchini, ein herrlich duftendes Stück Parmesankäse und Tomaten auf die Arbeitsfläche gelegt und eine Flasche Milch dazugestellt.

Als sie Kims Blick bemerkte, der ihr Unverständnis widerspiegelte, holte Antonella zu einer Erklärung aus. »Schau mal hier, die Tomate. Nimm eine davon in die Hand. Spürst du, wie glatt die Schale ist? Riech mal daran. Köstlich, nicht wahr? Ein Bekannter von mir baut sie in seinem eigenen Gewächshaus an. Dann der Käse, hast du den Käse gerochen? All die Aromen?« Antonella griff nach einem Topf mit Rosmarin und pflückte einen kleinen Zweig ab. »Dann die frischen Kräuter! Wenn man von diesem unfassbaren Duft keine gute Laune bekommt, dann weiß ich nicht, von was sonst!«

Antonella war sichtlich in ihrem Element.

»Ich hoffe, deine Arbeit war wenigstens erfüllend und hat dir so viel Befriedigung verliehen wie mir, wenn ich frischen Rosmarin über Pfifferlinge streue, die ich zuvor in Butter gebraten habe.« Wieder lachte Antonella ihr dröhnendes Lachen. Kim fiel mit ein, sie konnte gar nicht anders. Aber dann wurde sie sehr schnell ernst.

»Nicht wirklich, nein.«

»Das tut mir leid.« Eine kurze Gesprächspause entstand. »Möchtest du die Tomaten in Würfel schneiden?«

»Muss es nicht. Und ja, gern!«, erwiderte Kim und nahm sich eins der Schneidebretter, die an der Wand hingen.

Antonella zauberte ein Messer aus einer Schublade.

Kim schnitt die erste Tomate in der Mitte durch. »Weißt du, ich habe mich bei der Arbeit sehr verliebt und – na ja. Da fiel es mir nicht so schwer, mich dort aufzuhalten.«

Antonella schwieg, während sie Zucchini in dünne Scheiben schnitt. Es war, als wollte sie Kim Raum lassen, um weiterzusprechen, so empfand es jedenfalls Kim.

»Aber – um es kurz zu machen – er war kein netter Mensch.« Energisch viertelte Kim die Tomate und begann, sie in zentimetergroße Würfel zu zerkleinern.

»Hm.« Antonella griff nach einem weiteren Zucchino. Sie war unglaublich schnell.

»Er hat mich ausgenutzt und meine Gefühle dazu missbraucht, dass ich für mindestens eineinhalb Mitarbeiter geschuftet habe.« Es laut zu hören, tat noch immer weh. Kim dachte an Luca, mit dem sie einen so unbeschwerten Abend gehabt hatte, einen Abend, der noch immer in ihr nachwirkte, und verglich ihn mit den schnellen Nummern mit Dirk im Büro, bei denen sie auch noch allein für Verhütung hatte sorgen müssen, weil Dirk nicht einmal daran gedacht hatte. Luca dagegen war so sehr Gentleman gewesen, dass es für ihn ganz selbstverständlich gewesen war, vorbereitet zu sein.

»Da du in der Vergangenheit sprichst, geh ich mal davon aus, es ist vorbei.« Antonella köpfte ihren Zucchino mit einem gezielten Schlag.

»O ja. Das ist für immer vorbei.« Wenn noch ein letzter Zweifel in ihr verborgen war, hatte Luca ihr gänzlich die Augen geöffnet.

»Sehr schön. Dann kann ich mein Gemüse jetzt mit der Liebe schneiden, die es verdient.«

Kim musste bei Antonellas Bemerkung schon wieder lachen und wandte sich der nächsten Tomate zu.

»Weißt du, ich glaube sowieso, dass Luca sehr gut zu dir passt.« Antonella war offensichtlich niemand, der sich hinter blumigen Worten verbarg.

Kim lachte. »O nein! So ist das nicht. Ich genieße nur meinen Urlaub. An eine Beziehung mag ich im Moment gar nicht denken.«

»Nein, natürlich nicht.«

Kim schaute prüfend zu Antonella, aber deren Miene verriet nicht, ob es ernst oder ironisch gemeint war.

»Hauptsache, der Ausflug war gelungen.« Antonella schnitt den Rosmarin in winzige Stückchen.

»O ja, es war sehr schön.«

Kim dachte an das gemeinsame Frühstück am Morgen, das Müsli, das Luca ihr am Büfett kreiert hatte, ohne dass sie ihn dazu aufgefordert hatte. Aufmerksam hatte er Kaffee nachgeschenkt und ihr jeden Wunsch von den Augen abgelesen. Sie trank ihren Kaffee nur mit Milch. Bereits bei der zweiten Tasse wusste er das. Er beobachtete Kim, merkte sich, was sie mochte, und handelte entsprechend. Sie fühlte sich wie eine Prinzessin, so sehr verwöhnte Luca sie. Auch, indem er immer wieder mit kleinen Gesten und Berührungen zeigte, dass er sie wahrnahm und ihr Wohlbefinden für ihn wichtig war. Sie war schon lange nicht mehr, wenn überhaupt je, mit so viel Aufmerksamkeit von einem Mann bedacht worden.

Nach dem Frühstück waren sie zurückgefahren, und der Abschied vor dem Hotel war ihr weniger leichtgefallen, als sie es sich gewünscht hätte, obwohl sie sich auf das Kochen mit Antonella wirklich gefreut hatte.

Jetzt arbeiteten die beiden Frauen Hand in Hand. Es duftete nach den Pilzen, Knoblauch und Rosmarin. Unter Anleitung von Antonella hatte Kim es sogar geschafft, eine Béchamelsoße herzustellen, worauf sie mächtig stolz war. Das Resultat konnte sich, nachdem Antonella die richtige Menge Muskat und Salz zugefügt und ihr am Ende mit einer Prise Pfeffer »den letzten Schliff«, wie sie sagte, verpasst hatte, wirklich sehen und vor allem schmecken lassen.

Nachdem Antonella den Teig aus der Kühlung geholt hatte, zerteilte sie die Kugeln in Stücke und drückte sie platt.

»Die Nudelmaschine ist dort drüben.« Kims Blick folgte Antonellas Zeigefinger. Wie hatte ihr dieses Monstrum nicht auffallen können? Verblüfft starrte sie auf das Gerät, das wie eine normale Nudelmaschine aussah, nur viermal so groß war.

»So was habe ich auch noch nie gesehen.«

»Na, das ist kein Wunder! Diese Maschine ist eine Spezialanfertigung. Ich habe sie mir vor vierzehn Jahren zum Geburtstag geschenkt und es gibt sie nur ein einziges Mal. Drüben in Riva wohnt ein alter Bastler, Massimo. Er stellt die verrücktesten Sachen her. Und er mag mich.« Antonella zwinkerte Kim zu.

»Das sieht man der Maschine an.« Kim ging zu dem Gerät, begutachtete die große Kurbel an der Seite, sah, dass alles perfekt verschraubt war und auf seinen Einsatz wartete.

»Ja, das finde ich auch. Ich mach schon deshalb gern Nudeln, weil es mir so Spaß macht, dieses Gerät zu bedienen.« Antonella lachte. Sie legte die vorbereiteten Teigstücke auf die Arbeitsfläche. »Aber heute bedienst du meine Nudelmaschine.«

Dann erklärte Antonella Kim, wie man die Nudeln herstellt. Man drehte sie durch die Maschine, faltete sie, drehte sie erneut durch. Wenn man den Prozess vier-, fünfmal wiederholt hatte, stellte man an der Maschine eine feinere Stufe ein und alles begann von vorne.

»Bei Stufe sechs sind wir fertig. Sonst werden die Platten zu dünn und wir wollen ja, dass man sie noch schmeckt«, wies Antonella an.

Kim nickte. Sie hatte bereits angefangen, den Teig durch die Maschine zu drehen, und beobachtete fasziniert, wie eine dünne Teigplatte aus der Maschine kam, die für Kim schon jetzt ziemlich perfekt aussah, obwohl noch unzählige Arbeitsschritte bis zum fertigen Pastaprodukt vor ihr lagen.

»Gut Ding braucht einfach immer Weile«, murmelte Antonella. »Ich habe am Anfang gedacht, ich könnte mir ein paar Durchgänge an der Nudelmaschine sparen, aber nein, man muss das alles ordentlich machen, sonst wird es einfach nichts. Das ist wie im wahren Leben.«

Antonella ging zum Herd, ließ ein großes Stück Butter in die Pfanne fallen und wartete. Dann gab sie die ganze Schüssel Pilze dazu. Ein lautes Zischen füllte den Raum. Kim faltete den Nudelteig und gab ihn wieder in die Maschine.

»Du machst das wie ein Profi. Heute ist es gleich doppelt gut, dass du hier bist. Valentina hat nämlich eine private Verpflichtung.« Antonella hob die Pfanne leicht an und wendete mit Schwung die Pfifferlinge.

»Hoffentlich nichts Schlimmes?«

Antonella antwortete nicht, stattdessen holte sie aus ihrem Gewürzregal eine riesige Pfeffermühle. »Das Leben ist nicht immer einfach«, sagte sie schließlich ganz allgemein, ohne auf Valentina einzugehen. »Aber das weißt du ja selbst. Man darf sich nur nicht davon aufhalten lassen.«

»Nein.« Kim hatte die Nudelbahn erneut durch die Maschine gelassen. »Weißt du was? Es macht riesigen Spaß, hier in der Küche zu sein und mitzuhelfen.«

Und das stimmte. Kim, die in ihrem ganzen Leben eher auf kleiner Flamme gekocht hatte, fühlte sich pudelwohl. Dieser Urlaub wandelte sich langsam, aber sicher zu einer Reise zu sich selbst.

* * *

Kim war mit ihren neuen Freunden unterwegs. Clement und Ernst hatten sie zu einer Wanderung eingeladen. Und so war das Kleeblatt nach einem ausgiebigen Frühstück losgezogen. Die beiden Männer hatten den Panoramaweg vorgeschlagen und Kim war gern mitgekommen. Der Weg war direkt in die Steilwand gehauen und man genoss spektakuläre Ausblicke über den See. Dieser besondere Wanderweg musste sich direkt über ihrem und Lucas Kopf befunden haben, als sie mit den SUPs unterwegs gewesen waren – aber da war er Kims Aufmerksamkeit völlig entgangen.

Sie hatte beim Einschlafen an Luca gedacht und war heute auch mit dem Gedanken an ihn wieder aufgewacht. Allerdings hatte ihr ein Blick auf ihr Handy verraten, dass er sich nicht bei ihr gemeldet hatte. Und bis jetzt, wo es schon Mittag wurde, war keine Nachricht von ihm eingegangen. Langsam spürte Kim eine gewisse Verunsicherung in sich hochsteigen, war sie sich doch ursprünglich so sicher gewesen, dass auch er den Abend mit ihr genossen hatte. Dass er jetzt nicht schrieb oder anrief, konnte sie nur so verstehen, dass sie sein Verhalten miss-deutet hatte.

»Der Weg verläuft etwa zwei Kilometer weit hier an der Steilküste entlang – ist das nicht ein bautechnisches Wunderwerk?« Clement hatte tatsächlich nach Ernestos Hand gegriffen, und die beiden Männer schlenderten jetzt vor Kim den Weg entlang, ein Bild der Eintracht. Das Wasser des Sees lag dunkelblau zu ihren Füßen und die Sicht war heute außerge-wöhnlich klar. Kim, eigentlich keine Landschaftsmalerin, hätte am liebsten sofort Block und Stift aus ihrem Rucksack geholt, um alles festzuhalten. Stattdessen machte sie ein paar Bilder mit dem Handy und verschob das Malen auf später. Am Vorabend hatte sie noch versucht, das Porträt von Luca fertigzustellen, aber es gelang ihr einfach nicht, den Ausdruck seiner Augen festzuhalten, was sie maßlos ärgerte. Schließlich hatte sie sich einer Zeichnung von Antonellas Kater zugewandt. Barbarossa war ihr aufs Zimmer gefolgt und hatte sich plakativ auf ihrem Bett zusammengerollt. Kim fokussierte sich auf sein Gesicht und fand, dass ihr das Bildnis der Katze durchaus gelang. Sie versuchte sich zu erinnern, wann sie zuletzt ein Tier gemalt hatte, aber es wollte ihr nicht einfallen. Im Studium, dachte sie. Der Elefant! Damals hatte sie ein riesiges Ölgemälde von einem Elefanten geschaffen, das seither über ihrem Sofa hing. Kim war es gelungen, dass das Tier fast dreidimensional wirkte. Bis heute liebte sie es, den Elefanten zu betrachten.

Vielleicht sollte sie auch der Ölmalerei wieder eine Chance geben?

Sie steckte das Handy zurück in die Tasche ihrer Jeansshorts. Ein kleines Stück weiter vorne standen Ernesto und Clement an der Brüstung und schauten auf das Wasser hinaus. Kim zog sofort noch mal ihr Handy hervor und machte ein Foto der beiden Männer von hinten. Ernestos Arm lag um Clement – ein romantisches Bild, bei dem man erst auf den zweiten Blick realisierte, dass es sich um zwei Männer handelte. Die klassische Landschaft in Kontrast zu einer modernen, starken, unkonventionellen Liebe – Kim würde ein großes Bild davon fertigen.

Überhaupt – zu Hause wäre es eine schöne Sache, sich ein Atelier zuzulegen, fand sie, einen Platz, an dem sie Bilder malen, kreativ sein konnte. Vielleicht war jetzt der richtige Zeitpunkt für den Versuch, mit ihrer Kunst noch mal durchzustarten.

Immerhin hatte sie einiges gespart. Mit dem Geld konnte sie bestimmt ein Jahr auskommen, wenn sie gut haushalten würde.

Kim zögerte, an die Brüstung zu ihren so innig verweilenden neuen Freunden zu treten, aber dann tat sie es doch, und sofort legte Ernesto seinen anderen Arm um sie, um sie mit einzubeziehen. Diese Geste berührte Kim sehr.

»Schön ist es heute, oder?«, fragte Clement, und gemeinsam schauten sie hinüber zum Monte Baldo, der sich auf der anderen Seite des Sees erhob. Auf dem glitzernden Wasser waren auch heute wieder unzählige Boote und Surfer unterwegs. Eine angenehme Brise kühlte die warme Luft und kleine Schäfchenwolken machten den Himmel interessant.

Kim beugte sich ein wenig über die Brüstung, um nach unten zu schauen. Wo war die Stelle, an der sie mit Luca gewesen war, wo sie sich zum ersten Mal geküsst hatten? Würde sie sie erkennen?

Sie ließ ihren Blick an der Küstenlinie entlangschweifen. Und tatsächlich! Da! Ein kleines Stück weiter drüben war tatsächlich ein kleiner Vorsprung zu sehen. Unweigerlich stahl sich ein Lächeln in Kims Gesicht. Ja, hier war es gewesen, sie war sich ziemlich sicher. Ihre Augen scannten die Umgebung ab.

Ein kleines Stück weiter in Richtung Limone sah sie, dass zwei SUPs sich langsam näherten. Offenbar war die Sportart bekannter, als Kim gedacht hatte. Sie lächelte bei der Erinnerung an ihre erste prickelnde Annäherung.

»Ja, es ist wirklich traumhaft heute.« Kim war Clement vorhin eine Antwort schuldig geblieben, die sie jetzt nachholte. Doch während sie sprach, stockte ihr plötzlich der Atem. Sie erkannte den Typ auf dem SUP. Ohne Zweifel war Luca dort auf dem Wasser unterwegs. Seine Bewegungen, die Art, wie er seinen Kopf nach hinten warf, um die Locken aus den Augen zu schütteln. Er war zu weit weg, um seine Gesichtszüge zu erkennen, aber – das war definitiv Luca, ohne Frage!

Und hinter ihm paddelte eine wahre Schönheit. Mit langen blonden Haaren, perfekten Beinen und mit Sicherheit auch einem perfekten restlichen Körper, der nur wegen der Schwimmweste und des T-Shirts, das die Frau trug, nicht genauer auszumachen war.

War sie denn keinem Kerl etwas wert? War sie denn immer nur die zweite Wahl? Diese Fragen trommelten lautstark durch ihren Kopf, übertönten alles andere. Sie spürte, wie die Farbe aus ihrem Gesicht wich, krallte sich mit den Händen am Geländer fest und beobachtete, was dort unten geschah. Sie konnte gar nicht wegsehen, so sehr fesselte sie, wie Luca den kleinen Felsvorsprung anlief, wie er sein Board fixierte. Die Frau sprang grazil ins Wasser und legte ihr Brett auf das seine, genau wie Kim es getan hatte.

Dann kletterte Luca behände auf den Felsen, die Wand hinauf, noch weiter, als er es mit Kim getan hatte, und ließ sich rücklings ins Wasser fallen. Die blonde Frau klatschte in die Hände. Dann tat sie es ihm nach. Kim schaute zu, wie sie den Felsen erklomm, ohne ein Zögern. Und sie fühlte sich noch schlechter. Kein Wunder, dass sie nicht reichte, oder? Mit dieser Blondine ließen sich offensichtlich Pferde stehlen. Kim wäre gern näher dran gewesen, hätte gern genauer gesehen und gehört, worüber die zwei sprachen, die sich jetzt nebeneinander auf den Vorsprung gesetzt hatten und zu lachen schienen. Kim konnte noch spüren, wie sich der warme Fels angefühlt hatte – und ebenso, wie sehr Luca sie angezogen hatte. Bestimmt ging es dieser Frau nicht anders! War ja auch kein Wunder, natürlich war Luca ein Frauentyp.

Sie schalt sich eine Idiotin. Hatte sie nicht selbst gesagt, Luca sei nichts weiter als ein Urlaubsflirt? Und jetzt konnte sie kaum aushalten, ihn da unten mit einer anderen Frau zu sehen.

Sie wandte sich ab. Luca war nicht einmal kreativ genug, mit der nächsten Frau einen anderen Ort aufzusuchen, um sie zu erobern. Hätte sie doch nur wütend sein können, aber da war keine Spur von Zorn. Da war nur hilflose Traurigkeit. Sagt man das nicht, dass Frauen oft auf den gleichen Typ Mann hereinfallen? Dirk und Luca waren einander ähnlicher, als sie es zunächst gedacht hatte, so viel war jetzt klar.

»Können wir weitergehen?« Sie schlüpfte aus Ernestos lieb gemeinter Umarmung und tat bereits ein paar Schritte. Nur weg von der Szene, die sich da unten abspielte.

»Natürlich.« Clement lächelte sie an. »Sag, hast du in den letzten Tagen noch mal etwas gemalt?«

Sie hatten sich die ganze Zeit über dies und das unterhalten, über die Landschaft, über den Ausflug nach Riva, den Clement und Ernesto am Vortag unternommen hatten. Kim wusste, dass die beiden Männer mit Sicherheit auch neugierig waren, etwas über ihren Trip nach Sirmione zu erfahren, aber ihr war der Sinn mehr nach Schweigen und Genießen gestanden, worüber sie jetzt, nachdem sie ihren Begleiter dort unten am Wasser turteln gesehen hatte, sehr froh war.

»Doch, ja«, antwortete Kim und dachte an ihr Porträt von Luca. Dem Ausdruck seiner Augen fehlte allerdings noch immer das i-Tüpfelchen.

»Dürfen wir es bei Gelegenheit sehen?« Ernesto hatte rote Backen bekommen, vermutlich zu viel Sonne.

»Bei Gelegenheit, ja. Wenn es fertig ist. Ich fürchte aber, das dauert noch.« Kim verspürte nicht im Ansatz Lust, das Bild zu Ende zu bringen. Dafür war sie gerade viel zu aufgewühlt. Sie wollte Luca weder im realen Leben noch auf einer Zeichnung wiedersehen.

»Woran liegt es?« Ernesto hatte sich bei Kim untergehakt, als ob er ein alter Mann wäre.

»Ach, ich …« Kim holte tief Luft. »Um ehrlich zu sein, ist es ein Porträt von Luca, und ich habe gerade keine Lust, weiter daran zu malen. Ich glaube, ich fang einfach ein neues Bild an.«

»In Ordnung.« Wenn Ernst überrascht war, ließ er es sich nicht anmerken.

»Das mit Luca lief doch nicht so gut«, fügte Kim noch als Erklärung hinzu. Das stimmte zwar nicht ganz, kam der Wahrheit jedoch sehr nah.

»Das tut uns leid«, sprach Clement für beide Männer. »Wir finden, du hast ein wenig Glück wirklich verdient.«

Clements Worte ließen Tränen in Kims Augen aufsteigen. Die Landschaft verschwamm vor ihren Augen und Ernesto tätschelte voll Mitgefühl ihren Arm.

Immerhin hatte sie Freunde, dachte Kim, immerhin das.

Sie schüttelte energisch den Kopf. Nein, beschloss sie, ein Urlaubsflirt würde ihr nicht den Tag, geschweige denn den restlichen Urlaub vermiesen. Schließlich hatte sie hier zwei gute Freunde zur Seite, die ihren Urlaubstag mit ihr verbrachten. Sie würde stark sein. Energisch wischte sie sich die Tränen aus den Augen, wie sie es auch schon wegen Dirk getan hatte.

»Das Leben geht weiter, schätze ich«, sagte sie und Ernesto drückte erneut ihren Arm, lächelte sie an.

Clement lachte leise. »Tut es das nicht immer?«

9. PROSECCO

Minestrone: Gemüse, klein gebrochene Spaghetti, Parmesan, ein Nest aus Basilikumblättern. Kim freute sich total auf den Primo piatto, den ersten Gang des Abendessens. Sie hatte sich erfolgreich von ihren Gedanken an Luca abgelenkt, indem sie sich nach der Rückkehr von ihrem Ausflug an die Uferpromenade von Limone gesetzt und die Füße ins Wasser gestreckt hatte. Sie holte Block und Bleistift heraus und begann, unter Zuhilfenahme ihres Fotos von Ernesto und Clement, die beiden Männer vor der spektakulären Kulisse des Sees zu zeichnen. Sie versank völlig in ihrer Tätigkeit, es war wie ein Rausch. Die Malerei ließ sie einfach alles um sie herum vergessen. Dabei waren wegen des schönen Wetters viele Menschen unterwegs, die an der Promenade entlangschlenderten, die kleinen Läden besuchten, Eis aßen. Kinder spielten um sie herum und warfen Steine ins Wasser. Kim selbst saß auf einem größeren Stein und merkte gar nicht, wie ungemütlich sich dessen Unebenheiten in ihr Hinterteil bohrten. Nur als ein Wassertropfen von einem herumplanschenden Kind ihr Papier traf, schaute sie kurz verärgert auf, sah den vergnügten Dreijährigen, der verantwortlich für das Missgeschick war, wischte mit dem Zeigefinger über die zum Glück kleine Stelle und malte weiter.

Jetzt saß sie am Tisch und genoss die Minestrone, eine italienische Suppenkomposition, die – wie alles von Antonella – ein wahres Geschmackserlebnis war. Nach diesem Gang wollte sie Ernesto und Clement das Bild zeigen, wie es sich die Männer gewünscht hatten. So liebevoll, wie die beiden sich um sie kümmerten, verdienten sie wenigstens, dass Kim ihre Fürsorge auch anerkannte.

Gerade in diesem Moment schenkte Clement Kim ein Glas Weißwein ein, als ob er ihren Gedanken gehört hätte.

Kim schaute sich im Speiseraum um. Auf allen Tischen brannten Kerzen.

»Wo sind denn heute die ältere Dame und ihr Mann?« Der Tisch der alten Leute war leer. Sie hatte immer besonders freundlich in Richtung des Seniorenpaars gegrüßt, seit sie wusste, dass der Mann krank gewesen war. Wohl aus schlechtem Gewissen und um ihre Verdächtigung wiedergutzumachen.

Heute war der Tisch zwar perfekt gedeckt, aber das Ehepaar war nicht da. Kim führte einen weiteren Löffel der köstlichen Suppe zum Mund. Noch am späten Vormittag hatte sie sich gewünscht, einen weiteren Abend mit Luca zu haben, ein romantisches Essen mit ihm zu verbringen. Aber statt sich bei ihr zu melden, war er mit dieser Blondine … Sie legte den Löffel beiseite und nahm einen großen Schluck Wein.

»Ich hab keine Ahnung!« Ernesto riss Kim aus ihren trüben Gedanken. Er hatte, in für ihn typischer Manier, schon die Hälfte seines Tellerinhalts gegessen. »Vielleicht abgereist?« Er zuckte mit den Schultern.

Clement mischte sich ein. »Ja, ich habe die zwei heute Morgen mit ihren Koffern gesehen. Ein Taxi hat sie abgeholt.«

Er biss in eine Scheibe des knusprigen Baguettes und auch Kim griff wieder nach ihrem Löffel. Sie häufte Gemüse, Brühe und ein Basilikumblatt auf und führte die ziemlich große Portion in den Mund. Nur eine Sekunde später musste sie husten und hielt reflexartig ihre Serviette vor den übervollen Mund. Das konnte doch einfach nicht wahr sein! Mit weit aufgerissenen Augen starrte sie der Person entgegen, die soeben den Speisesaal betrat. Das konnte einfach nicht wahr sein! Kim presste die Serviette gegen ihre Lippen und hielt sich mit der anderen Hand am Tisch fest.

Clement hatte Kims Reaktion bemerkt und folgte ihrem Blick. Ein sehr gut gekleideter Mann war hereingekommen und ließ seinerseits den Blick durch den Raum schweifen. Er sah Kim nicht, die sich hinter Ernesto duckte. Dann ging der Mann zu Valentina an die Bar und redete mit ihr. Sein Lachen drang bis zu Kim herüber. Natürlich war er charmant. Natürlich blieb das auch bei Valentina nicht ohne Wirkung. Natürlich vermittelte er, dass ihm die Welt gehörte, als er ein Glas Prosecco von Valentina bekam und ihr damit zuprostete. Mit Sicherheit, auch wenn Kim das von hier aus nicht sehen konnte, zwinkerte er ihr zu oder schenkte ihr sein verschwörerischstes Siegerlächeln.

»Wer ist das?« Clement sprach leise. »Kennst du ihn?« Er legte seine Hand auf die ihre, instinktiv merkend, dass Kim einer beruhigenden kleinen Geste bedurfte.

»Das ist Dirk, mein Ex-Chef.« Kim konnte ihren Blick nicht von Dirk abwenden.

»Wie bitte?« Clements Löffel landete mit einem lauten Klirren im Suppenteller. Ernesto hatte von der ganzen Szene nichts mitbekommen. Er war beim Essen, da bekam er wie immer nur sehr wenig mit.

»Was will der denn hier?«

»Keine Ahnung!« Kim starrte zu Dirk hinüber, noch immer fassungslos. »Ich meine, wir wollten ursprünglich zusammen hier Urlaub machen, aber – na, ich hab ihm gesagt, er kann sich die Reise sonst wohin stecken. Dann habe ich Antonella angerufen und das Einzelzimmer für mich gebucht. Ich hätte nie gedacht, dass der alleine hier auftaucht.«

Ein Gedanke keimte in Kim. War Dirk ihretwegen gekommen? Wollte er sie zurückerobern? Kims Herz schlug wild in ihrer Brust, als wolle es jeden Augenblick explodieren. Clements Hand auf ihrer, die zart ihren Handrücken streichelte, war ihr einziger Halt in diesem Augenblick, als Dirks lautes Lachen erneut zu ihr herüberschallte, während er mit Valentina sprach. Sein Proseccoglas war schon leer und sie goss ihm bereitwillig nach. Als Dirk sich zum Gastraum hin umdrehte, duckte Kim sich instinktiv. Aber er hielt nicht nach ihr Ausschau, sondern ließ seinen Blick ein weiteres Mal durch den Raum schweifen. Kim hingegen nahm jedes Detail an ihm überdeutlich wahr: die akkurat geschnittenen, perfekt gestylten Haare, dazu die kurze Hose mit dem Karomuster und das Golfshirt. Nicht, dass Dirk Golf gespielt hätte, nein, aber er mochte diese T-Shirts mit dem kleinen Kragen, den vermeintlich eleganten Stil dieses Sports, obwohl er nicht mal einen Schläger richtig halten konnte, wie er Kim einmal lachend nach drei Gläsern Weißwein verraten hatte. Und – hatte er tatsächlich Lederslipper an? Für Kim sahen die Schuhe verdächtig nach Krokodilleder aus, etwas, das sie instinktiv abstieß. Die Tatsache, dass er seine Socken dazu bis auf halbe Höhe der Wade gezogen hatte, was in direktem Kontrast zu seinem ansonsten so wohlabgestimmten Outfit stand, fiel da gar nicht mehr groß ins Gewicht.

Valentina war um die Theke herumgekommen und sprach wieder mit Dirk. Sie deutete auf den leeren Tisch des älteren Ehepaars, das am Morgen abgereist war.

Kim verrückte sofort ihren Stuhl so, dass sie mit dem Rücken zu Dirk saß. Jetzt konnte sie nur noch aus dem Augenwinkel sehen, wie er hinter ihr vorbei zu dem Tisch ging. Ihr war heiß geworden, ihre Hand, die sich noch immer um die Tischkante krampfte, schmerzte.

Kim realisierte, dass sie nach wie vor die Serviette gegen ihren Mund presste, und löste den Druck. Langsam ließ sie die

Hand sinken. Dann langte sie nach ihrem vollen Wasserglas und trank es in einem einzigen langen Zug leer.

Abreisen, ging es ihr durch den Kopf. Es sei denn, Dirk kam ihretwegen. Wobei: wollte sie das überhaupt noch? Sie dachte an Luca. Sie dachte an die Blondine. Sie hatte plötzlich das Gefühl, ihre ganze Welt war aus den Fugen geraten – schon wieder. Plötzlich spürte sie tief in sich einen fast überwältigenden Drang zur Flucht. Sie wollte nicht mit Dirk in einem Raum sein, egal, was er mit ihr im Sinn hatte, das wurde ihr in dem Moment klar. Es reichte.

Sie legte ihre freie Hand auf die von Clement, der noch immer mitfühlend schwieg.

»Ich glaube, ich lass euch heute mal allein essen.« Kim flüsterte nur. Aber Clement hörte sie trotz der Umgebungsgeräusche und nickte.

»Verstehe. Aber möchtest du nicht, ich meine …« Sein Blick wanderte zu Dirk. Die Missbilligung darin zu sehen, tat Kim gut. Sie war nicht allein, Clement und Ernesto waren Freunde geworden – auch wenn Letzterer gerade nur Augen für seine Minestrone hatte. Das nahm Kim ihm nicht übel, schließlich hatte er gar nichts mitbekommen.

Kim schüttelte den Kopf.

»Ich könnte dich auch begleiten, wenn du möchtest.«

»Nein, Clement, aber ich danke dir sehr.« Kim meinte jedes Wort. »Du bist ein richtiger Freund.«

Lautlos rückte sie ihren Stuhl zurück. Jetzt erst schaute Ernesto von seinem Suppenteller auf. Kim lächelte ihn auf die Weise an, die bedeutete, dass man sich nur kurz entschuldigte. Sicher würde Clement nachher alles erklären, wenn sie weg war.

Ohne einen Blick in Dirks Richtung zu wagen, ging Kim mit schnellen Schritten in Richtung Ausgang. Nichts wie weg! Sie schaute auf den Boden, auf ihre hellblau lackierten Zehennägel in den einfachen Flipflops, dachte, wie zynisch

Krokolederschuhe in der heutigen Zeit doch waren, wo man wusste, dass … Wumm! Kim war in jemanden hineingelaufen. Erschrocken hob sie den Blick, wollte sich entschuldigen und die Worte blieben ihr im Hals stecken. Alabasterhaut, die roten Haare zu einem einfachen Pferdeschwanz gebunden, ein weites Satinkleid. Kim hätte Elli überall auf der Welt erkannt. Elli allerdings lächelte nur auf ihre eigene zerstreute und leicht naiv wirkende Weise. Sie erkannte Kim nicht, so viel war klar.

Die Entschuldigung, die Kim schon auf der Zunge lag, wollte ihr nicht über die Lippen kommen, blieb einfach stecken, wo sie war. Kim konnte Elli nur anstarren, die in ihrer Ahnungslosigkeit noch immer lächelte, während Kim sich wunderte, dass Elli sie nicht erkannte. Doch vermutlich lag es daran, dass Elli hier in Italien einfach nicht mit Kim rechnete. Sie konnte ja nicht wissen, dass Kim und Dirk diesen Urlaub miteinander geplant hatten. Sie war – das wurde Kim in diesem Augenblick klar – genauso Opfer wie Kim selbst.

Kim schluckte hart. Dann gewann ihr Fluchttrieb wieder die Oberhand, und sie stürmte an Elli vorbei, hätte sie fast noch ein weiteres Mal angerempelt und wich erst im letzten Moment aus. Sie rannte hinaus in die Eingangshalle und die Treppe hinauf in ihr Zimmer. Hastig schloss sie die Tür hinter sich, setzte sich aufs Bett, stand wieder auf, setzte sich erneut. Nein, sie wollte hier nicht bleiben. Dirk war zu nah, räumlich zu nah. Auf dem Tisch lagen ihr Skizzenblock und ihr Federmäppchen mit Bleistiften und Radiergummi. Sie grapschte nach den Sachen, ohne darüber nachzudenken. Dann lief sie wieder aus dem Zimmer.

Draußen war die Luft ein wenig frischer geworden, jetzt, wo die Sonne schon fast den Horizont berührte. Kim nahm einen tiefen Atemzug. Noch immer saß ihr der Schock in den Gliedern, Dirk getroffen zu haben, in Elli gerannt zu sein, die schwangere Elli, erinnerte sich Kim, die ahnungslose Elli, die sich in einem romantischen Liebesurlaub wähnte, der vor Scheinheiligkeit nur so triefte.

Kim wollte erst zum Seeufer hinunter. Aber dann erinnerte sie sich daran, dass die Uferpromenade vermutlich von Touristen nur so wimmelte um diese Tageszeit, und Kim wollte nicht unter Leute. Sie dachte nur ganz kurz nach. Wo war man meistens allein? Wo war es still? Die Kirche fiel ihr ein. Das zwiebelförmige schwarze Dach des Glockenturms wies Kim ganz leicht den Weg. Keine zehn Minuten später war sie dort. Zwei alte Männer saßen rauchend auf einer Bank neben dem Eingang und musterten Kim mit einem zufriedenen Blick, der nichts als Wohlwollen ausstrahlte.

Kim eilte an ihnen vorbei und betrat das Kirchenschiff. Wunderschöne Fresken, rechts eine Madonnenfigur mit Kind, dunkle Holzbänke, vor dem Altar stand in einem großen Topf ein knallgrüner Farn. Die kühle Stille legte sich wie eine schützende Decke um ihre Schultern, als Kim sich in die hinterste Bank setzte. Sie sog die Ruhe in sich auf, versuchte, diese Ruhe auf ihren inneren Aufruhr einwirken zu lassen. Atmen, dachte sie bei sich, einfach immer weiter atmen. Hatte Luca nicht gesagt, dass die richtige Atmung Wunder wirken könne? Richtig, beim Yoga! Kim schnaubte. Der Gedanke an Luca war heute auch nicht beruhigend.

Leise blätterte sie ihren Block auf, schaute kurz auf sein Porträt, bevor sie zur nächsten Seite blätterte: Ernesto und Clement vor bezaubernder Gardasee-Kulisse. Die Szene zu sehen, tat ihr gleichermaßen weh, wie sie sich für ihre Freunde freute. Denn dass sie selbst jemals mit solcher Sicherheit mit einem Menschen verbunden wäre, kam ihr unwahrscheinlicher denn je vor – und gleichzeitig freute sie sich für die beiden Männer, die bestimmt auch nicht frei von allen Schwierigkeiten zueinander gefunden hatten. Kim fiel ein, dass sie gar nicht wusste, wie lange die beiden schon zusammen waren, und nahm sich vor, das bei nächster Gelegenheit zu erfragen.

Sie blätterte erneut um, und da war sie: die jungfräulich weiße Seite, die nur darauf zu warten schien, dass Kim sie bemalte, all ihren Schmerz, all ihre Emotionen auf diesem Weiß verewigte. Der Drang zu malen war lang nicht mehr so groß gewesen wie in diesem Augenblick. Und sie fing einfach an, erste Bleistiftstriche, energisch, emotional, eigentlich leise, aber in der Stille der Kirche doch von beinah aggressivem Klang.

Kim wurde zur Beobachterin, sie zeichnete, zeichnete, zeichnete, bis es in der Chiesa San Rocco zu dunkel wurde. Nur weiter vorn im Kirchenschiff brannte ein kleines Licht. Wie in Trance ging Kim auf die Glühbirne zu und setzte sich direkt darunter. Sofort fand die Spitze ihres Bleistifts wieder das Papier.

* * *

Kim hatte noch immer ihr Bild im Kopf, überlegte, ob sie Barbarossa auch noch als Ölgemälde anfertigen wollte, als sie durch die kleinen Gassen zurückging. Sie war tief in Gedanken versunken, als sie das Hotelgelände betrat. Es duftete zart nach dem Oleander, stellte sie fest und nahm einen tiefen Atemzug des herrlichen Geruchs.

»Ah, Kim, wie schön, jetzt erwisch ich dich doch noch!«

»Luca!« Die Überraschung in Kims Ton war eindeutig zu hören.

»Ich dachte …« Er hielt eine Flasche Prosecco hoch.

Kim konnte so viel Dreistigkeit nicht fassen. »… nicht viel.«

»Wie bitte?«

Hielten denn alle Männer dieser Welt sie für komplett naiv? Am Nachmittag flirtete er auf dem Wasser mit einer Blondine und jetzt kam er mit Prosecco an und grinste breit! Klar, er konnte nicht wissen, dass Kim ihn gesehen hatte – aber er hatte sich nicht gemeldet, richtig? Das allein war schließlich schon ein sicheres Zeichen für sein fehlendes Interesse an ihrer Person. Da brauchte er jetzt, nur weil er sich langweilte, wirklich nicht mehr anzukommen.

»Im Ernst jetzt, ich habe nicht vor, mit dir Prosecco zu trinken.« Kim presste ihren Zeichenblock vor sich wie einen Schutzschild.

Sie wollte weg, ins Hotel, in ihr Bett. Aber Luca stand ihr im Weg. Seine Augen hatten diesen Ausdruck, den man nicht auf Bildern festhalten konnte, er sah lässig aus mit den wilden Haaren, dem roten T-Shirt und passenden Shorts. Während Kim nicht mehr verstand, was sie zu Dirk hingezogen hatte, wusste sie es bei Luca um so besser. Er wirkte so pur, so sehr er selbst. Kims nächster Gedanke war wieder bei der Blondine – wie sehr man sich doch täuschen konnte und wie sehr die Optik einen manchmal trog.

Gleichzeitig verfluchte sie sich selbst, denn natürlich gefiel ihr Luca noch. Ein Teil von Kim wollte zu ihm, wollte ihn körperlich, spürte noch seine Hände auf ihrer Haut, sein Streicheln, wie sie miteinander verschmolzen waren. Ihr Körper, so empfand es Kim, war ein gemeiner Verräter.

Es schmerzte, Luca anzusehen.

»Kim, was willst du mir sagen?«

Erst jetzt realisierte sie, dass sie ihm nach wie vor gegenüberstand, aber nicht weitergesprochen hatte.

»Ich glaube, du weißt sehr gut, was ich dir sagen möchte. Und deinen Prosecco kannst du allein trinken!« Kim war laut geworden. Ihre Mundwinkel zuckten, und ein zweites Mal innerhalb von weniger als einer Minute verfluchte sie, wie verräterisch ihr Körper sich benahm.

Sie rauschte an Luca vorbei, ihre Flipflops machten das typische fröhliche Gehgeräusch, das sie sonst so liebte, das ihr jetzt aber fürchterlich unpassend vorkam.

»Kim! Warte doch mal! Kim!«

Sie hörte, dass er ihr folgte, und drehte sich zu ihm um. »Verschwinde!«

»Ich möchte wissen, was los ist!« Luca griff nach ihrem Arm, hielt sie fest, zu fest, als dass sie sich ihm einfach hätte entwinden können.

»Lass es einfach gut sein! Ich bin nicht der Typ für einen Urlaubsflirt.« Diese Anspielung musste er einfach verstehen! Außerdem – das hatte sie tatsächlich über sich gelernt: Sie war nicht der Typ für einen Urlaubsflirt, jedenfalls nicht mit Luca.

»Ich wollte dich aber wiedersehen.« Wie schaffte der verlogene Mistkerl es, so unschuldig dreinzuschauen? »Und ich wollte dich gestern schon anrufen, aber …«

»Aber hast du nicht!« Kim dachte daran, wie sie ihr Handy kontrolliert hatte, wie sie gewartet hatte, wie eine Sklavin der modernen Technik hatte sie wieder und wieder auf das Display ihres Mobiltelefons gestarrt und es war dunkel geblieben. Sie war sich ein wenig vorgekommen wie eine Drogenabhängige ohne Stoff. Dabei war er online gewesen! Und die Tatsache, dass sie das wusste, gab ihr das Gefühl, ziemlich armselig zu sein, weil sie so sehr darauf gehofft hatte, dass Luca Kontakt aufnehmen möge. Jetzt aber würde sie nicht mehr armselig sein. Endlich, endlich würde sie selbst mal etwas entscheiden und sich nicht von irgendeinem Kerl betrügen oder an der Nase herumführen lassen.

Luca wirkte mit einem Mal ein wenig verloren mit der Flasche in der Hand. Er schaute hinunter auf seine Flipflops, die denen von Kim irgendwie ähnlich sahen: das eine wie das andere Paar schon lang getragen, ein wenig abgenutzt, aber noch in Ordnung.

Wann hatte Luca sie losgelassen? Sie vermochte es nicht zu sagen. Aber er wirkte ganz klein plötzlich.

»Weißt du, ich …« Was für eine Ausrede suchte er?

»Luca, lass es einfach.« Kim wollte sich und ihm seine Ausflüchte und Lügen ersparen. Es war so würdelos! Wenn er so weitermachte, würde sie auch noch den letzten Rest Respekt vor ihm verlieren.

Sie drehte sich um. Ihr Ton war fordernd und zugleich müde gewesen. Er hatte gereicht, um zu verhindern, dass Luca das Wort noch einmal ergriff. Er konnte ihr ja nicht einmal in die Augen sehen. Noch immer starrte er zu seinen Zehen hinunter.

Kim drehte sich ganz langsam um und ging über den knirschenden Kies auf das Hotel zu, dessen Tür einladend offen stand. Schlagartig spürte sie ihre Müdigkeit. Sie fragte sich, wie sie überhaupt noch die Treppe hinauf und in ihr Zimmer kommen sollte, so müde war sie. Jede Bewegung war zu viel.

Kim schaute sich kein einziges Mal um, bevor sie in die Kühle des Hauses trat. Für sie war klar, dass dieser Urlaubsflirt gerade sein Ende gefunden hatte.

10. Latte Macchiato

Kims Magen knurrte. Kein Wunder. Ihre Mahlzeit am Vorabend hatte aus vier Löffeln Minestrone bestanden und jetzt war es kurz vor halb zehn. Es gab bis halb zehn Frühstück, und sie hoffte, noch einen Bombolone mit Vanillefüllung oder einfach nur ein Hörnchen zu ergattern.

Obwohl schon seit acht Uhr hellwach, hatte sie sich jetzt erst auf den Weg zum Speiseraum gemacht, weil sie unangenehmen Begegnungen ausweichen wollte. Da war einmal die Yogastunde von Luca und dann – na, an Dirk und Elli wollte sie gar nicht erst denken. Sie wusste noch kein bisschen, wie sie sich den beiden gegenüber verhalten sollte, wenn Dirk sie sah. Und abzureisen war, das hatte sie bereits entschieden, keine Option. Nein, kuschen würde sie nicht mehr. Sie würde sich der unangenehmen Situation zumindest stellen.

Auf der Treppe nahm Kim immer zwei Stufen auf einmal nach unten. Sie lief durch das Foyer, in dem eine Frau mittleren Alters auf einem der gemütlichen Sofas Zeitung las und dazu einen Latte macchiato trank. Als Kim sie passierte, schaute sie auf und lächelte zerstreut, bevor sie sich wieder in ihre Lektüre versenkte.

Es duftete noch nach frischem Gebäck; Kims Magen meldete sofort Interesse. Als sie den Speiseraum betrat, waren alle Tische jedoch schon abgedeckt.

»Mist!« Das Wort entfuhr ihr einfach.

»Verschlafen?« Valentina stand an der Theke der Bar und räumte Saftgläser in die kleine Spülmaschine, die sich hinter dem Tresen befand.

Kim verneinte. »Nicht wirklich.«

Valentinas Augenbrauen wanderten erstaunt nach oben. Aber sie fragte nichts, sondern packte zwei weitere Gläser in die Maschine.

»Ich wollte jemanden vermeiden«, erklärte Kim. Sie hatte nichts zu verstecken. »Da dachte ich, ich versuche es auf den allerletzten Drücker.«

»Hast du dich etwa mit deinen Tischherren gestritten?« Valentinas ungläubiger Ton sprach Bände, und auch Kim musste unweigerlich lachen, weil der Gedanke, sich mit Clement und Ernesto zu streiten, diesen beiden Schätzen, so abwegig war.

»Es ist eine lange Geschichte. Und dann war ich noch mit Luca auf einem missglückten Date. Na ja, missglückt kann man auch nicht wirklich sagen«, relativierte sie ihre Bemerkung sofort wieder, denn der Ausflug selbst war wunderschön gewesen. Das Nachspiel hatte sich zum Problem entwickelt.

Jetzt war es Valentina, die lachte. »Ich verstehe wirklich kein Wort! Aber ich könnte dir einen Kaffee anbieten und schnell rüber in die Küche gucken. Mit Sicherheit gibt es dort noch ein Croissant oder einen Krapfen. Möchtest du dich zu mir an die Theke setzen? Ich freue mich über ein wenig Gesellschaft.«

»Das klingt wunderbar. Vielen Dank.« Kim nahm Platz.

»Latte macchiato? Cappuccino?« Valentina stand schon an der riesigen Kaffeemaschine.

»Gern einen Latte.«

»Ich mach gleich einen doppelten.« Sie hantierte an der Siebdruckmaschine herum, ein lautes Geräusch ertönte, als die Espressobohnen gemahlen wurden.

Nachdem Valentina Kim den Latte serviert hatte, zeigte sie lächelnd in Richtung Küche und ging dann zügig darauf zu. Kurz darauf biss Kim genüsslich in ein Schokocroissant.

»Wo hat der Ausflug denn hingeführt?« Valentina machte sich am Kaffeeautomaten zu schaffen, wischte über die ohnehin schon glänzende Chromhülle.

»Wir waren in Sirmione.«

»Ach, schön! Da möchte ich auch gern mal hin.« Valentina polierte weiter. Kim konnte nicht glauben, was sie da hörte. Valentina, die am Gardasee lebte, war noch nie in Sirmione gewesen? Sie wollte die junge Frau fragen, was es damit auf sich hatte, aber bevor sie ihre Frage loswerden konnte, sprach Valentina schon weiter. »Und Luca ist ja auch ein sehr netter Kerl, oder?«

Kim seufzte. »Ja, doch. Schon irgendwie.« Sie überlegte, ob sie die ganze Geschichte erzählen sollte oder lieber nicht, als Antonella aus der Küche kam, gefolgt von Barbarossa.

»Hallo, meine Damen!«

»Buongiorno!« Valentina und Kim antworteten unisono und mussten über ihren zufälligen Chor lachen.

»Na, gut geschlafen?« Antonella setzte sich auf den Barstuhl neben Kim. Valentina hantierte bereits wieder an der Kaffeemaschine herum, die sofort losdröhnte. Dann stellte sie einen perfekten Cappuccino vor Antonella ab, die ihr dankbar zunickte.

»Störe ich euch Mädels?«

»O nein. Wir reden gerade über Kims Ausflug nach Sirmione. Sie wollte mir gerade erklären, warum er nicht so schön war.« Valentina begann, die fertige Spülmaschine auszuräumen.

Antonella reagierte überrascht. »Ich dachte, der Ausflug sei ein echter Genuss gewesen.«

Jetzt fühlte Kim sich ein wenig in die Enge getrieben. Es half wohl nichts, sie musste die Situation aufklären.

»Wie viel Zeit habt ihr?«, fragte sie deshalb und seufzte laut und theatralisch.

Antonella führte ihre Tasse zum Mund. »Fang einfach mal an zu erzählen.«

Und Kim tat, wie ihr geheißen. Die pikanten Details ließ sie allerdings weg, und als Antonella fragte, wie nah sie einander gekommen waren, errötete Kim wie ein junges Mädchen, woraufhin die Italienerin so laut lachte, dass Barbarossa, der zu ihren Füßen Platz genommen hatte, durch die geöffnete Terrassentür davonstob.

»Na, das klingt doch alles sehr gut.« Valentina hatte aufgehört, Gläser zu räumen, und die beiden Frauen schenkten Kim ihre ungeteilte Aufmerksamkeit.

»Ja, sehr gut«, bestätigte auch Kim. »Aber dann hat Luca sich einfach nicht mehr bei mir gemeldet, und als ich mit meinen beiden Tischherren unterwegs war, habe ich ihn mit einer Blondine genau auf dem Felsen gesehen, wo wir beide uns das erste Mal geküsst haben.«

Es tat weh, es laut auszusprechen. Ein wenig fühlte es sich an, als hätte Kim sich wegen ihrer Gutgläubigkeit die Schuld an ihrem Auf-die-Nase-Fallen selbst zuzuschreiben, auch wenn das natürlich Humbug war. Aber wie so oft waren Verstand und Gefühl einfach zwei verschiedene Paar Schuhe.

Antonella hob erneut ihre Tasse und trank sie mit einem einzigen Schluck leer. »Wie ungeschickt von Luca!«, rief sie aus.

»Ungeschickt?« Kim fand die Wortwahl der Hotelbesitzerin mehr als fragwürdig.

»Ja, er hätte sich melden sollen, nicht wahr?«, mischte sich Valentina ein. Sie gähnte verstohlen.

Kim sah, dass sie müde wirkte. War ihr das nicht schon mal aufgefallen?

»Das hätte er definitiv! Ich halte einfach nichts von diesen Spielchen, wer sich wann wo wie meldet. Das ist doch lächerlich, besonders, wenn man eh nur eine Woche Zeit hat und diese Zeit einfach nur miteinander genießen möchte – wobei: Er genießt seine Zeit ja offenbar gern mit mehreren Frauen, bevorzugt mit Blondinen.« Kim fühlte sich, als hätte sie in eine Grapefruit gebissen. Sie hasste Grapefruits.

»Eine Blondine, sagst du?« Antonella wirkte nachdenklich, als sie den kleinen Mandelkeks, der auf ihrem Unterteller lag, in den Mund steckte.

Kim nickte. »Ja, lange blonde Haare, schlank, schöne Beine.«

Über das Gesicht der Frau konnte Kim keine Aussage treffen, dafür waren die Turteltauben zu weit weg gewesen.

»Hat Luca sie denn geküsst?«, fragte Valentina nach.

»Ich weiß es nicht. Er hat ihr seinen Klippenklettertrick gezeigt, den er auch mit mir abgezogen hat, um Eindruck zu schinden, und mehr wollte ich dann wirklich nicht mehr sehen.« Kim sprach mit Nachdruck.

»Das versteh ich, meine Liebe.« Antonella hatte einen beruhigenden Ton angeschlagen. Sie sah noch immer nachdenklich aus.

Valentina schüttelte den Kopf. »Also mal ehrlich! Ich hätte Luca das gar nicht zugetraut. Er wirkt immer so nett.«

»Na, da kann man sich bei Männern leicht mal irren.« Kim hätte am liebsten losgeheult vor Enttäuschung.

»Hm.« Antonella war aufgestanden. »Ich muss dann mal in die Küche zurück. Ihr Mädels entschuldigt mich, nicht wahr?«

»Natürlich.« Kim bemühte sich um ein Lächeln.

»Und du, Valentina, gehst jetzt nach Hause, ja? Es reicht, dass du heute in der Früh geholfen hast. Am Abend kommt

Carla.« Antonella schob ihre Kaffeetasse zu Valentina hinüber, die sie entgegennahm und ganz automatisch in die Spülmaschine packte.

»Ist gut, ist ja gut. Ich mach nur noch die Zimmer. Danke, Chefin.« Wieder gähnte Valentina verstohlen.

Antonella winkte ab. »Nichts zu danken. Du bist ohnehin die ungekrönte Mitarbeiterin des Jahres.«

Dann ging die Italienerin in Richtung Küche davon.

* * *

Clement sah wirklich witzig aus. Er hatte ein Klettersteigset an, trug einen Helm und hatte, aus Bequemlichkeit, wie er sagte, seinen Zopf im Bart gelöst, was ihm ein verwegenes Aussehen verlieh. Sie waren eine halbe Stunde gefahren, nach Arco, wo Clement bei einem Sportgeschäft angehalten hatte.

»Du musst auf andere Gedanken kommen«, hatte Clement im Vorfeld bestimmt, nachdem er sie im Hotelgarten auf einer Bank gefunden hatte, wo Kim versuchte, sich mit einem Buch abzulenken und gleichzeitig darüber nachzudenken, wie sie Dirk begegnen wollte. Aber die Buchstaben tanzten vor ihren Augen, und selbst nach reiflicher Überlegung war alles, was ihr einfiel, dass sie Dirk am liebsten an die Gurgel gesprungen wäre.

Deshalb war Kim ziemlich froh, als Clement auftauchte, um sie, wie er sagte, »zu entführen«.

Im Sportgeschäft hatte er dann zu ihrem Schrecken die Klettergurte mit passenden Karabinern sowie Helme ausgesucht. Außerdem kaufte er zwei Paar Handschuhe mit Lederbesatz. Als Kim ihm das Geld geben wollte, wehrte er das so vehement ab, dass Kim nichts übrig blieb, als den Leihhelm einfach aufzusetzen und sich für die Handschuhe zu bedanken.

»Das sind spezielle Klettersteighandschuhe. Die werden wir jetzt dann gleich brauchen. Ich hab meine eigenen Handschuhe

156

daheim gelassen, weil Ernesto – ach, der sieht viel sportlicher aus, als er ist … Der fühlt sich am See wohler.« Clement lachte.

»Ich mich auch«, gab Kim zu. »Da hab ich viel mit deinem Ernst gemeinsam.«

»Oh, ich finde, du solltest den Klettersteig erst ausprobieren, bevor du ihn nicht magst.« Dann waren sie ins Auto gestiegen und in das Klettergebiet gefahren. Sie hatten bei einem Campingplatz geparkt, sich in die Montur geworfen und waren dann zum Einstieg des Klettersteigs gewandert. Die vielen Kletterer zu beobachten, erhöhte ihr Vertrauen in den anstehenden Steig nicht. Was die da vollführten, wie sie sich verrenkten und die Felsen erklommen, sah für ihren Geschmack alles ein wenig gefährlich aus. Sie fand es einfach nur erstaunlich, wie viele Menschen hier in den Felsen hingen oder darauf warteten, an die Reihe zu kommen. Außerdem erinnerten die Kletterer sie an Luca, was ihr auch nicht gefiel.

Clement begann, sie über den anstehenden Steig aufzuklären. »Wir gehen die Via Ferrata Colodri, wobei Via Ferrata im Deutschen nicht mehr als Klettersteig bedeutet. Es ist ein ganz einfacher drahtseilversicherter Steig, bei dem man sich keine Sorgen machen muss. Keine Überhänge, sogar geeignet für Kinder. Ich bin ihn im letzten Jahr auch schon mal gegangen. Du wirst sehen, es ist das reinste Vergnügen.«

Kim ging dicht hinter ihm her. »Aha«, meinte sie nur trocken.

»Doch, wirklich. Ich zeig dir, wie es geht. Du musst dir absolut keine Sorgen machen. Bei mir bist du sicher.«

»Das hoff ich doch.« Eins musste man Clement lassen: Vorerst hatte er sie wirklich auf andere Gedanken gebracht.

»Da ist ja schon der Einstieg!« Clement klang wie ein kleiner Junge an seinem Geburtstag. »Dann lass mal sehen.«

Sie standen direkt am ersten Drahtseil. Clement zeigte Kim, wie man den Karabiner in das Seil klickt, wie die Rastschlinge eingesetzt werden könne, die sie, wie Clement betonte, mit Sicherheit nicht brauchen würde. Es sei mehr eine Frage vollständiger Aufklärung, wie man sich am Berg zu verhalten habe.

Dann bestand er darauf, dass Kim vorausging, um sie gut im Blick zu haben, und Kim rastete ihre beiden Karabiner am Stahlseil ein. Schon nach wenigen Metern war sie überrascht: Das hier machte tatsächlich mehr Spaß als normales Wandern. Die Herausforderung, die sie empfand, die leichte Kletterei, das Klicken der Karabiner, die fließenden Bewegungen des ganzen Körpers: Kim mochte alles an diesem Sport. Während sie aufstieg, schwieg sie, klickte die Karabiner immer wieder ins Seil, zog sich daran hoch, genoss es, die Kraft ihres Körpers zu spüren.

»Gefällt es dir?«, fragte Clement von hinten, woraufhin Kim ihre Rastschlinge über der nächsten Stahlschraube einhängte und sich vorsichtig in ihren Gurt setzte. Dann hob sie den Daumen.

»Es ist großartig!«

»Habe ich es nicht gesagt? Wenn man keine Höhenangst hat, kann man das hier in vollen Zügen genießen.« Clement lachte und zog sich nach oben. Kim war überrascht, wie sportlich Clement war. Ihr war das bereits beim Yoga aufgefallen. Jetzt am Klettersteig verstärkte sich der Eindruck noch mal. Er war nicht nur behände, sondern auch trittsicher und exakt in seinen Bewegungen. Je besser Kim Clement kannte, um so klarer war für sie auch, was Ernesto attraktiv an seinem Partner fand – jenseits seines angenehmen Wesens und seiner gütigen, liebevollen Art.

»Weißt du, dass ich total gut verstehe, warum Ernst sich in dich verliebt hat?«, platzte es einfach so aus Kim heraus. Sie fühlte sich mit Clement so vertraut, dass sie einfach sagte, was sie dachte.

»Ach du!« Clement schaffte es, zwischen zwei Kletterzügen abzuwinken und noch dazu verlegen dreinzuschauen. »Weißt du, es war nicht immer einfach.«

Die Fröhlichkeit, die sich sonst immer in seinen Zügen spiegelte, war mit einem Mal wie weggeblasen.

»Was meinst du?«, hakte Kim nach.

»Eine so lange Partnerschaft wie unsere ist nie leicht. Und Ernst ist noch immer ein schöner Mann, während ich – nun ja.« Clement blieb stehen. Zum Glück wurde es gerade ebener, ein kleines Felsband war zu queren. Er strich sich mit der Hand über den Bauch. »Du siehst es ja. Außerdem bin ich auch noch grau geworden und kann mich aus sentimentalen Gründen nicht von meiner lächerlichen Frisur trennen.«

Für Kim gehörte Clements Bartfrisur so sehr zu ihm, dass sie seit dem Kennenlernen gar nicht mehr darüber nachgedacht hatte, wie sie die nun fand. Deshalb ging sie darauf auch gar nicht ein. »Aber – Ernst war es doch, der eifersüchtig wegen Luca war!«, warf sie ein. Sie konnte sich gar nicht vorstellen, dass Ernesto so oberflächlich sein sollte.

»Als ob er das nötig hätte. Wir arbeiten zu Hause mit einem jungen Mann zusammen, der macht ihm seit Jahren schöne Augen. Seit Jahren! Ich habe jedes Mal wieder Bauchschmerzen, wenn die beiden alleine sind. Aber ich möchte nicht mit Ernst darüber sprechen, ich schätze, weil ich die Antwort auf seine Frage nicht ertragen könnte. Stattdessen versuche ich, ihm meine Spaghetti Carbonara unterzujubeln, damit ich nicht völlig verfette.«

Kim schaute Clement ungläubig an. Sie war sich so sicher gewesen, in Clement und Ernesto ein durch und durch glückliches Paar zu erleben, und jetzt das! Es tat Kim so leid. Aber sie wagte nicht, das Stahlseil loszulassen; zu gern hätte sie ihren Freund in die Arme geschlossen.

»Ich dachte, wenigstens ihr seid irgendwie anders. Es scheint leider so, als seien alle Männer gleich.« Kim spürte, wie Wut in ihr aufflackerte. Nur ein kleines Flämmchen – aber ihr Bild von Ernesto hatte sich mit Clements Worten schlagartig gewandelt.

»Schätzchen, du hast gerade allen Grund, dir selbst leidzutun, das reicht erst mal.« Trotz seines Kummers lachte Clement. Er hatte längst wieder aufgeholt und deutete jetzt mit dem Kinn auf den weiteren Steigverlauf. »Na los. Bezwingen wir den Colodri. Du wirst sehen, es ist ein wunderschöner Aussichtsgipfel.«

Und das war er tatsächlich. Es roch nach den Ziegen, die sich hier überall herumtrieben, als sie aus dem Steig ausstiegen und das Gipfelplateau eroberten. Ab hier war es nur noch eine halbe Stunde bis zum Gipfel, und das auch nur, weil sie so gemütlich dahinschlenderten, bedächtig über die größeren Steine stiegen und miteinander plauderten.

Das große Kreuz war mit spitzen Metallstiften vor Kletterern geschützt, die noch immer nicht zufrieden waren und auch noch das Gipfelkreuz erobern wollten. Sie wurden durch diese Waffe mit Sicherheit abgehalten. Von hier aus hatte man einen fantastischen Blick über den See. Die Sicht war ganz klar, so wie es Kim gebühre, sagte Clement.

Dann zauberte er zwei Dosen Radler aus seinem Rucksack und prostete Kim zu. »Das haben wir uns verdient, oder?«

Kim dachte an den Klettersteig. Es war gar nicht schwer gewesen, im Gegenteil. Sie hatte es genossen, die Bewegungen waren ihr natürlich und wohltuend erschienen.

»Ja, das haben wir wirklich.« Kim berührte mit ihrer Dose die von Clement. Es gab ein dumpfes Geräusch. Dann trank sie einen großen Schluck und fühlte im selben Moment, als die Flüssigkeit ihre Zunge berührte, wie dringend nötig sie die Erfrischung gehabt hatte.

Eine Weile saßen sie in schweigender Verbundenheit auf dem Gipfel. Eine Familie kam und ging, deren kleiner Sohn noch in einer Kraxe den Berg heraufgetragen worden war. Danach spurtete ein Mann in voller Sportmontur, Markenkleidung, nagelneue Laufschuhe, schickes Stirnband, den Berg herauf, um oben am Kreuz sofort kehrtzumachen und wieder nach unten zu rennen.

Clement hob eine Augenbraue, als er ihm nachblickte, sagte aber nichts. Stattdessen prostete er in Richtung des Sportlers und trank einen weiteren tiefen Schluck aus seiner Dose.

Kim grinste.

Sie schwiegen noch eine Weile, bevor Clement das Wort ergriff. »Sag mal, Kim, was willst du denn jetzt wegen diesem Dirk unternehmen?«

Der Gedanke, den Kim so mühsam weggeschoben hatte, war schlagartig wieder präsent. »Ich habe keine Ahnung, um ehrlich zu sein.« Kim stellte ihre Dose ab und umschlang ihre Knie mit den Armen. »Ich habe mir schon alles Mögliche überlegt, weißt du. Aber ich bin noch zu keinem Ergebnis gekommen. Elli tut mir auch echt leid. Ich möchte sie nicht verletzen.«

»Na, aber sie hat immerhin zu Dirk gehalten und …«

»Nein, hat sie nicht«, unterbrach Kim Clement.

»Wie, hat sie nicht?« Clement schien nicht zu verstehen.

»Sie weiß ja nichts über ihren Mann und mich.«

Clements Haltung hatte sich gestrafft. »Willst du mir damit sagen, dass sie ein Kind mit Dirk bekommt und keine Ahnung hat, dass er ein Betrüger ist?«

»Ich schätze, ja.« Kim hatte es von dieser Seite noch gar nicht betrachtet. Sie hatte nur an das Baby gedacht, das in einer intakten Familie aufwachsen sollte. Und – wenn sie ehrlich war – an sich selbst. Sie hatte einfach nur weggewollt und war deshalb auf der Gala von *Chocolate Chase* davongestürmt.

»Denkst du nicht, dass sie ein wenig Aufklärung dahin gehend verdient, mit wem sie sich eingelassen hat? Once a cheater, always a cheater, sag ich immer: einmal ein Betrüger, immer ein Betrüger. Menschen ändern sich nicht.« Clement hatte sich richtiggehend ereifert. Vielleicht, weil er ja auch seinen Partner des Betruges verdächtigte und ein Teil von ihm bestimmt wissen wollte, woran er war.

»Ich weiß nicht …«

»Versetz dich doch mal in ihre Lage!«, rief Clement aus. Er warf beide Arme in die Luft, so erregt war er. »Stell dir vor, du wärst Elli. Würdest du auf Basis einer Unwahrheit ein Kind mit jemandem haben wollen?« Clements Hals zeigte plötzlich hektische Flecken.

Kim dachte nach, versuchte sich vorzustellen, ein Kind von Dirk zu bekommen und ihm blind zu vertrauen. Der Gedanke löste größten Widerwillen in ihr aus. Plötzlich tat ihr Elli wahnsinnig leid. »Nein. Nicht wirklich.«

»Dann ist Dirk vielleicht gar nicht dein Anknüpfungspunkt, oder? Was aus ihm wird, ist eigentlich ganz egal.« Clement suchte Kims Blick.

Sie wusste genau, was er ihr sagen wollte. Es lag an ihr, Elli aufzuklären, damit sie sich entscheiden konnte – für Dirk oder eben gegen ein Leben an seiner Seite. Sie aber im Ungewissen zu lassen, war tatsächlich unfair. Sonst würde sie irgendwann aus allen Wolken fallen. Einmal Betrüger, immer Betrüger. Allein Dirks Anruf nach der Präsentation deutete darauf hin, dass auf ihn Clements Vermutung durchaus zutraf.

Kim schluckte hart. Was für einen riesigen Fehler sie gemacht hatte, als sie sich auf den Mann einer anderen Frau einließ!

Es war an der Zeit, mutig zu sein und zu ihrem eigenen Handeln zu stehen. Clement hatte völlig recht. Elli verdiente die Wahrheit, das war sie ihr schuldig.

11. Hugo

Manche Dinge musste man sofort erledigen, weil man den aus der Tiefe kommenden Drang, das innere Bedürfnis hatte, sie zu erledigen, einfach weil man wusste, dass man das Richtige tat, und weil man endlich zu einem Entschluss gekommen war.

Als Kim und Clement zurück zum Hotel kamen, stand Antonella hinter der Rezeption und winkte den beiden Ankömmlingen fröhlich zu, während sie in ihr Telefon sprach. Sie wirkte immer so heiter und ausgeglichen, auf angenehme Weise geschäftstüchtig und umsichtig. Kim fragte sich, ob sie in Antonellas Alter auch so gut im Leben stehen würde wie die Italienerin.

Sie entließ einen Wasserfall italienischer Worte ins Telefon, dann legte sie ihre Hand über die Sprechmuschel und ging auf Kim zu. »Wie kann ich helfen?«

»Ich suche Dirk Brosewetter. Kannst du mir verraten, ob er da ist?« Wie automatisch hatte Kim seinen Namen genannt statt den seiner Frau. Aber vermutlich würden die beiden den Urlaub sowieso miteinander verleben.

»Er ist gerade hier vorbeigekommen.« Antonella deutete in Richtung Speiseraum.

Kim nickte. »Vielen Dank!« Sie wandte sich zu Clement um, fest entschlossen. »Na dann.«

»Brauchst du mich?«, fragte Clement.

Antonella hatte schon wieder begonnen, einen Wortschwall ins Telefon zu schicken.

Kim verneinte. »Danke dir. Du hast mir wirklich schon genug geholfen. Du bist ein echter Freund.«

»Natürlich bin ich das.« Clement lachte und breitete die Arme aus. Nur zu gern ließ Kim sich in die Umarmung fallen. Es tat gut, für ein paar Sekunden ohne Hintergedanken gehalten zu werden.

»So, und jetzt geh ich.« Kim löste sich aus Clements Armen und stapfte los, ohne zurückzuschauen. Dirk saß mit einer Zeitschrift im Speisesaal. Als Kim auf ihn zuging, schaute er nicht auf.

»Die Anzeige ist einfach großartig, findest du nicht?« Noch immer ohne aufzublicken, hielt er Kim das Druckwerk hin. Es war tatsächlich ein Bild, das Kim entworfen hatte. *Chocolate Chase* war da in schwungvollen Buchstaben zu lesen, ein junges Paar küsste sich, seitlich stand ein Glas Schokolikör. »Das haben wir großartig hinbekommen.«

»Finde ich auch. Also – *ich* habe das großartig hinbekommen.« Schließlich war sie es, die diesen Entwurf gestaltet hatte!

Jetzt sah Dirk hoch, wie von der Tarantel gestochen sprang er von seinem Stuhl auf. »Kim! Was machst du denn hier?« Fast wäre das Glas Hugo, das vor ihm auf dem Tisch stand, umgefallen, es schwankte bedrohlich.

Kim schenkte ihm ein Lächeln, das ihre Augen nicht erreichte. »Urlaub. Ich erhole mich von einem sehr fiesen Arbeitsverhältnis und plane dann, in eine neue Zukunft ohne den Mistkerl zu starten, der mich Jahre meines Lebens gekostet hat. Und du?«

Dirk schaute über Kims Schulter, seine Nervosität war unübersehbar.

Kim folgte seinem Blick in Richtung Terrassentür.

»Ich – äh, Kim, können wir woanders hingehen zum Reden?«

»Du sprichst so leise. Hast du Halsschmerzen?«, fragte Kim scheinheilig. Nein, wenn sie ihn jetzt so sah, war kein Stück ihrer Liebe mehr übrig. War es überhaupt Liebe gewesen oder mehr ein Wollen? Sie betrachtete Dirk, der selbst hier im Urlaub noch seine perfekte Gelfrisur hatte und heute sogar ein neckisch wirkendes Halstuch trug. Ein Halstuch! Bei der Hitze!

Kim verschränkte die Arme vor der Brust.

»Elli ist im Pool, sie kommt sicher jeden Moment wieder und ich … Bitte, Kim!«

Nein, dieser Mensch würde nie zu sich stehen und schon gar nicht zu seinen Fehlern. Allein wie armselig er jetzt bettelte. »Ah, im Pool. Mehr wollte ich von dir gar nicht wissen. Weißt du, dass du kein weiteres Wort von mir wert bist? Ich war so dumm, mich auf dich einzulassen und deine Arbeit in der Agentur gleich noch mit zu erledigen – und das alles wegen deiner leeren Versprechungen. Aber glaub mir, von Männern wie dir bin ich ein für alle Mal geheilt!« Es tat so gut, ihm diese Worte ins Gesicht zu schleudern, ihn zu sehen, wie er unter der Wahrheit zusammenzuckte.

»Ich werde nie wieder mit dir sprechen. Nur, dass das klar ist«, schloss sie ihre kleine Rede und dann wandte sie sich für immer von ihm ab.

Sie ging zur Terrassentür, öffnete sie und schaute auf die herrliche Sonnenterrasse hinaus. Bunt bepflanzte Blumenkübel, die Rattanmöbel, die Schirme, die in Antonellas Garten so waren wie sie selbst: bunt. Es gab kein einheitliches Weiß, sondern fröhliche Farben. Trotzdem war die Terrasse stilvoll – auf einzigartige Weise. Der angrenzende Pool leuchtete blau; Elli lag mit geschlossenen Augen darin, auf dem Rücken treibend. Sie wirkte komplett entspannt.

Gerade war es sehr ruhig auf der Terrasse. Das Wetter war hervorragend und es war auch die Tageszeit, zu der viele Urlauber mit Sicherheit noch ihre Siesta hielten, was sicher noch mehr zu Ellis Entspannung beitrug. Kim drehte sich um, aber Dirk, dieser Feigling, war ihr nicht nachgekommen. Sie trat hinaus in die Wärme des Mittags und setzte sich an einen der Tische. Es wäre ihr falsch vorgekommen, Ellis Bad zu unterbrechen. Wie auch? Sollte sie ihr Wasser ins Gesicht spritzen?

So wartete Kim mit klopfendem Herzen und ihrem eigenen schlechten Gewissen Elli gegenüber. Sie sah so unbedarft aus, wie sie da vor sich hin schwamm. Gleich würde Kim die Welt dieser Frau erschüttern. War das wirklich richtig? Oder sollte sie Elli einfach die Illusion von Glück lassen, die sie lebte?

Kim spürte ihren eigenen Fluchtreflex. Es wäre so viel bequemer, umzukehren, ihre eigenen Fehler nicht einer Fremden zu gestehen. Aber dann: Wie sollte sie sich selbst je wieder reinen Herzens begegnen, wenn sie jetzt einen Rückzieher machte?

Ohne dass Kim es realisiert hatte, war Elli zur Leiter geschwommen. Jetzt stieg sie aus dem Wasser. Ihr Babybauch war schon erstaunlich gut zu sehen! O Gott – wie lange wusste Dirk denn schon von der Schwangerschaft? Wie lange hatte er Kim nichts davon erzählt? Das Kleid auf der Präsentation war also deshalb so ein Kartoffelsack gewesen, damit Elli reinpasste – ihre normale Alltagskleidung musste ihr schon zu klein geworden sein.

Kim stand auf. Sie räusperte sich und ging auf Elli zu, die ihren Körper in ein großes Handtuch gewickelt hatte und sich das Wasser aus den langen Haaren schüttelte.

»Hallo, Elli!« Nur zwei kleine Worte, aber sie kosteten allen Mut.

»Hallo?« Elli erkannte Kim auch jetzt nicht. Kein Wunder, sie hatten sich nur ein paarmal gesehen.

»Ich würde gern mit Ihnen sprechen, wenn Sie einen Augenblick Zeit für mich hätten.«

»Oh. Ähm – natürlich.« Elli wirkte verwirrt. Ihr Gesichtsausdruck verriet allerdings, dass sie ein offener und fröhlicher Mensch war. Sie lächelte Kim freundlich an.

»Wollen wir uns vielleicht setzen? Sie können gern die Schirmfarbe aussuchen.« Kim wollte die Stimmung auflockern.

Elli reagierte auch tatsächlich mit einem breiten Lachen. »Sehr gern. Ich nehme rot.« Elli ging voraus, zu einem Tisch hinüber, der von einem roten Sonnenschirm beschattet wurde. »Jetzt bin ich aber gespannt.« Sie setzte sich mit einem leisen Ächzen und legte ihre Hand, wie es so viele Schwangere tun, auf ihren Bauch, eine Geste des Schutzes und der Liebe für das heranwachsende kleine Leben.

Aus der Nähe sah Kim unzählige Sommersprossen, die sich über Ellis Nase und Stirn verteilten. Sie war mit ihren knallgrünen Augen eine zweifellos schöne Frau. Kim wusste gar nicht, wo sie anfangen sollte. »Ich heiße Kim.«

»Hallo, Kim. Ich bin Elli. Und bitte lass uns einander duzen, ja? Ich fühl mich sonst so alt.« Die Frau reichte ihr die Hand zu einem festen Händedruck. »Schönes Tuch!«

»Ach, das.« Kim hatte das Tuch, das sie wie ein Bandana um ihren Kopf gebunden hatte, fast vergessen. Kein Wunder, dass Elli sie nicht erkannte.

»Sieht toll aus, finde ich.« Ellis offenes Gesicht, ihre Freundlichkeit, erleichterte Kims Vorhaben nicht unbedingt. Sie wollte, Elli wäre das Monster, das sie sich in den vergangenen Jahren ausgemalt hatte. Stattdessen war sie die Art Frau, die man sich zur Freundin wünschte.

»Danke.« Kim rutschte verlegen auf der Kante ihres Korbstuhls herum. Beide Frauen schwiegen länger, als es angenehm gewesen wäre. Kim nahm einen tiefen Atemzug. »Ich hab mit deinem Mann geschlafen.«

Ellis Gesichtszüge gefroren. »Bitte, was?«

Kim nahm ihr Tuch vom Kopf. »Ich ... also ich habe die letzten zwei Jahre in der Agentur Brosewetter gearbeitet. Erkennen Sie mich nicht? Ich war sozusagen Dirks rechte Hand.« Als ob das eine Erklärung wäre. Kim räusperte sich. »Ich hatte ein Verhältnis mit Dirk und fühle mich einfach nur schrecklich deswegen. Glaub mir, ich hab lange mit mir gehadert, es dir zu sagen, aber dann hat mir ein Freund die Augen geöffnet.« Sie schaute Elli direkt an, wenigstens so mutig musste sie sein. Ihre Knie zitterten, aber unter dem Tisch sah das ja keiner.

»Die Augen?«, hakte Elli nach. Ihr Gesicht schien sich nicht für einen Ausdruck entscheiden zu können. Da war Verwirrung, Wut, Verlorenheit, alles durcheinander.

Kim nickte. Ihre Füße fühlten sich trotz der Hitze des frühen Nachmittags eiskalt an. »Er meinte, wenn ich in deiner Situation wäre – ob ich nicht wissen wollte, wer der Vater meines Kindes ist und ...«

»Stopp!« Plötzlich war Elli aufgesprungen. Beide Hände lagen jetzt schützend auf ihrem Bauch. »Ich höre mir das nicht länger an.« Sie klang ganz ruhig und selbstbewusst, schob ihren Stuhl zurück und trat auch selbst einen Schritt vom Tisch weg. »Ich weiß nicht, warum Sie das hier machen, aber es macht Sie zu einem sehr hässlichen Menschen.«

Kim hatte augenblicklich bemerkt, dass ihr Gegenüber wieder zum förmlichen Sie übergegangen war. Sie fand es fast schon rührend, wie freundlich Elli sogar noch war, wenn sie schimpfen und beleidigend sein wollte.

»Ich nehme an, Sie haben für Ihre Anschuldigungen keine Beweise?« Indem sie Elli, die sie geduzt hatte, mit »Sie« ansprach, zeigte sie sehr deutlich, was sie von ihr hielt.

Kim schüttelte den Kopf. Nein, das hatte sie wirklich nicht. Sie hatte nicht einmal ein gemeinsames Foto. Und die Chats auf ihrem Handy hatte sie in ihrer Wut gelöscht.

Ein kühles Lächeln umspielte Ellis Lippen. »Das habe ich mir gedacht. Ich werde jetzt gehen. Und Sie werden mich nie wieder ansprechen.«

Damit war Elli fertig mit Kim, eindeutig fertig. Sie drehte sich um und ging Richtung Terrasse. Ihre noch nassen nackten Füße hinterließen Abdrücke auf dem Boden.

Kim wollte das so nicht auf sich sitzen lassen. Sie war keine Lügnerin. »Frag ihn wenigstens, deinen tollen Kerl!«, schrie sie Elli hinterher, während nun auch sie von ihrem Stuhl auf-sprang, erst jetzt registrierend, wie sehr ihre Knie schlotterten. Die Tatsache, dass sie von Elli der Lüge bezichtigt wurde, traf sie schwer. Aber welchen Beweis hätte sie gehabt? Sollte sie intime Details ausplaudern? Nein, das wäre ihr viel zu geschmacklos vorgekommen. Und war es jetzt nicht an Elli, sich ihre eigene Meinung zu bilden und Nachforschungen anzustellen, wenn sie das denn wollte?

Kim stand noch immer auf der Terrasse, langsam fühlte sie sich ein wenig stabiler, nicht mehr ganz so wackelig.

Sie starrte Richtung Verandatür. Elli war längst aus ihrem Blickfeld verschwunden, und die Hitze des Tages ließ ihre Fußspuren wie im Flug trocknen, es waren nur noch ganz kleine Wasserflecken zurückgeblieben.

Mit zögernden Schritten ging Kim auf das Haus zu.

* * *

Das Letzte, was sie verspürte, war Appetit auf das Abendessen, obwohl Antonella heute mit bestimmt unvergleichlich lecke-ren Tortellini mit Lachsfüllung aufwartete. Kim saß auf ihrem Stuhl wie auf einem Nadelkissen, jede Sekunde darauf wartend, dass Dirk und Elli den Speisesaal betraten. Erst als schon der Hauptgang, Kalbskotelett mit Polenta und Pilzen, serviert wurde, realisierte Kim, dass der Tisch der beiden leer bleiben würde, und sie entspannte sich ein wenig.

Clement erzählte Ernesto schon den ganzen Abend von dem Klettersteig, während der in seiner üblichen Manier eine riesige Portion Polenta verspeiste und dazwischen immer mal wieder zustimmend nickte. Kim war sich nicht sicher, wie aufmerksam Ernst wirklich zuhörte. Sie schaute ihn an und sah den Betrüger, der einen anderen Mann verführt hatte, der Clement etwas vorspielte und damit dessen Gefühle ebenfalls zum Spielball machte. Jede seiner Gesten, jeden Blick legte Kim auf die Goldwaage.

Clement war jetzt bei der Schilderung des Gipfelpanoramas angekommen und Ernesto beim letzten Bissen Polenta. Er tupfte sich mit der Serviette den Mund ab, eine grazile kleine Bewegung, und griff danach zu seinem Weinglas.

Kim schaute wieder zu dem leeren Tisch hinüber, dann zu Ernst und Clement.

»Hast du es eigentlich gemacht?« Auf den abrupten Themenwechsel war Kim nicht gefasst gewesen.

»Bitte?«

»Du wolltest doch mit der Frau reden, oder? Ist es nicht unglaublich, dass dieser Dirk hier aufgetaucht ist?« Clements zweite Frage hatte Ernesto gegolten, der gerade sein Glas wieder abstellte und nickte.

»Das kann man wohl laut sagen. Ich an seiner Stelle wäre wenigstens klug genug gewesen, woanders hinzufahren.«

Kims Augen verengten sich zu Schlitzen. Wirklich? Das wagte Ernst vor Clement so zu formulieren? Sie schaute zu Clement, der gerade ein winziges Stück Kalbskotelett zum Mund führte, aber statt entrüstet zu sein, machte er ein Geräusch der Zustimmung. Wie schaffte Clement es nur, so ruhig und freundlich zu bleiben, wenn Ernesto sich so benahm wie eben?

»Also, hast du?«, war es jetzt sogar Ernesto, der nachfragte.

Kim war das unangenehm und auch, dass Clement mit seinem Partner über sie gesprochen hatte. Wobei: Vor der Unterhaltung auf dem heutigen Ausflug hätte sie das kein bisschen gestört. Erst jetzt, wo sie von seiner Untreue wusste, kam sie schwer damit klar.

»Ja, habe ich«, antwortete sie deshalb widerwillig.

»Na, und?« Clement konnte seine Neugier kaum zügeln, seine Gabel auf halbem Weg zum Mund hielt er in der Bewegung inne, als er auf Kims Antwort wartete. Die Spatzenportion Polenta drohte zurück in die leichte Sauerrahmsauce zu plumpsen, aber das merkte Clement gar nicht.

»Sie hat behauptet, ich sei eine Lügnerin, und mich gefragt, ob ich Beweise hätte.«

»Na, das war ja dann nicht schwer, oder?« Jetzt fiel die Polenta tatsächlich, weil Clement die Gabel bewegt hatte, und sein zartgrünes Hemd bekam Flecken. Fluchend griff er nach seiner Serviette und tupfte damit auf dem Oberteil herum.

»Nicht schlimm, ich wasch es dir nachher aus.« Ernesto tätschelte seinem Freund liebevoll die Schulter. »Jetzt genieß mal deine Polenta, die wird doch kalt.« Dann wechselte er zurück zum Thema.

»Hast du Beweise erbracht?«, hakte er nach.

»Nein, ich … Um ehrlich zu sein, jeder Beweis, den ich erbringen könnte, wäre so unter der Gürtellinie, dass mir die Worte im Hals stecken bleiben würden. Elli war sehr abweisend, verständlicherweise. Am Ende ist sie einfach gegangen, und ich hab ihr nur hinterhergeschrien, dass sie ja Dirk fragen kann.« Kim schnitt sich ein weiteres Stück der Polenta ab. Herrlich, wie sie fast auf der Zunge zerging. »Ich meine, schließlich muss Elli selbst wissen, was sie tut, oder? Wenn sie zu dem Ergebnis kommt, dass sie trotz allem bei Dirk sein will und deshalb der Wahrheit gar nicht auf den Grund kommen möchte, ist das ihre Sache.«

Beide Männer nickten zustimmend und so synchron, dass es beinah witzig wirkte.

»Wisst ihr, ich war immerhin ehrlich.« Ob Ernesto den Seitenhieb verstand?

»Ich habe mir sehr lang überhaupt keine Gedanken über Elli gemacht, bin nur meinem Gefühl gefolgt. Sie war kaum mehr als ein lästiger Störfaktor für mich. Erst jetzt ist mir klargeworden, wie egoistisch ich da gehandelt habe. Ich meine, sie ist das Opfer, und ich bin eine Täterin, wenn man so will.« Das alles laut auszusprechen, war überraschend schmerzvoll. Jedes Wort war wahr. Kim nahm einen großen Schluck Wein. Ihre Lippen hinterließen einen unschönen Abdruck am Rand des Glases, wie symbolisch.

»Ob du so streng mit dir sein musst, weiß ich nicht.« Clement arrangierte einen weiteren kleinen Bissen vom Kalbskotelett mit einer Winzigkeit Polenta auf seiner Gabel, bevor er sich an Ernesto wandte. »Schatz, möchtest du noch?«

»Bist du sicher?« Ernesto schaute fast gierig auf den Teller seines Partners.

»Natürlich.«

»Na, ein wenig vielleicht.« Ernst zierte sich, aber gleich würde er mit großem Appetit alles aufessen, wie jeden Tag.

Kim war diese Szene mittlerweile so vertraut, dass sie sie wie eine Wahrsagerin vorhersagen könnte. Es war völlig klar, dass Clement nach dem Klettersteigerlebnis durchaus den nötigen Hunger zum Abendessen mitgebracht hatte, um seine Portion problemlos allein zu verspeisen.

Clement hatte dennoch die halbe Portion übrig gelassen und schob sie nun seinem Partner hinüber, dessen Aufmerksamkeit noch auf Kim gerichtet war.

»Ich finde, Clement hat recht, du hast jetzt getan, was du konntest, und dafür darfst du dir ruhig ein wenig Respekt zollen.«

Ausgerechnet er! Kim schaute ihm zu, wie er damit begann, Clements halbe Portion zu vernichten.

»Danke, Ernesto. Schön, wenn ich mal recht habe.« Clement beugte sich zu Ernst hinüber, küsste ihn auf die Wange und kicherte.

Verliebt müsste man sein, dachte Kim. Am liebsten hätte sie ihren Teller auch noch zu Ernesto hinübergeschoben. Der kleine Appetit, den sie beim Essen entwickelt hatte, war schlagartig wieder vergangen, ganz egal, ob die beiden Männer richtiglagen oder nicht.

12. CAPPUCCINO

Kim hatte sich nach dem Frühstück in den Garten des Hotels zurückgezogen. Sie wollte endlich ihre Zeichnung von Ernesto und Clement fertigstellen. In diesem speziellen Fall schrie alles nach Farbe. Also hatte sie sich Buntstifte besorgt, für den Anfang musste das reichen. Die fertige Zeichnung wollte sie Clement schenken, als kleines Dankeschön, weil er so viel für sie getan hatte, weil er ein wahrer Freund war, der kein Blatt vor den Mund nahm.

Jetzt saß sie hochkonzentriert über ihrem Zeichenblock. Kim hatte gar nicht registriert, dass der schützende Schatten des Zitronenbaums gewandert war und die Sonne direkt auf sie herunterbrannte. Schweißperlen standen auf Kims Stirn, aber auch die realisierte sie nicht, genauso wenig wie sie Ernst bemerkte, der von hinten an sie herantrat.

»Kim? Darf ich dich stören?«

Sie schreckte auf und starrte wie aus einer anderen Welt gerissen Ernesto an.

Er hatte ein grellbunt kariertes Hawaiihemd und knallorangefarbene Slipper an. Das Outfit hätte schräg sein können, aber er trug es mit einer würdevollen Selbstverständlichkeit, die klarmachte, dass diese Kleidung vielleicht manch anderen, aber keinesfalls ihn zu einer Witzfigur werden ließ.

»Natürlich!« Kim sah ihn forschend an. Ihr Blick auf Ernesto war – offenbar unwiderruflich – ein anderer, seit sie mit Clement gesprochen hatte. Auch die Unterhaltung beim gestrigen Abendessen hatte daran nichts geändert. Seine Zustimmung war sicher nichts als gute Tarnung gewesen.

Kim musterte den – nach wie vor attraktiven – Mann Anfang fünfzig und stellte fest, dass er mit seiner ruhigen Selbstsicherheit bestimmt ein Typ war, an dem viele, auch junge, Männer durchaus Gefallen finden konnten.

Ernst hatte sich neben Kim auf die Bank gesetzt, wohlweislich in das letzte Stückchen Schatten.

»O Gott, wie wunderschön!« Seine Augen hatten sich an dem Bild festgesogen, das auf Kims Schoß lag und das sie für den Moment tatsächlich vergessen hatte. Sie hatte es mit zarten Farben akzentuiert, ganz dezent mit Pastelltönen, die an den entscheidenden Stellen die Stimmung betonten. Nur das Paar hatte sie kräftiger in Rottönen schraffiert, um es in den Fokus zu rücken. Das gab dem Bild etwas Modernes und verhinderte, dass es zu sehr Landschaftszeichnung war.

»Danke.« Kim konnte nicht unterdrücken, dass sie kühl klang. Die Erinnerung an Ellis Reaktion, daran, wie ihre Augen weit geworden waren und sie ihren Schmerz nicht hatte verbergen können, steckte Kim in den Knochen wie eine schwere Grippe, die sie schwächte. Auch dass Elli ihr nicht geglaubt hatte, konnte Kim nach wie vor nicht fassen. Beim Frühstück war der Tisch des Ehepaars wieder leer geblieben, und Kim fragte sich, ob die beiden vielleicht abgereist waren. Dirks Auto, das hatte sie kontrolliert, stand nicht auf dem Parkplatz des Hotels, das war schon mal sicher.

»Kann ich das Bild haben? Ich kaufe es dir ab! Das wird die perfekte Überraschung für Clement. Bitte, sag ja!« Ernst holte sie aus ihren Gedanken. Er konnte seinen Blick noch immer nicht von ihrem Werk lösen. Seine Augen hatten einen warmen Ausdruck angenommen. War das – Liebe? Hätte Kim nicht Clements Worte über den jungen Mitarbeiter gehört, sie hätte keine Sekunde daran gezweifelt.

»Das Bild möchte ich nicht verkaufen, tut mir leid.« Noch immer war Kims Ton angespannt.

»Es ist perfekt, absolut perfekt. Ich würde es an deiner Stelle wohl auch nicht verkaufen.« Wo Kim hart klang, lag in Ernestos Ton sehr viel Weichheit. »Aber darf ich es Clement zeigen? Oder du zeigst es ihm?«

Kim nickte zögerlich. Sie hatte das Bild ja ohnehin Clement schenken wollen. »Ich zeig es ihm selber.«

»Danke. Ich finde, es symbolisiert uns perfekt. Du hast die magische Stimmung so wunderbar eingefangen und durch deine Farbgebung die Bedeutung noch vertieft. Es ist wie ein Symbol, das …« Ernesto streckte seine Hand aus und strich mit seinem Zeigefinger über das Paar.

»Jetzt lass aber mal gut sein«, unterbrach Kim seinen Wortschwall.

Konnte jemand so scheinheilig sein? Oder meinte er tatsächlich, was er da sagte?

Kims Vertrauen in Männer war dermaßen nachhaltig erschüttert, dass ihr Bauchgefühl dazu keinerlei Aussage traf. Es war, als wäre sie plötzlich emotional erblindet, ja, als sähe sie Ernesto zum ersten Mal.

Sie saßen schweigend auf der Bank, keiner schien etwas zu sagen zu haben.

Schließlich war es Ernst, der sprach. »Ich finde es prima, wie du das mit Dirk und Elli gemacht hast. Das war sehr mutig. Ich meine das, wie ich es sage.«

Kim nickte. »Ja, es ist mir nicht leichtgefallen.« Sie klappte ihren Zeichenblock zu, wollte das Bild nicht mehr sehen, auf dem die beiden Männer so innig dargestellt waren.

»Das glaub ich«, bestätigte Ernesto.

Wo Kim schon mal mutig war, sollte sie da nicht auch ihm sagen, was sie von ihm und seinem Verhalten Clement gegenüber hielt? Sie hatte schließlich nichts zu verlieren – so gesehen war es nicht einmal besonders mutig, ihm zu sagen, was sie von ihm und seinem Verhalten seinem Partner gegenüber hielt.

»Ich finde, du solltest auch mutig sein. Man darf seinen Partner nicht hintergehen, und ihn jahrelang zu täuschen, ist einfach nur furchtbar und würdelos«, sagte sie deshalb und ihre Stimme klang ruhig und fest.

»Wie bitte?«, fragte Ernst.

»Clement weiß längst von deinem jungen Freund. Er hat mir von deiner kleinen Romanze erzählt.« Kim konnte sich so sehr in Clement versetzen, dass es ihr selbst wehtat, die Worte auszusprechen. Der arme Clement.

»Welcher junge Freund?« Ernst saß jetzt sehr aufrecht, die ruhige Entspannung, die er gerade noch an den Tag gelegt hatte, war verschwunden.

»Er hat mir von diesem Kollegen erzählt, mit dem du zusammenarbeitest. Ein junger Mann, hat er gesagt.

»Martin, er muss Martin meinen.« Ernesto war blass geworden.

»Na, das weißt du bestimmt selbst am besten.« Kim klang schnippisch.

»Ja, ich bin mir sicher.« Ernst war jetzt ganz weiß im Gesicht.

»Clement meinte, dass ihr viel Zeit miteinander verbringt. Er ist sicher, du hast ein Verhältnis. Es verletzt ihn sehr. Aber das ist ja keine Überraschung, dass man verletzt ist, wenn man betrogen wird.«

»Bitte, was?« Jetzt klang Ernesto ehrlich entrüstet. »Ich hab doch keine Affäre mit Martin!«

Kims prüfender Blick ruhte auf Ernesto, der tatsächlich völlig verblüfft wirkte. Hatte er ein schlechtes Gewissen? Gut so.

»Das ist ja schrecklich!« Ernesto hatte angefangen, seine Hände zu kneten. »Weißt du eigentlich, was für ein toller Mann Clement ist? Er ist völlig konkurrenzlos der Mann, bei dem ich sein will.« Ernst wischte sich den Schweiß von der Stirn, die plötzlich ganz feucht war.

»Das weiß aber Clement wohl nicht«, entgegnete Kim.

»Meine Güte! Ich bin es doch, der eifersüchtig auf alle möglichen Männer ist!« Ernsts Stimme war lauter geworden.

Kim dachte nach. Sie erinnerte sich an die Szene im Restaurant, als Ernesto so eifersüchtig auf Luca reagiert hatte. Tatsächlich hatte er sich da ziemlich aufgeregt.

»Das ist doch völlig verrückt! Der arme Clement. Dabei wollte ich nur …« Er schüttelte den Kopf, lachte freudlos auf. »Warte, ich bin gleich zurück.«

Bevor Kim etwas sagen konnte, war Ernesto aufgesprungen und lief bereits in Richtung des Hauses. Kim rückte in den Schatten und hörte dem Summen der Bienen zu. Sie war wirklich gespannt, was jetzt kommen würde.

Augenblicke später war Ernst zurück. Mit neuen Schweißperlen auf der Stirn, denen er jedoch keine Beachtung schenkte. Er war ein wenig außer Atem, als er eine kleine Schachtel aus der Brusttasche seines bunten Hemds holte.

»Martin ist Schmuckdesigner.« Ernesto klappte das Kästchen auf. Ein wunderschöner Ring kam zum Vorschein. Er war eine echte Besonderheit. Winzige ineinander verschlungene Zweige bildeten den Reif, verziert von Blättern, so klein und fragil, dass es für Kim an ein Wunder grenzte, wie jemand in der Lage sein konnte, ein solches Kleinod anzufertigen. Eine einzelne Rose, die golden auf dem silbernen Untergrund besonders zur Geltung kam, machte den Ring zu einer wahren Kostbarkeit.

»Wow.« Dieser Ring war das schönste Schmuckstück, das Kim je gesehen hatte.

»Das ist ein Verlobungsring. Martin hat ihn eigens angefertigt. Wir haben uns mehrfach getroffen, um die Details zu besprechen. Es hat ein wenig gedauert, bis ich die richtigen Worte gefunden habe.« Ernesto zeigte auf die Innenseite des Rings, wo ganz klein etwas eingraviert war: *Weil du es bist …*

»Ich wollte mit meinen Worten zum Ausdruck bringen, wie egal mir sein Bauch ist, dessentwegen er sich immerzu Sorgen macht. Ich will ihm zeigen, wie besonders er für mich ist. Meine Güte, ich will ihn bitten, mich zu heiraten, und er denkt, ich würde ihn betrügen! Das ist doch lächerlich!« Sichtlich getroffen, wischte Ernesto sich fahrig über die Stirn, um endlich den Schweißfilm zu entfernen. »Sieht Clement denn noch immer nicht, wie attraktiv er ist? Ich würde alles, einfach alles für diesen Mann tun. Er ist das Beste, was mir im Leben passiert ist.« Ernestos Stimme kippte, als er sich erneut über die Stirn fuhr.

Kim konnte kaum glauben, was sie da hörte. Welch schlimmes Missverständnis zwischen den beiden Liebenden! Und nicht minder verstörend: Wie blind sie selbst wegen ihres Kummers gewesen war.

Sie klappte vorsichtig die Schatulle mit dem Ring zu und reichte sie Ernst zurück.

»Ich glaube, es ist dringend an der Zeit, dass der Ring zu seinem Besitzer kommt, oder?« Sie sprach leise und legte dabei eine Hand auf Ernestos Rücken. »Dann wird Clement auch gleich wissen, dass er dich einfach missverstanden hat. Und ich dich auch, übrigens. Es tut mir leid, mit meinem gefärbten

Blick war ich sofort voll auf Clements Schiene, ohne etwas zu hinterfragen.«

Ernst nickte. »Deshalb hast du mich in der letzten Zeit so böse angeschaut, mir ist das schon aufgefallen. Aber ich dachte, es wäre wegen deines Kummers.«

»Nein.« Kim fühlte sich sehr geknickt.

Ernesto nickte und lächelte Kim auf seine offene Art an. Er war kein nachtragender Mensch, das sah man.

»Kann ich dir irgendwie in Sachen Ring weiterhelfen?« Kim wollte ihr Fehlverhalten wiedergutmachen. »Clement wäre so glücklich!«

Denn eines war ihr auf dem Klettersteig-Ausflug auch klar geworden: Clement liebte seinen Ernst mit ganzem, reinem Herzen, sogar dann, wenn Ernst ihn betrügen würde, auch wenn das gar nicht der Fall war.

»Deswegen wollte ich ja eigentlich mit dir sprechen, als ich vorhin herauskam. Ich hatte genau das vor!« Ernesto nahm die kleine Schmuckschachtel und steckte sie achtlos zurück in seine Brusttasche. »Ich wollte dich bitten, mir bei meinem Antrag zu helfen. Als Lockvogel sozusagen.«

Der große Mann wirkte plötzlich ganz aufgeregt, so eifrig war er bei der Sache. Er hatte schon einen Plan, keine Frage.

»Als Lockvogel?«

»Ja. Ich dachte, du könntest ihn vielleicht unter einem Vorwand auf das Schiff nach Malcesine locken. Wir haben uns nämlich auf dem Dampfer kennengelernt. Ich würde dort mit einem großen Strauß Rosen auf ihn warten und vor ihm kniend um seine Hand anhalten, mitten auf dem Vorderdeck, vor allen Passagieren, damit er weiß, wie sehr ich zu ihm und unserer Verbindung stehe.« Als Ernst sich die Szene des Heiratsantrags ausmalte, begannen seine Augen, die gerade vor Traurigkeit trüb geworden waren, vor Glück zu strahlen. »Er wird nicht damit rechnen. Ich habe ihm vor Jahren bei unserem Kennenlernen erzählt, dass ich nicht heiraten möchte. Das hat auch gestimmt, aber da habe ich meinen Clement noch nicht gekannt. Also was ist – hilfst du mir?«

»Das ist ja wohl eine Selbstverständlichkeit!« Kim freute sich sehr mit Ernesto – und dem noch ahnungslosen Clement, auf den die Überraschung seines Lebens wartete. Aber eins hatte sie noch zu tun, sehr dringend sogar! Ihr gemeines Verhalten Ernesto gegenüber nagte noch an Kim.

»Ernst? Es tut mir sehr, sehr leid. Ich möchte dich wirklich um Entschuldigung bitten.«

»Was?« Ernesto schaute sie verständnislos an.

»Ich war die letzten Tage nicht sehr nett zu dir. Ich hab seit der Sache mit Dirk und dann mit Luca wohl eine kleine Schraube locker, was Vertrauen in Männer angeht. Es hat so sehr in mein Bild gepasst, dass auch du ein Betrüger bist, dass ich mich förmlich darauf gestürzt habe, auch auf dich sauer zu sein«, gab Kim zu. Sie fühlte sich ganz zerknirscht.

»Ach was.« Wie es Ernsts freundliche Art war, winkte er einfach ab. »Ich denke, du solltest dir darüber echt keine Gedanken machen – außer über dich selbst. Vielleicht solltest du trotz deiner Erfahrung nicht alle Kerle über einen Kamm scheren, hm?«

»Ja, vielleicht. Leid tut es mir trotzdem.« Plötzlich hatte Kim eine zündende Idee. »Weißt du was? Wie wäre es, wenn ich dir und Clement das Bild zur Verlobung schenke? Du wolltest es doch eh gern haben. Also, was meinst du?«

»Ehrlich, das würdest du machen?«

»Na klar. Ich kann ja für mich ein neues Bild zeichnen.« Kim lächelte angesichts von Ernestos Begeisterung.

»Das wäre, also, das wäre einfach fantastisch!« Ernesto griff nach Kims Block; sie überließ ihn ihm jetzt bereitwillig. Er schlug ihn auf auf der Suche nach seinem und Clements Bild und blieb an dem Porträt von Luca hängen. »O Gott. Das hier ist einfach Wahnsinn. Diese Details, es ist fast fotografisch.«

»Aber nur fast. Ich hab es nicht ganz hingekriegt, finde ich.«

»Hm.« Ernst schaute konzentriert auf das Papier vor sich. »Mir kommt die Zeichnung schon sehr gut gelungen vor. Ich glaube, man erkennt den Kritikpunkt nur als Künstler oder wenn man einen besonderen Blick auf das Motiv hat.«

»Besonderen Blick. Ach was.«

Ernesto ignorierte Kims offensichtliche Ironie. »Natürlich. Ich glaube, niemand könnte Clement so zeichnen, wie ich ihn sehe, das meine ich. Möglicherweise geht es dir mit Luca auch so.«

Kim schnaubte. »Na, du kennst Clement schon ewig. Ich habe bei Luca nur an der Oberfläche gekratzt und bin offensichtlich nicht zum Kern vorgedrungen. Schließlich war ich für ihn nicht mehr als eine von vielen Urlaubsbekanntschaften.«

»Ach, Kim.« Ernesto legte den Arm um Kim. »Bist du sicher?«

Die Wärme in seiner Stimme, die mitfühlende Art, die Freundlichkeit trieben ihr unweigerlich die Tränen in die Augen. Sie drängte sie zurück.

»Ja.« Sie wollte, ihre Stimme hätte mehr Festigkeit gehabt, aber jetzt, nach ihrem Gespräch mit Ernesto, war sie sich plötzlich der Sache mit Luca, ihrer Abneigung, ohne ihn zur Rede gestellt zu haben, nicht mehr so sicher. Außerdem: Welche Zukunft konnten sie schon haben? Er lebte in Italien und sie in Deutschland. Vielleicht, nein, ganz sicher war es besser, die Sache auf sich beruhen zu lassen.

»Dein Ja ist kein richtiges Ja, und ich glaube, wir haben es beide gehört«, sprach Ernesto jetzt auch noch ihren Gedanken aus.

»Ich weiß. Aber manchmal ist ein Ende mit Schrecken der bessere Weg. Überhaupt sollten wir jetzt lieber mal die Details deiner Verlobung planen statt über meine Urlaubsflirts zu diskutieren, nicht wahr?« Kim wollte nicht weiter an Luca denken. Es tat deutlich weniger weh, den Gedanken an ihn schon im Keim zu ersticken.

»Themawechsel? Na gut. Soll mir recht sein.« Klar, Ernesto hatte gemerkt, dass Kim sich entwinden wollte.

Er war feinfühlig genug, um sofort darauf einzugehen. Nahtlos begann er von der Rede zu erzählen, die er bereits vorbereitet hatte und deren genauen Wortlaut er seit Wochen auswendig konnte.

Kim nahm sich insgeheim vor, ihre Zeichnung von Luca zu entsorgen. Ihr blieben nur noch ein paar Tage hier am See, und die würde sie ganz und gar ihren neuen Freunden widmen, statt ihre Gedanken mit der Erinnerung an aufkeimende romantische Gefühle zu beschweren, die enttäuscht worden waren.

Als Ernesto anfing, von den perfekten langstieligen Rosen zu sprechen, die er bestellt hatte, gehörte ihm Kims volle Aufmerksamkeit. Sein Enthusiasmus hinsichtlich der Vorbereitung und seine Vorfreude steckten förmlich an. Mit schwungvollen Gesten und lauter Stimme verlieh er seiner Begeisterung Ausdruck. Es war so schön, an Ernestos Glück teilhaben zu dürfen. Kims Freude für die beiden neuen Freunde hätte nicht größer sein können.

Ernesto sprach lang und ausführlich, erläuterte seine Pläne bis ins kleinste Detail.

»Da kann ja nichts mehr schiefgehen, oder?«, meinte Kim. »Unglaublich, wie viele Gedanken du dir gemacht hast. Clement wird überglücklich sein.«

»Meinst du wirklich?«

»Wie kannst du da noch unsicher sein?« Sie lachte. »Ernesto, jeder Kerl würde sich glücklich schätzen, dich an seiner Seite zu haben – also jeder schwule Mann, versteht sich.«

Jetzt lachte auch Ernesto. »Danke. Das hast du sehr lieb gesagt.«

Kim nickte. »Und ich meine jedes Wort!«

Als sie einander umarmten, war Kim sich endgültig sicher, dass sie in Ernesto und Clement zwei Freunde fürs Leben gewonnen hatte.

* * *

»Na, du warst heute wieder nicht beim Yoga, habe ich gesehen!« Antonellas direkter Satz traf Kim völlig unvorbereitet.

Sie war gerade hinaus in den Hof gegangen, auf dem Weg in Richtung Limonaia al Castel, dem Zitronenmuseum von Limone, dem sie heute einen Besuch abstatten wollte. Laut ihrem Reiseführer fanden die Touristen, die Limone in Massen besuchten, oft nicht über die Altstadt hinaus, sodass es ein ungetrübter Genuss war, die auf Terrassen gepflanzten Zitronenbäume zu besichtigen und vom Hang aus den Blick auf den See zu genießen. Auch heute war das Wetter wieder großartig und lud zu diesem Ausflug ein, bei dem Kim die Seele ein wenig baumeln lassen wollte. Vielleicht würde sich auch ein weiteres schönes Motiv finden, das sich malen ließ.

Kim hatte nicht damit gerechnet, dass Antonella auf einer Bank vor dem Haus saß, in der Hand ihre obligatorische Tasse Cappuccino – und noch weniger damit, dass sie sogar wusste, wer wann die im Hotel angebotenen Yogastunden besuchte. Wobei Kim eigentlich damit hätte rechnen können, nicht wahr? Schließlich schien die Italienerin überall im Haus gleichzeitig zu sein und immer alles zu wissen, was bei ihr im Hotel vor sich ging.

Ihr fröhliches Winken, als sie Kim erblickte, hatte die natürlich erwidert, was Antonella sofort zu ihrer Frage bewegt hatte.

»Nein. Ich war – müde.«

»Müde. Soso. Es hat nicht zufällig etwas mit dem Lehrer zu tun?« Antonella nippte an ihrer Tasse.

Kim wurde rot. »Ich möchte nicht drüber reden.«

Sie wollte Antonella nicht zurückweisen. Sie wollte aber auch nichts erzählen. Es ging ihr schon wieder ganz gut. Es lohnte nicht, alles wieder aufzuwühlen, das sich mittlerweile gesetzt hatte.

»Hm. Das ist natürlich dein gutes Recht!« Antonella war aufgestanden und näher gekommen.

Aus ihrem Lächeln sprach bereits die ruhige Güte, die ältere Menschen häufig ausstrahlen, obwohl sie mit ihren Anfang sechzig aus Kims Sicht und bei Antonellas sichtlich guter Gesundheit und Vitalität noch längst nicht zum alten Eisen zählte.

Kim erwiderte den freundlichen Blick und schulterte den kleinen Rucksack, den sie gepackt hatte. Malsachen, Cola light, ein Müsliriegel.

»Was hast du vor? Gehst du wandern?«

»Nein. Ich war gestern erst mit Clement auf einem Klettersteig. Um ehrlich zu sein, tun mir die Arme noch ganz schön weh.« Kim war überrascht, wie sehr die Aktion sie körperlich gefordert hatte. »Ich möchte ins Zitronenmuseum, einfach nur die Stimmung dort ein wenig genießen.«

»Buono! Es ist wunderbar dort, besonders am Vormittag ist es ein Genuss, das Licht allein, du wirst sehen.«

»Ja, danke. Ich bin quasi schon weg.« Kim winkte zum Abschied.

Der Weg durch die Altstadt zum Museum war gut ausgeschildert. Für die frühe Tageszeit waren schon auffallend viele Leute auf der Straße. Vielleicht auch gerade deswegen – die zunehmende Hitze würde sie später vermutlich vertreiben.

Kim ging zügig, wollte ankommen und den Tag genießen. Und genau das tat sie kurz darauf auch. Das Freilichtmuseum war herrlich angelegt. Auf mehreren Terrassen thronten die Bäume über dem See. Zwei Euro für den Eintritt waren ein Klacks, und die Aussicht von hier oben über das tiefblaue Wasser unschlagbar. Bienen summten, überall waren bunt bepflanzte Blumenkübel aufgestellt worden, was das Ambiente noch verschönerte. Es duftete nach den Blüten verschiedenster Pflanzen. Die Steine der Balustrade, auf der Kim ihre Arme abstützte, waren schon warm von der Sonne, und sie schaute einer Eidechse zu, die ein paar Meter weiter rechts regungslos in der Sonne verharrte. Die Haut des Reptils schillerte grün. Kim liebte die possierlichen Tierchen, denen man hier häufig begegnete und die für gewöhnlich sehr schnell die Flucht ergriffen, wenn man ihnen zu nah kam.

Antonella hatte wirklich recht gehabt, das Licht war noch leicht rötlich und damit farblich ein wenig wärmer, als es zur Mittagszeit sein würde, wenn die Sonne mit ganzer Kraft herunterbrannte und alles in gleißendes Licht hüllte. Ein Vogel kreuzte Kims Blickfeld und war blitzschnell wieder verschwunden. Ein blauer Leuchtkäfer krabbelte über Kims Hand, und sie spürte das feine Kitzeln auf der Haut, bevor der Käfer von ihrer Hand herunterlief und seinen Weg in Richtung Eidechse fortsetzte. Hoffentlich überlebte er die Begegnung, dachte Kim bei sich. Am Ende konnte sie nicht zusehen. Sie hob ruckartig ihren Arm und die Eidechse reagierte wie erwartet und verschwand in einer Mauerritze. Der Schillerkäfer war gerettet.

Kim schaute noch mal auf den See, auf dem bereits unzählige Boote unterwegs waren. Der Wind hatte längst aufgefrischt und sogar ein paar Kitesurfer kreuzten bereits auf dem Wasser.

Weiter vorne war eine Bank; Kim setzte sich und holte ihre Malsachen aus dem Rucksack. Das Bedürfnis zu malen war wie so oft in den letzten Tagen fast übermächtig. Waren es früher ausschließlich Gesichter gewesen, die sie malte, hatte sie hier eine neue Liebe zu Landschaft in Kombination mit Menschen entdeckt, als sie Clement und Ernesto gezeichnet hatte. Ein Stück entfernt stand ein alter Mann auf einen Stock gestützt und betrachtete einen Zitronenbaum. Kim schaute ihn genau an, während er einer der Blüten seine volle Aufmerksamkeit schenkte. Was sah er wohl? War da eine Biene? Er beugte sich leicht nach vorne, sein Gesicht war von Falten durchzogen wie Linien auf einer Landkarte.

Kims Bleistift fand ganz automatisch das Papier und begann zu zeichnen. Sie würde nur eine Skizze anfertigen und später in die Tiefe gehen. Ihr Stift flog über das Papier.

Plötzlich, als sie wieder aufschaute, hatte sich jemand zwischen sie und ihr Motiv geschoben. Instinktiv reagierte Kim mit Ungeduld, wollte an der Person vorbeischauen, verrenkte sich fast. Dann erkannte sie erst, wer da auf sie zuging.

»Hallo, Kim!«

»Elli! Was machst du denn hier?« Kim konnte ihre Überraschung nicht verbergen.

»Ich suche dich.« Elli wirkte unsicher. Kim fiel sofort auf, dass Elli das vertraute Du gewählt hatte. Ihre Augen waren stark gerötet, ihre Haare standen wirr nach allen Seiten ab. Kim sah sofort, dass etwas passiert war, und sie konnte eins und eins zusammenzählen. Instinktiv legte sie Stift und Block beiseite, stand auf, ging zwei, drei Schritte auf die Frau zu und nahm sie in die Arme. Erst spürte sie, wie Elli sich kurz versteifte, dann ließ sie locker und begann, lautlos in Kims Armen zu schluchzen.

»O Gott, Elli, es tut mir so wahnsinnig leid.« Die beiden Frauen standen lange so da, Elli in Kims Armen weinend. Irgendwann kam Elli endlich ein wenig zur Ruhe. Sie löste sich aus der Umarmung und schaute Kim aus verheulten Augen an.

»Mir tut es leid, dass ich dich so behandelt habe. Sicher war es nicht leicht, damit auf mich zuzukommen.« Dass Elli sogar jetzt, in ihrer tiefen seelischen Not, dazu in der Lage war, sich in

187

die Situation der Geliebten ihres Mannes zu versetzen, berührte Kim. Das sprach für ein unfassbares Maß an Empathie.

»Oh, das muss dir nicht leidtun. Wirklich nicht. Mir tut es leid. Ich habe mich sehr dumm verhalten – und das jahrelang. Sollen wir uns hinsetzen?«

Elli nickte. »Gern. Weißt du, ich hab das Gefühl, ich hätte es mindestens ahnen können, dass es mehr mein Geld war, das Dirk an mir fasziniert hat, als alles andere.« Die Enttäuschung war noch so frisch, dass sie in jedem von Ellis Worten mitschwang.

Kim schüttelte den Kopf. »Ich glaube nicht, dass es so einfach ist. Besonders nicht, wenn man verliebt ist.«

Der alte Mann, der eben noch den Baum betrachtet hatte, ging langsam weiter, schwer auf seinen Stock gestützt. Wie hielt er es nur aus in seinem schwarzen Langarmhemd und mit dem schwarzen Hut, der immerhin seinen Augen Schatten spendete?

»Du sagst es. Verliebtsein ist manchmal kein Zuckerschlecken«, stimmte Elli Kim zu. Sie wechselten einen Blick und lachten miteinander, zum ersten Mal. Wie gut sich das anfühlte.

Elli strich über ihren Bauch. »Sie hat mich getreten«, sagte sie zur Erklärung. »Die letzten Tage war die Kleine sehr unruhig. Kein Wunder. Die merkt bestimmt, dass ich mich fürchterlich aufgeregt habe.«

Kim fühlte sich schrecklich. »Es tut mir wirklich sehr leid, ich hoffe, es geht der kleinen Maus so weit gut und …«

»Natürlich geht es ihr gut!«, unterbrach Elli Kim vehement. »Ich glaube, sie kommt nach ihrer Mutter und wird ein wilder Feger. Außerdem müssen wir jetzt aufhören, uns zu entschuldigen, okay? Das haben wir beide genug getan.«

»In Ordnung.« Die beiden Frauen saßen einträchtig nebeneinander. Eine braun gesprenkelte Eidechse lief vor ihnen über den Weg.

»Wie hast du mich gefunden? War das Zufall?«

»Nein. Ich hab Antonella nach dir gefragt, und sie meinte, du seist hier. Sie ist einfach wunderbar, oder?«

Kim nickte. »Das stimmt. Und sie scheint immer alles über die Vorgänge in ihrem Hotel und die Gäste zu wissen, das ist fast schon gespenstisch.«

Elli lachte. »O ja, du sagst es! Ihre Menschenkenntnis ist auch enorm. Du hättest mal sehen sollen, wie sie mit Dirk umgegangen ist, als wir ankamen. Sie ist mir gegenüber so ein warmherziger Mensch, aber bei ihm – nope. Da wirkte sie geradezu überheblich.«

»Echt?«

»Ganz eindeutig, ich schwöre es dir!«

Kim dachte einen Moment nach. Dann fiel es ihr wieder ein. »Ich hab's!«

»Was hast du?«

»Na, warum Antonella zu Dirk so unfreundlich war. Sie wusste, dass er ursprünglich mit mir herkommen sollte. Ich habe seinen Namen bei meinem Telefonat mit ihr erwähnt, weil er ja auch mit in der Buchung stand. Und Dirk Brosewetter heißt nun mal nicht jeder. Das ist schon ein eher auffälliger Name.«

»Wohl wahr.« Elli zog die Mundwinkel für einen Moment nach unten, so kurz, dass ein unaufmerksamer Beobachter es sicher übersehen hätte. Dann machte sie plötzlich große Augen. »Und du meinst, Antonella hat …?« Sie ließ die Frage unvollendet in der Luft stehen.

»Ganz recht, ich meine, dass sie Schicksal für uns gespielt hat. Deshalb hat sie mich auch nicht vorgewarnt. Hätte ich gewusst, dass ihr kommt – ich wäre sofort abgereist«, sagte Kim mit Nachdruck.

Elli nickte. »Ja, aber das musst du jetzt nicht mehr.«

»Na ja. Schön ist es nicht, im selben Haus wie er zu wohnen, aber …« Kim zuckte mit den Schultern. Um nichts in der

Welt würde sie Ernesto bei seinem Heiratsantrag im Stich lassen. Schon gar nicht wegen Dirk, diesem Dummbeutel.

»Tust du ja jetzt nicht mehr.«

»Wie bitte?«

»Ich habe gemacht, was du mir gesagt hast, und Dirk zur Rede gestellt. Er hat erst geleugnet, natürlich, weil er armselig ist, aber nach einer Weile hat er es zugegeben. Meine Güte, was für ein Schlappschwanz!« Elli schnaubte. Ihr standen wieder Tränen in den Augen.

»Es tut mir …« Kim vollendete ihren Satz nicht, schließlich hatten die beiden Frauen vereinbart, sich nicht mehr zu entschuldigen. Stattdessen sagte sie etwas anderes: »Gut, dass er weg ist.«

»O ja, das ist es wirklich.« Entschlossen wischte Elli sich die Tränen von den Wangen und holte tief Luft.

Kim kramte in ihrem Rucksack und brachte ihre Wasserflasche zutage, die sie Elli wortlos reichte.

»Danke.« Elli schraubte sie auf und nahm einen riesigen Schluck.

»Bleibst du denn noch hier?«, fragte Kim. »Oder fährst du heim?«

»Oh, ich bleibe noch. Ich habe ihm ein paar Tage Zeit gegeben, um seine Sachen zu packen und dann Leine zu ziehen. Natürlich nur seine persönlichen Sachen – die Möbel gehören ohnehin mir.« Elli schlug sich die Hand vor den Mund. »Das hat jetzt fürchterlich arrogant geklungen, oder?«

»O nein, unter den gegebenen Umständen darfst du dir durchaus ein wenig Arroganz erlauben, finde ich.«

»Danke. Dann mach ich das einfach. Also: Er zieht aus. Und wenn ich zurückkomme, ist das Haus clean.«

»Klingt gut«, fand Kim.

»Das finde ich auch«, stimmte Elli ihr zu.

»Sag mal, wollen wir vielleicht irgendwo einen Cappuccino trinken gehen? Das würde ich total schön finden.«

Elli nickte. »Das machen wir. Mit Sicherheit haben wir uns viel zu erzählen – und mindestens genauso viel zu lästern über eine gewisse Person.«

Kim lachte. »Frauenpower!«

»Ganz genau.« Auch Elli grinste jetzt breit.

Beide standen auf, Kim packte die Wasserflasche und ihre Malsachen zurück in den Rucksack. »Na, dann mal los.«

Sie gingen nebeneinanderher. Kim fand, dass Elli mit ihrem Babybauch beinahe majestätisch wirkte. Manchmal sah man das, diese Frauen, die dafür gemacht zu sein schienen, schwanger zu sein, denen der Bauch irgendwie den letzten Schliff verlieh, eine gewisse Eleganz und einen mütterlichen Stolz, der schon jetzt die Liebe für das Kind kundtat, obwohl es noch gar nicht auf der Welt war. Elli war genau so eine Schwangere. Kim nahm sich vor, Elli zu malen. Vielleicht würde sie Kim ja sogar eine halbe Stunde im Bikini Modell stehen, wenn sie sie darum bat. Bestimmt war es leichter, Elli zu malen als Luca. Aber warum fiel ihr der ausgerechnet jetzt ein?

Kim schüttelte den Kopf.

»Was ist?« Das Kopfschütteln war Ellis Aufmerksamkeit nicht entgangen.

»Ach, nichts. Oder doch.« Sie gingen noch ein Stück weiter, an den Zitronenbäumen vorbei. Die kräftigen grünen Blätter sahen satt, fast fett aus. Was hatte Kim schon zu verlieren, wenn sie ehrlich war?

»Stell dir vor, ich habe hier jemanden kennengelernt.«

»Ehrlich, so kurz nach Dirk?«

»Ja. So kurz. Keine Ahnung, ich glaube, ich wollte mich einfach nur ablenken, eine gute Zeit haben, aber dann – na, dann mochte ich den Typ am Ende doch.« Es laut zu sagen, war eine unerwartete Erleichterung und tat überraschend gut. Als würde Kim ein Gewicht von den Schultern genommen. »Er ist allerdings ein Dirk.«

»Ein Dirk?«, hakte Elli nach.

»Er hat mehrere Frauen am Start.« Was Kim so salopp erklärte, tat in Wahrheit wirklich weh.

»Also wurde aus dem Urlaubsflirt nicht wirklich was«, kombinierte Elli und brachte damit alles, was zu sagen war, auf den Punkt.

»Genau. Doch immerhin habe ich daraus gelernt.«

Elli runzelte die Stirn. »Was denn?«

»Wie es sich anfühlt, die Betrogene zu sein – auch wenn ich natürlich nur eine winzige Nuance dessen verspüre, was du empfinden musst. Aber selbst das hat gereicht, um dir reinen Wein einzuschenken. Das Gefühl wünsche ich keiner Frau.« Sie schlenderten weiter in Richtung Museumsausgang.

»Stimmt, ich auch nicht«, stimmte Elli ihr zu. »Und ich habe auch wirklich Angst wegen des Babys.«

»Natürlich!« Kim verstand das nur zu gut. Sie wusste, wie schwer es ihrem Vater gefallen war, die alleinige Verantwortung für die Tochter zu tragen – das hatte er ihr allerdings erst gestanden, als sie erwachsen war.

Elli atmete tief ein, wie sie es vorhin schon einmal getan hatte. Dann lächelte sie Kim an, was sie sichtlich Kraft kostete. »So, jetzt sag mal, wo gibt es denn hier den besten Kaffee?«

Als Kim ihr die kleine Bar beschrieb, in der sie schon mit Ernesto und Clement gewesen war, hörte Elli ihr so aufmerksam zu, als würde sie über etwas sehr Wichtiges sprechen. Kim mochte die Art, wie Elli mit Menschen umging. Als sie beide durch die Gassen der Altstadt in Richtung See spazierten, hätte man als außenstehender Beobachter niemals gedacht, dass Elli jahrelang Kims Kontrahentin gewesen war, nein, man hätte sie glatt für Freundinnen halten können.

13. Piccolo

»Warum musst du denn genau jetzt rüber nach Malcesine, Kim?« Clement stand der Schweiß auf der Stirn, als Kim ihn in Richtung Fähranleger zog. Er wirkte nicht so, als ob er viel Spaß an der Sache hätte, und hätte Kim nicht gewusst, worum es ging, wäre es ihr wohl nicht anders als ihm ergangen. Sie waren zwar rechtzeitig vom Hotel weggegangen, doch zu früh durften sie ja auch nicht am Fähranleger sein, sonst würden sie Ernesto begegnen. Kim lächelte in sich hinein und freute sich wie verrückt.

»Ich will mich einfach ablenken, weißt du. Heute Morgen ging es mir gar nicht gut.«

»Während deines zweiten Brötchens oder während der Croissants? Entschuldige, Kim, ich will nicht gemein sein, aber ich hab noch immer so einen Muskelkater in den Armen, dass es mir schwerfällt, mich zu bewegen«, erklärte Clement seinen frechen Spruch. Er ging so langsam, dass Kim Angst hatte, sie würden das Boot verpassen.

»Versteh ich. Wir machen echt auch nur ganz piano einen Ausflug auf diesen Turm, okay? Der Ausblick von dort oben soll grandios sein und sicher weht auf dem See ein erfrischendes Lüftchen. Es ist nur so, dass mich mein Gespräch mit Elli gestern irgendwie ganz schön mitgenommen hat.« Kim hatte fast ein schlechtes Gewissen wegen ihrer Schwindelei, aber sie war nun mal notwendig. Sie wusste, wenn sie an Clements mit-fühlende Seite appellierte, konnte er ihr nicht widerstehen. Er konnte gar nicht anders, als für sie da zu sein. Nervös schaute Kim auf die Uhr. »Wir verpassen noch unser Schiff!«

»Na, dann kauf ich dir eine Kugel Stracciatellaeis und wir neh-men das nächste«, reagierte Clement mit einem Schulterzucken und Kim wurde noch hibbeliger. Sie durften einfach nicht zu spät kommen – aber wie hätte sie ihm das begreiflich machen können? Sie hatte sich bei Clement untergehakt und versuchte, zumindest ein bisschen an Tempo zuzulegen.

»Schade, dass Ernesto nicht mitkonnte«, sagte Kim, um ihn abzulenken. Sie gingen die Straße hinunter, die Fähre hatte schon angelegt. Kim hoffte, dass Ernst bereits in Position war und seine Vorbereitungen machte. An ihr war es, Clement bis zum Ablegen des Fährschiffs beschäftigt zu halten.

»Ja, der hat seine Migräne. Ab und zu – zum Glück nicht so oft – ist er wirklich geplagt, der Ärmste. Ich habe ihm das Zimmer verdunkelt und eine große Karaffe Eiswasser hat er auch. Jetzt kann man eh nicht mehr tun als ihn in Ruhe zu las-sen. Insofern ist es vielleicht ganz gut, dass wir unseren Ausflug machen.«

»Eben.« Kim hakte Clement fester unter. Was für eine Erleichterung, dass sie die Fähre nicht verpasst hatten. Gemeinsam gingen sie zum Ticketschalter, um die »Biglietti« zu kaufen. Als sie die Fahrkarten erstanden hatten – Kim lud Clement selbstverständlich ein –, betraten sie das Schiff.

»Gehen wir aufs Deck? Ich kann dir genau die Stelle zeigen, wo ich Ernesto kennengelernt habe.«

»Äh, ich, also – ich muss noch auf die Toilette. Wartest du bitte hier? Sonst finden wir uns nicht mehr.« Tatsächlich han-delte es sich bei dem Schiff um eine der großen Autofähren, die zwischen Limone und Malcesine verkehrten. Kims Argument war also zumindest nicht ganz weit hergeholt. Gerade fuhren auch die letzten Fahrzeuge auf den Dampfer, der bis auf den letzten Platz beladen wurde. Um diese Zeit im Jahr waren Plätze auf den Fähren wohl heiß begehrt. Kim kam das Ambiente jetzt nicht besonders romantisch vor, sie war ein wenig enttäuscht von der nüchternen Atmosphäre auf dem Schiff.

»Alles klar. Natürlich warte ich, kein Thema.« Clement begleitete sie bis zu den Sanitärräumen.

»Kann einen Moment dauern, ich … äh – ja, du kannst es dir vorstellen.« Das Rotwerden musste sie nicht simulieren, als erwachsene Person mit jemandem über Körperausscheidungen zu sprechen, war einfach seltsam.

»Schon gut, schon gut. Ich schau mir die Leute an, das ist immer spannend.« Clement zwinkerte ihr zu, dann ging er ein Stückchen den Gang hinunter und lehnte sich an die Wand, die Arme verschränkt. In seinem pinken Hemd verfehlte er seine Signalwirkung nicht. Kim hätte ihn in seinem Outfit überall wiedergefunden, zweifelsfrei. Mit einem dicken Grinsen im Gesicht verschwand sie auf der Toilette und wartete. Was war das Höchste der Gefühle? Wie viel Zeit konnte sie hier verplempern, ohne dass Clement sich Sorgen machte oder misstrauisch wurde? Kim schaute auf die Uhr. Sieben Minuten, dachte sie bei sich. Acht, höchstens.

Gelangweilt wusch sie sich die Hände, einfach, um etwas zu tun zu haben. Sie hörte, wie die Bootsmotoren lauter wurden. Endlich legten sie ab! Sie holte ihr Handy aus dem Rucksack. Ernesto hatte ihr nicht geschrieben, was bedeutete, dass alles nach Plan verlief. Ernst war, nachdem er von Clement ins Bett gebracht worden war, sofort wieder aufgestanden und, während sein Freund zu Kim ins Zimmer gegangen war, hinausgehuscht und zum Fähranleger gehastet. So hatten Kim und Ernesto es vereinbart. Auf dem Fährschiff gab es vier kleine Außendecks, die so gebaut waren wie Balkone. Davor waren unzählige Rettungsringe an der Schiffswand befestigt, sodass es mit etwas Fantasie aussah, als würde das Boot ein Stirnband tragen. Sie würden sich auf dem in Fahrtrichtung rechten Balkon vorne treffen, so war es ausgemacht. Kim lächelte und schaute auf die Uhr. Vier Minuten waren vergangen. Sie war nicht gut im Warten, stellte sie fest.

Als die sieben Minuten um waren und sie aus der Damentoilette trat, stand Clement noch genauso an der Wand, wie sie ihn zuletzt gesehen hatte. Als er Kim entdeckte, stieß er sich von der Wand ab und kam auf sie zu.

»So! Wollen wir? Mit etwas Glück haben wir draußen eine fantastische Aussicht auf Limone und die Berge.«

»Klingt ganz wunderbar! Und vielleicht zeigst du mir den Platz, an dem du deinen Ernesto kennengelernt hast? Ihr zwei seid schließlich das einzige Beispiel in meinem Leben, dass Liebe funktionieren kann.«

Der Boden, auf dem Kim und Clement liefen, vibrierte von der Kraft der Motoren. Kim nahm jedes Detail überdeutlich wahr, als sie die Treppe zu dem balkonartigen Deck hinaufgingen. Da lag ein einzelnes kräftig rotes Rosenblatt, aber das fiel Clement nicht auf.

»Habe ich dir erzählt, wie es war damals, als wir uns kennenlernten? Das ist eine ganz lustige Geschichte, weißt du. Es war nämlich so, dass …« Clement war oben auf dem Treppenabsatz angekommen. Da stand ein Mann vom Personal mit strenger Miene und verdeckte mit seiner breiten Statur den Weg.

»Dürfen wir raus?«, fragte Clement ihn auf Deutsch, offenbar eingeschüchtert von der massiven Erscheinung des Mannes mit der Igelfrisur. Der tat so, als würde er kein Wort verstehen – womöglich sprach er ja wirklich kein Wort Deutsch.

»Äh.« Clement warf Kim, die jetzt neben ihm stand, einen verunsicherten Blick zu. Dann packte er einen wackeligen Brocken Italienisch aus. »Permesso?«

Kim ahnte, dass das so viel bedeutete wie »Darf ich mal durch, bitte?«, aber ihr Italienisch war noch minimalistischer, als das von Clement zu sein schien.

»Your name?« Offenbar hörte auch der Uniformierte, dass sich Clements Italienisch schon erschöpfte, und versuchte es stattdessen mit stark akzentuiertem Englisch.

»My name?« Clement wusste ganz offensichtlich nicht, was von der Sache zu halten war. Er wandte sich Kim zu. »Also wenn die da draußen eine geschlossene Gesellschaft haben, sollten wir vielleicht einen anderen Balkon wählen, was meinst du?«

Kim antwortete ihm nicht, sondern wandte sich stattdessen mit ihrem freundlichsten Lächeln an den Matrosen. »Kim und Clement.«

Endlich hellte sich das Gesicht des Mannes auf. »Ah! Va bene!« Er strahlte Kim und Clement an und trat mit einer einladenden Geste zur Seite. Kim fragte sich, wie Ernst den Mann dazu bekommen hatte, sich hier in Position zu werfen.

»Danke«, flüsterte sie ihm im Vorbeigehen zu, dem staunenden Clement den Vortritt lassend. Und das war das Letzte, was sie sagte, bevor sie ganz Beobachterin wurde.

Als Clement an die frische Luft hinaustrat, blieb er wie vom Donner gerührt stehen. Da war Ernesto, der gerade die letzten drei Knöpfe seines strahlend weißen Hemds schloss. Er sah so fremd, so groß, so sicher und so unsicher zugleich aus, dass es sich jeder Beschreibung entzog. Die Tatsache, dass er noch nicht ganz mit den Vorbereitungen fertig war, an sich selbst noch den letzten Schliff vornahm, machte ihn verletzlich und authentisch zugleich. Als er Clement erblickte, fuhr Ernesto sich ein wenig verlegen durch die Haare. Dann lächelte er seinem Partner entgegen, der irritiert ein paar Schritte in seine Richtung tat, um dann wieder stehen zu bleiben. Aus einer winzigen Box drang »Lucky I'm in love«, ein Liebeslied, das Kim seit Jahren mochte, in einer Klavierversion. Ernesto hatte keine Rosenblätter gestreut, die wären ohnehin weggeweht worden. Stattdessen waren alle Stühle auf dem Deck besetzt und jeder der Passagiere hielt eine Rose in der Hand. Und auf dem Boden vor Ernesto lag ein üppiger Strauß dieser herrlichen Blumen. Es sah ein wenig zufällig aus, war aber mit Sicherheit ganz bewusst so gelegt, dass die Blüten in Clements Richtung zeigten, der jetzt weiter auf seinen Partner zuging, während Ernesto nervös von einem Bein aufs andere trat.

Die sonst so präsente, weltmännisch wirkende Selbstsicherheit des großen, attraktiven Mannes hatte sich in Luft aufgelöst. Beide wirkten nun schüchtern wie zwei Jungs. Als Clement vor Ernesto stand, klopfte der aufgeregt gegen die Brusttasche seines Hemds, räusperte sich, schaute sich um. Hinter ihm auf einem der Stühle lag ein schwarzes Jackett. Hektisch riss Ernesto das Kleidungsstück an sich, schlüpfte hinein. Am Revers war eine Rosenblüte befestigt, die farblich perfekt zu den anderen Blumen passte. Dann griff er in die Innentasche des Sakkos. Kim rechnete mit dem Ring. Aber stattdesssen brachte Ernesto einen Zettel zutage, den er mit zitternden Fingern auffaltete.

Die beiden Männer hatten, seit sie sich gesehen hatten, noch kein Wort gesagt. Jetzt räusperte sich Ernesto, knüllte das Papier zusammen und umkrampfte es mit seiner linken Faust, als wäre es ein Glücksbringer.

»Clement, lieber Clement! Ich stehe heute hier, weil ich dich anders liebe, als ich jeden Menschen vor dir geliebt habe. Du bist der schönste Mensch, den ich je gesehen habe. Und zwar spreche ich da von deinem Aussehen, meine aber insbesondere auch das, was dich für mich ausmacht. Ich liebe das Geräusch, wenn du niest, ich liebe die Art, wie du dich nach jeder einzelnen Herbstkastanie bückst und sie zum Naturwunder erhebst, die Weise, wie du mir über den Handrücken streichst, wenn ich mich unsicher fühle. Ich liebe, wie du mich liebst, auf diese selbstverständliche Weise, die es mir ganz leicht macht, ich selbst zu sein – selbst wenn ich mich mal gar nicht mag. Ich liebe, wie unsere Gespräche fließen, als wären sie ein unendlicher Strom, und ich liebe dieses Lächeln, das du nur für mich hast. Alle haben gesagt, anfangs, dass wir unsere Kontaktfrequenz nicht halten können, weißt du noch? Als wir uns kennenlernten und mein Handy in einer Tour Nachrichten von dir ankündigte? Aber – wir haben sie noch immer. Wir haben uns noch genauso viel zu sagen wie am ersten Tag. Die Tatsache, dass ich weiß, ich bin immer bei dir, auch wenn ich es nicht bin, dass ich immer meinen Platz in deinem Leben habe, ist für mich nicht aufzuwiegen schön. Vor dir hatte ich keinen solchen Platz. Du bist meine Heimat, und ich will die deine sein, wenn du mich lässt.«

Ernesto hielt inne. Seine Stimme brach. Clement wollte zu ihm, aber Ernst hielt ihn zurück, auf Armeslänge entfernt. Er holte ein Taschentuch aus der Jacketttasche und reichte es seinem Partner, der sich die Augen damit betupfte.

»Ich könnte noch so vieles sagen, dein Kunstverständnis erwähnen, die Art, wie du selbstlos für mich auf dein Tiramisu verzichtest oder zu Hause so zuverlässig Rick und Toblerone versorgst. Oder den Tag, an dem du keinen Schritt von unserem Bett gewichen bist, als ich den fiesen Keuchhusten hatte.«

»O Gott, der Keuchhusten!«, rief Clement aus.

Aber Ernesto sprach schon weiter. »Ich möchte dir einfach nur sagen, wie sehr ich dich liebe. Ich will der sein, der dich im Alter pflegt und sich mit dir an unser Leben erinnert. Ich will der sein, der für dich sorgt, der dich hält, wenn du selbst mal keinen Halt findest. Ich will …« Ernesto machte eine Pause. Sein Jackett schien über diverse Taschen zu verfügen, die die unterschiedlichsten Dinge enthielten. Dieses Mal zog er endlich die Schachtel hervor, die Kim schon kannte.

Er ließ sie aufschnappen. Aus der Entfernung konnte Kim den Ring nicht sehen, aber sie sah unschwer an Clements Gesichtsausdruck, dass ihm das Schmuckstück genauso gut gefiel wie ihr selbst. Vor allem aber war er baff erstaunt.

Jetzt sank Ernesto auf ein Knie und hielt Clement den Ring entgegen. »Ich will dein Mann werden, deine Familie, dein Verbündeter für alle Zeiten. Deshalb frage ich dich hier und heute vor all diesen Zeugen: Willst du mich heiraten?«

Clement zögerte nicht eine Sekunde. Mit einem einzigen Schritt war er bei seinem Partner und zog ihn zurück auf die Füße. Die beiden Männer umarmten einander und Clement flüsterte Ernesto seine Antwort ins Ohr. Eine Antwort, die Kim kannte, da war sie sicher.

Augenblicke später hatte Ernesto ihm den Ring über den linken Ringfinger gestreift. Clement betrachtete ihn hingerissen. Und jetzt endlich brandete der Beifall der Anwesenden auf, Jubelrufe waren zu hören, ein dicker, kleiner Mann pfiff auf Daumen und Zeigefinger. Ernesto reckte seine Faust in die Luft, während er und Clement sich küssten. Der zerknüllte Spickzettel blitzte weiß zwischen den Fingern auf.

Was für eine schöne Liebe das war! Als Kim diese Szenen miterlebte, dachte sie zum ersten Mal, dass vielleicht doch noch irgendwo ein Mensch auf sie wartete. Clement und Ernesto gaben ihr alle Hoffnung dieser Welt.

Inzwischen waren alle Passagiere aufgestanden und hatten vor dem schwulen Paar eine Schlange gebildet. Nacheinander gratulierten sie den Liebenden, überreichten die einzelnen Rosen, schüttelten ihnen die Hand und wechselten ein paar Worte. Kim stellte sich auch an, ganz am Ende der Schlange und ohne Blume. Dafür hatte sie ihr Bild aus dem Rucksack geholt, das sie zusammengerollt in das leere Papprohr einer Küchenrolle von Antonella gesteckt hatte. Eine schlichte rote Schleife zierte das unkonventionell verpackte Verlobungsgeschenk. Außerdem hatte sie drei Piccolo mitgebracht, um mit ihren beiden Freunden auf das große Ereignis anstoßen zu können.

Als sie endlich an der Reihe war, reichte sie Clement die Rolle und umarmte ihn.

»Sorry, dass wir dich angeschwindelt haben«, sagte sie, aber gleichzeitig grinste sie. Clements Gesichtsausdruck war Gold wert. Seine Wangen waren wunderbar rosig und seine Augen strahlten vor Glück. Er umarmte Kim und drückte sie fest und ohne Vorbehalte.

»Oh, diese Art Lügen sind vertretbar, würde ich sagen.« Er lachte. Dann hob er seine linke Hand und zeigte Kim stolz den Ring.

»Wunderschön. Er steht dir einfach perfekt. Weißt du denn, wer ihn gemacht hat?«

Clements Gesichtsausdruck nahm einen fast schuldbewussten Ausdruck an. »Aber hallo. Ich komm mir ziemlich dumm vor, das muss ich dir schon gestehen.«

Kim schüttelte den Kopf. »Ich glaube, dafür gibt es keinen Grund. Man darf schon mal Angst haben, den Menschen zu verlieren, den man wirklich und wahrhaftig liebt.«

Ernesto hatte gerade eine rundliche Italienerin in einem Blumenkleid umarmt und trat jetzt zu ihnen. Er legte seinen Arm sanft um Clements Schulter und zeigte auf die Rolle. »Ist es nicht herrlich?« Clement runzelte die Stirn. »Wie bitte? Also – nicht, dass ich es nicht herrlich finde gerade, aber ...«

»Ah, du hast Kims Geschenk noch gar nicht ausgepackt, oder? Du solltest es dir unbedingt ansehen.«

Jetzt schaute Clement in das Papprohr und holte vorsichtig Kims Zeichnung heraus. Sprachlos betrachtete er das Bild. Er hielt es weit von sich, dann wieder ganz nah vor seine Augen.

»Das ist mein Verlobungsgeschenk.« Kim sagte es in fast ängstlichem Ton. »Du musst es nicht aufhängen oder so. Es ist nur als Erinnerung gedacht und …«

»Und wie wir das aufhängen werden. Nicht wahr, Ernst?« Es war das erste Mal, dass Clement seinen Freund nicht beim Spitznamen genannt hatte, dachte Kim. Als ob es ihm sprichwörtlich gerade ernst wäre.

»Definitiv«, stimmte Ernesto auch sofort zu, bevor er sich an Kim wandte. »Wir wollten eh noch mal mit dir über deine Malerei reden.«

»Ja?«, fragte Kim überrascht nach.

»Unbedingt. Über deine Technik, deine Projekte, dein Wirken überhaupt. Wir haben nämlich …«

»Ja klar, gern. Aber wisst ihr was? Das machen wir morgen beim Frühstück oder so. Okay? Jetzt geht es doch erst mal darum, dass ihr beiden heiraten werdet. Ich hab Prosecco dabei, damit wir anstoßen können.« Kim wollte jetzt ganz bestimmt nicht über sich sprechen, sondern mit ihren Freunden feiern.

»Außerdem habe ich noch eine Frage: Wer sind Rick und Toblerone?« Kim wollte das schon seit dem Antrag wissen.

Clement lachte. »Unsere beiden Wollmäuse. Ich führe unseren Haushalt. Und weil ich Staubwischen nicht mag, haben wir die Flusen benannt. Es ist nichts weiter als ein blöder Scherz unter Eingeweihten.«

Kim lachte. »Ich hätte es mir fast denken können.«

Sie holte die Piccolos aus der Tasche, die leise klirrten. Als jeder eine Flasche in der Hand hatte, stießen sie damit an und nahmen gleichzeitig einen großen Schluck. Das noch kühle Getränk kitzelte im Mund, perlte und erfrischte.

»Wir könnten gemeinsam den Burgturm in Malcesine besteigen und von dort oben den Surfern zuschauen. Habt ihr Lust?«, schlug Clement vor.

»Wollt ihr beide nicht alleine los?«, fragte Kim, obwohl ihr die Vorstellung, den Turm zu besteigen, wirklich gefiel. Man konnte ihn vom Schiff aus schon gut sehen, denn das mittelalterlich anmutende Bauwerk ragte ein ganzes Stück über die Häuser des Dorfes hinaus, das – wenig überraschend – herrlich mediterran wirkte mit seinen dicht gedrängten terrakottafarbenen Gebäuden.

»Auf keinen Fall! Du hast mir schließlich geholfen, Clement für mich zu gewinnen.« Ernesto lachte. »Und danach bummeln wir noch im Dorf.«

»Klingt wunderbar. Ich freu mich.«

»Wir uns auch. Schließlich sind wir jetzt miteinander verbunden, durch diesen besonderen Tag, nicht wahr?« Clements Wangen waren noch immer gerötet, wie Kim bemerkte. Er nestelte an seinem Ring herum, vielleicht, weil der sich noch ungewohnt an seinem Finger anfühlte. Dazu lächelte er Kim warm an, beugte sich vor und küsste sie freundschaftlich auf die Wange. Ernesto nickte bestätigend.

Als das Schiff anlegte und sie wieder festen Boden unter den Füßen hatten, griff Clement nicht nur nach Ernestos, sondern auch nach Kims Hand, und so vereint gingen sie fröhlich auf die Festung zu.

14. SAMBUCA

Eine weitere Mahlzeit aus Antonellas wunderbarer Küche stand bevor. Es roch heute stark nach Zitronen und Knoblauch und Kim hatte wahnsinnigen Kohldampf nach dem aufregenden Tag mit Heiratsantrag und Ausflug.

Sie hatte ihr neues Kleid angezogen, das Clement und Ernesto bei dem gemeinsamen Bummel durch Malcesine ausgesucht hatten. Es war zartrosa, hatte nur einen Träger auf der rechten Schulter und einen schrägen Ausschnitt. Der Rock endete kurz über dem Knie, und weil es um die Taille eher eng geschnitten war, wirkte das Kleid auf unauffällige Weise extravagant. Es war eine tolle Kombination, die zwar dezent wirkte, aber doch besonders war. Kim wusste, dass ihr das Kleid aus dem leichten Chiffonstoff hervorragend stand. Die kleine Blüte aus dem Garten, deren Namen Kim nicht kannte und die sie sich ins kurze Haar gesteckt hatte, verlieh ihr noch zusätzlich eine feminine Note. Sie wollte Clement und Ernesto einfach zu gern präsentieren, was die beiden mit ihr gekauft hatten. Perfekt wären hochhackige Sandaletten dazu gewesen, aber Kim hatte keine mit in den Urlaub genommen, deshalb mussten es Flipflops tun.

Als sie an den Tisch trat, pfiff Ernesto durch die Zähne wie ein alternder Macho. »Großartig, absolut großartig. Die Männer werden Schlange stehen. Wäre ich nicht mit Clement zusammen, ach, ich würde sofort ...«

»Alter Sprücheklopfer!« Clement trat an den Tisch. Kim brachte vor Staunen fast den Mund nicht zu. Statt der üblichen winzigen Portion Mozzarella Caprese, die er sich sonst immer gönnte, hatte er sich Oliven, Vitello tonnato, Weißbrot und sogar etwas von dem herrlichen Pancetta, den er sich sonst immer verkniff, aufgeladen. Er sah über die Maßen zufrieden aus, als er sich mit seinem Vorspeisenarrangement an den Tisch setzte.

»Heute aber!«, kommentierte Kim die Portion, die Clement sich gönnte.

»Ja. Ich habe beschlossen, Ernesto zu glauben, was er über meine Figur sagt. Nämlich, dass er mich liebt, egal wie ich aussehe, und dass mein kleiner Bauch ihn überhaupt nicht stört. Schließlich steht das auch in meinem Ring!« Er strich sich mit der Hand über die Rundung seines Bauches und griff dann nach seiner Gabel.

»Grandios, einfach grandios!«, rief er aus, nachdem eine Gabel voll Vitello in seinem Mund verschwunden war. Man sah Clement an, dass kulinarische Genüsse ohne schlechtes Gewissen gleich noch mal so genussvoll für ihn waren. Auch Ernst schaute seinem Clement glücklich dabei zu, wie er es sich schmecken ließ. Die Stimmung am Tisch war hervorragend. Obwohl die drei den Tag miteinander verbracht hatten, redeten sie wie wild aufeinander ein. Sie ließen den Antrag Revue passieren und wie sie vom Burgturm aus beobachtet hatten, dass ein Surfer auf dem Wasser gerettet wurde, eine Aktion, die für viel Aufsehen gesorgt hatte. Gleich zwei Rettungsboote waren ausgerückt und hatten den armen Mann, der es nicht mehr zurück auf sein Brett geschafft hatte, aus dem Wasser geholt. Aufgrund ihrer eigenen Erfahrung auf dem Brett konnte sich Kim sehr gut in den Mann versetzen und litt mit ihm. Allerdings verstand sie nicht, warum er allein auf dem Wasser unterwegs gewesen war, wenn er, wie sie selbst, offenbar keinerlei Talent für diesen Sport hatte. Das war doch fast schon fahrlässiges Verhalten.

Kim hatte sich heute für einen Salatteller als Vorspeise entschieden. Die knackigen Gurken, ein paar sattgrüne Oliven und die wunderbar aromatischen Tomaten ergaben mit dem leichten Dressing mit frischen Kräutern eine herrlich sommerliche Komposition. Als sie gerade die grünen Oliven loben wollte, fiel ihr Blick zu Ellis Tisch und sie stutzte. Heute war er nicht leer. Elli saß ganz allein vor ihrem Teller. Sie hatte sich allerdings nur ein wenig Salat genommen, wenn Kim das richtig sah, und trank ein Wasser dazu. Mit ihren zu einem strengen Zopf frisierten Haaren und dem schlichten beigen Kleid, gänzlich ungeschminkt, wirkte Elli fürchterlich einsam. Und ihr kleiner Schwangerschaftsbauch ließ sie noch einsamer wirken.

»Elli!« Kim rief schon den Namen der Frau, bevor sie überhaupt darüber nachdenken konnte.

Clement, der Ernesto gerade erklärt hatte, was das Geheimnis eines perfekten Vitello war, nämlich die Kapern, stockte mitten im Satz.

Elli schaute von ihrem Teller auf.

»Komm doch zu uns, wir schieben einfach die zwei Tische zusammen. Oder, Männer?«, wandte Kim sich an ihre Freunde, die beide sofort verstanden und nickten. »Selbstverständlich.« Clement und Ernesto waren wie ein Männerchor, der unisono sang. Ernesto war sogar aufgesprungen und hatte eine kleine Verbeugung angedeutet, die unfreiwillig komisch wirkte. Auch Clement stand auf.

»Möchten Sie zu uns rüber oder sollen wir?« Er zeigte durch eine plakative Bewegung an, dass er bereit war, sofort zuzupacken.

Ellis Gesichtszüge entspannten sich ein wenig. »Wollt ihr nicht unter euch sein?«

»Oh, wir haben immer Platz für noch jemanden – besonders, wenn die Person so nett aussieht wie Sie!« Ernesto breitete die Arme aus.

»So sehe ich das auch!«, bestätigte Kim.

Mittlerweile waren an den Nachbartischen die Gespräche verstummt, alle beobachteten neugierig die Szene, die sich da gerade abspielte.

Jetzt übernahmen Clement und Ernesto einfach die Führung. Sie gingen hinüber zu Ellis Tisch und hoben ihn gleichzeitig an. Nicht einmal Ellis Wasserglas wackelte, alles schien bombenfest zu stehen, als sie den Tisch langsam, Schritt für Schritt zu ihrem eigenen trugen.

Als sie ihn abgestellt hatten, begann Kim sofort, die Gedecke umzuplatzieren. Jetzt saß sie neben Elli, und Ernesto und Clement saßen auch nebeneinander.

Zufrieden ließen sie sich nieder und prosteten einander zu. »Auf uns!«

Elli hob schüchtern ihr Wasserglas, aber als alle anderen sie anlächelten, fand sie schnell zu sich. »Ich glaube, ich hol mir noch ein wenig mehr zu essen. Jetzt habe ich plötzlich richtig Hunger.«

»Sehr gut. Nimm von dem Vitello, es ist grandios.« Clement hatte ein Stück seines Ciabatta abgerissen und tunkte es in die Thunfischsauce. Von seinem Fleisch war nichts mehr übrig.

Das lockere Gespräch, das das Dreiergespann eben noch geführt hatte, war zum Erliegen gekommen. Man musste sich neu beschnuppern, herausfinden, welche Themen für alle passend waren, besonders vor dem Hintergrund von Ellis und Kims Kennenlernen, das ja nicht gerade unter dem besten Stern gestanden hatte.

»Hast du das Bild von dem alten Mann weitergemalt?«, fragte Elli, nachdem sie zurück vom Büfett war.

Zwischenzeitlich war Valentina mit Tellern aus der Küche gekommen und bediente die ersten Gäste mit herrlich duftender Pasta. Auf der kleinen Karte am Tisch stand, dass es sich um Tagliatelle in Zitronensauce mit Knoblauch handelte. Kim war gespannt, was sie da erwartete.

»Ich hatte nicht so viel Zeit. Meine beiden Lieblingsmänner haben heute ihre Verlobung gefeiert. Zeig mal deinen Ring, Clement«, forderte Kim den Freund auf, der seine Hand so schnell nach vorne streckte, als hätte er nur auf das Kommando gewartet.

»Wow. Der ist wirklich einzigartig schön.« Elli lächelte traurig. Sie hob ihre Gabel zum Mund, und Kim sah sehr eindeutig den blassen Streifen an ihrem Ringfinger, wo seit Jahren ihr Ehering seinen Platz gehabt hatte und die Haut in der kurzen Zeit noch nicht nachgedunkelt war.

»Ein Künstler, den wir kennen, hat ihn eigens für mich geschmiedet. Ist er nicht wunderschön?« Clement schaute Ernesto verliebt in die Augen. So ging Liebe, fand Kim. So stellte sie sich eine Beziehung vor.

»Er ist ein Traum.« Elli strich mit ihrem Zeigefinger vorsichtig über die Ornamente und kleinen Details. »Wie ihr seht, trage ich meinen Ring nicht mehr. Ich weiß nicht, ob ihr beiden Kims Geschichte kennt? Vermutlich schon, oder? Ist übrigens toll, dass ihr sie in den Urlaub begleitet habt, nachdem sie meinen Mann abgeschossen hatte.« Elli machte keine Umschweife. Sie war herrlich direkt. Kim konnte gar nicht anders, als sie für ihr mutiges Voranschreiten zu bewundern.

Elli trank einen großen Schluck Wasser. »Die Geschichte klingt laut ausgesprochen noch bescheuerter, als sie sich in meinem Kopf anfühlt.« Sie lachte. Es war kein Ausdruck von Fröhlichkeit.

»O ja, wir kennen die Geschichte.« Ernesto lächelte sein warmes Lächeln. »Und wir finden Sie einfach nur großartig als Person, Elli. Eine Frau, die einen Hintern in der Hose hat, entschuldigen Sie meine direkte Art.«

Jetzt lachte Elli wirklich. »Na, so kann man es auch sehen.«

»Ich finde, so muss man es sogar sehen«, griff Clement in das Gespräch ein. »Es erfordert Mut, dem Vater seines Kindes den Rücken zu kehren – und dann auch noch einen offenen Blick für die Geliebte zu haben. Seien Sie sich unser aller Bewunderung sicher.« Der letzte Satz von Clement klang so geschwollen, dass Kim fast lachen musste – aber er brachte inhaltlich genau auf den Punkt, was auch sie spürte, wann immer sie Elli anschaute. Ihr Stolz, dazu ihre jetzt schon bemerkbare ruhige Mütterlichkeit – diese Frau warf so leicht nichts um, das sah man ihr einfach an.

Elli deutete eine leichte Verbeugung an. »Vielen Dank, meine Herren, das ist überaus liebenswert. Aber um ehrlich zu sein ...«

Alle schwiegen. Drei Augenpaare waren auf Elli gerichtet, die mitten im Satz verstummt war. »Um ehrlich zu sein«, nahm sie den Faden wieder auf, »habe ich schon eine ganze Weile nicht mehr das Gefühl gehabt, dass Dirk mit ganzem Herzen bei mir ist. Selbst als ich schwanger wurde. Ich bin mir auch nicht sicher, ob es nur Kim gab.« Elli schwieg ganz kurz. »Entschuldige meine brutale Ehrlichkeit«, wandte sie sich an Kim.

Die schüttelte nur den Kopf. »Du musst dich wirklich für rein gar nichts entschuldigen. Vielleicht hast du recht und er hatte noch mehr Eisen im Feuer. Aber ich glaube, das spielt keine Rolle mehr.«

Wenn Kim darüber nachdachte, wusste sie tatsächlich viel zu wenig über Dirk, um sich ein Urteil zu erlauben. Dass er untreu, ein Fähnchen im Wind und einzig auf seinen eigenen

Vorteil bedacht war – das war ihr mittlerweile klar geworden. Und dass ihr das längst nicht mehr wehtat, wunderte sie überhaupt nicht.

Sie war froh, dass die Beziehung zu Dirk, die sie so unter Druck gesetzt, sie so herausgefordert hatte, weil sie ihm immerzu gefallen wollte, beendet war, zumal sie trotz ihrer Bemühungen durchgängig das Gefühl gehabt hatte, nicht auszureichen. Er hatte ihr nicht gutgetan, nichts gegeben, nur genommen, sie ausgehöhlt und sie aller Kräfte beraubt – jahrelang.

Am Vortag war sie in einem Laden gewesen, der den neuen Schokolikör von *Chocolate Chase* im Angebot gehabt hatte. Und Kim war auf der Stelle klar, dass sie das süße Gesöff nie in ihrem Leben freiwillig trinken würde, weil dieses Getränk für eine Zeit in ihrem Leben stand, die sie für immer hinter sich lassen wollte – und würde.

Sie wusste, dank Dirk, jetzt sehr genau, was sie nicht wollte, und würde in Zukunft ihr Leben so gestalten, dass es sich wohlig und rund anfühlte, nach ihren ganz eigenen Bedingungen.

»Ich glaube auch, dass es egal ist. Ich denke, es geht hier um Dirks Charakter. Für ihn sind Beziehungen wohl eher dazu da, sein Selbstwertgefühl zu stärken, als sich auf jemand anderen einzulassen und ein erfülltes Miteinander zu leben.«

Das traf den Nagel auf den Kopf. Es war schlimm, dass es erst Ellis Schwangerschaft dafür gebraucht hatte, damit Kim das erkannte, fand sie. Sie konnte für Elli nur hoffen, dass sie mittelfristig gut mit der Situation zurechtkam.

»Das stimmt.« Kim hatte keinen richtigen Hunger mehr, nicht mal Appetit auf die herrliche Pasta, die Valentina gerade an den Tisch brachte. Die junge Frau hatte für jeden ein freundliches Lächeln und wünschte allen einen guten Appetit.

»Dirk ist …« Kim wollte noch etwas hinzufügen, fand aber nicht die richtigen Worte.

»Können wir vielleicht das Thema wechseln?« Es war, als könnte Elli Gedanken lesen. »Wir zwei Frauen kommen gut miteinander zurecht. Das ist mehr, als man in unserer Situation hoffen darf. Und jetzt lassen wir es uns schmecken.«

Schon wieder bewunderte Kim Elli für ihre entschlossene Art.

»Das machen wir.«

»Wunderbar. Danke.« Elli drehte schon die ersten Spaghetti auf die Gabel. »Das Essen riecht so köstlich. Heute habe ich zum ersten Mal wieder Hunger seit …«

Sie rollte die Augen. »Offenbar gar nicht so einfach, das mit dem Themawechsel.« Dann lachte sie. »Also: Was machen Sie beide beruflich?«

»Wir sammeln Kunst und betreiben eine kleine Galerie in München.« Ernesto zeigte erneut auf Clements Ring. »Dieses Schmuckstück hat einer unserer Künstler gefertigt, der demnächst seine Ausstellung in unseren Räumlichkeiten veranstaltet. Vielleicht kennen sie *Arts and Crafts*? So heißt unsere Galerie.«

»Wie bitte?« Kim konnte ihre Überraschung nicht verbergen. Sie hatte bis jetzt nicht mit ihren neuen Freunden über ihre Berufe gesprochen, aber als Ernesto jetzt von der Galerie erzählte, überraschte es überhaupt nicht, dass die beiden Männer in der Kunst tätig waren. Beide umgab die Aura eines Freigeistes, beide waren kreativ und hatten einen besonderen Blick auf das Leben. Kim dachte daran, wie sie ihre Zeichnungen angeschaut hatten, sehr interessiert und mit einem auffallenden Blick fürs Detail. O Gott! Sie hatte Profis ihr Gekritzel zur Verlobung geschenkt, ohne zu wissen, wen sie da vor sich hatte.

Arts and Crafts lag in ihrem Stadtviertel! Bis jetzt hatten sie nicht mal darüber gesprochen, dass sie alle aus München kamen, geschweige denn aus dem Stadtteil Schwabing. Wie oft hatte Kim schon vor der Galerie gestanden und den oder die Besitzer für ihren exquisiten Geschmack bewundert. Hätte sie nicht gefühlt zwanzig Stunden ihres Tages mit Arbeit verbracht, wäre sie mit Sicherheit schon ein paarmal in die Galerie hineingegangen. Besonders die Holzskulpturen mit dem Titel »Melancholie« hatten sie unglaublich angezogen, die Gesichter waren so ausdrucksstark gewesen, dass sie minutenlang auf die einzelnen Exponate gestarrt hatte, als sie seinerzeit nach einem sehr langen Arbeitstag mitten in der Nacht vor dem Schaufenster stand. Wie hatte noch gleich der Künstler geheißen? Kim erinnerte sich nicht. Dennoch, ein Gefühl war geblieben. Jetzt saß sie den beiden Galeristen gegenüber und konnte sie mit Fug und Recht als ihre Freunde bezeichnen.

»Nun ja, wir haben doch schon ein paarmal versucht, mit dir über deine Bilder zu sprechen. Aber wir wollten dich natürlich auch nicht drängen.«

»Wie bitte?«, wiederholte Kim ihre ungläubige Frage.

Elli schaute schweigend von einem zum anderen. »Ich dachte, ihr seid alte Freunde?«

»Nein. Also doch. Na, ich …« Ihre Gedanken fuhren Karussell. Sie hatte längst im Internet nach der Galerie gesucht, sie gefunden und auf der Website unter anderem ein Interview mit Ernst Neureuter gelesen – nicht ahnend, dass dieser Ernst mit dem streng zurückgebundenen Pferdeschwanz und der Brille ihr Ernesto mit den schulterlangen offenen Haaren war. Er war nicht nur Galerist, sondern auch Fachmann für Fälschungen und wurde oft im Internet und in Fachzeitschriften zitiert. Seine Aussagen hatten Kim beim Lesen schon oft zustimmend nicken lassen, die sich mehr Kunstverständige von seiner Sorte wünschte, offen für Neues und nicht so festgefahren wie viele andere Kunstliebhaber.

»Wir haben uns sehr schnell von Urlaubsbekannten zu Freunden gemausert, so kann man es sagen«, definierte Clement ihre Beziehung. »Es hat einfach gepasst, würde ich sagen. Oder, Kim?«

Kim nickte.

Clement fuhr fort: »Allerdings hat es sich noch nicht ergeben, dass wir über unser berufliches Wirken gesprochen hätten. Sowie Ernesto und ich einen Anlauf unternommen haben, hat Kim das Thema gewechselt. Um ehrlich zu sein, dachte ich schon, sie würde uns aus den Medien kennen und nicht besonders viel von unserer Arbeit halten. Offenbar jedoch habe ich mich in diesem Punkt geirrt und – na, du bist ein wenig auf dem Schlauch gestanden, nicht wahr?« Er zwinkerte Kim zu.

»Das mal ganz sicher. O Gott, und ich habe euch meine kleine Zeichnung zur Verlobung geschenkt. Entschuldigt, bitte! Ich kann euch gar nicht sagen, wie peinlich mir das ist.« Kim spürte, dass sie rot wurde wie ein Ampelmännchen. Meine Güte, sie hatte jahrelang nicht gemalt. Und dann das.

Elli stupste Kim in die Seite. »Stell dein Licht mal nicht so unter den Scheffel!«

»Aber wirklich, ich wollte es gerade sagen«, stimmte Ernesto Elli zu, deren Wangen sich ganz warm anfühlten.

»Du bist eine wunderbare Künstlerin!«, rief jetzt auch Clement aus. Er sprach so laut, dass sich eine Frau mittleren Alters am Nachbartisch umdrehte und ihnen allen einen tadelnden Blick zuwarf. Sie trug riesige Ohrringe, die ihre Schultern berührten, und verzog die kirschrot bemalten Lippen zu einem Ausdruck des Missfallens.

Clement bemerkte ihren Blick ebenfalls und winkte ihr graziös zu. »Guten Appetit wünsche ich Ihnen!«, rief er zu dem Tisch hinüber, sodass die Frau sich schnell wieder ihrer Pasta und ihrem Gatten zuwandte, der so auf seinen Teller fixiert war, dass er gar nichts von der Szene mitbekommen hatte.

»Clement spricht mir aus der Seele! Wir würden zu gern deine erste Ausstellung für dich organisieren. *Arts and Crafts* hat wirklich schöne Räumlichkeiten in München. Wir könnten die Bilder bündeln und entsprechend titulieren, vielleicht mit Bezug auf diesen Urlaub, der für dich ja so etwas ist wie dein künstlerisches Wiedererwachen, nicht wahr? Vielleicht arbeiten wir mit Lyrik oder gehen mal ganz neue Wege.« Man sah Ernesto an, mit welcher Leidenschaft er seinen Job betrieb, welche Ideenflut er in sich barg und wie er sich für seine Künstler engagierte.

»Wirklich, die Galerie ist einen Besuch wert«, insistierte er. Ausnahmsweise hatte Ernesto seine Nudeln vergessen. Die Portion stand unberührt vor ihm, so sehr war er bei seiner Arbeit.

Kim nickte. »Ich kenne die Galerie. Ich habe mich schon ein paarmal hineingeträumt«, gestand sie. »Aber da war immer die Arbeit, der Alltag. Kennt ihr das, wenn man sich ganz oft etwas vornimmt und es dann nie schafft, es auch wirklich zu machen? Ich schätze, so war das mit der Galerie. Aber ich bin auf meinem Arbeitsweg immer daran vorbeigekommen und des Öfteren stehen geblieben.«

»Ehrlich?«

»O ja. Ich habe diese Holzskulpturen geliebt, die ihr neulich erst ausgestellt hattet.«

»Kamp Kampano. Grandioser Mann. Er bearbeitet alles mit Meißeln und Sägen. Der Typ ist ein Besessener mit unglaublichem Talent. Wir haben fast alle der Exponate verkauft – dreimal so teuer wie erwartet. Wir haben es einfach versucht, nicht wahr, Ernesto?«

Ernesto lachte. »Clement kümmert sich bei uns darum, dass die Künstler auch das bekommen, was sie mit ihren Werken zu verdienen haben, sozusagen.«

»Aber ist es nicht ein wunderbarer Zufall, dass wir in derselben Stadt zu Hause sind?«, fragte Clement.

»Und echt seltsam, dass wir noch nicht darüber gesprochen haben, wo wir leben. Ich meine, Kim, ist dir unser Auto mit dem Münchner Kennzeichen nicht aufgefallen?«

»Um ehrlich zu sein, habe ich für Autos überhaupt keinen Blick übrig«, gab Kim auf Ernestos Frage hin zu.

»Und ich habe ein Starnberger Kennzeichen«, mischte Elli sich ein. »Außerdem bin ich, was Autos angeht, genauso blind wie Kim.«

Die beiden Frauen lachten miteinander. Mittlerweile hatte die Stimmung am Tisch zu ihrer gewohnten lockeren Art zurückgefunden.

Aber schon wurde Ernesto wieder ernst. »Kim?«

»Hm?«

»Versprich uns, dass du es dir überlegst, ja?«

Kim wog keine Sekunde ab. Es war ganz klar, was sie wollte. »Ich würde für mein Leben gern bei euch ausstellen. Aber – na, ich bin mir nicht sicher, ob ich gut genug bin. Es sind schließlich nur Bleistiftzeichnungen mit ein wenig Farbe. Ich habe jahrelang nicht gemalt, eigentlich seit mein Vater gestorben ist und ich mit dem Studium fertig geworden bin – aber, na, ich erspar euch die unerquickliche Geschichte.«

Sie dachte an die Porträtreihe, die sie mit unterschiedlichen Materialien von ihm angefertigt hatte und die bei ihr zu Hause im Arbeitszimmer in einer Mappe lagerten. Damals hatte sie sich sehr gewünscht, dass die Reihe ausgestellt würde, einfach nur, um ihre Emotionen, ihre Trauer, ihre Liebe zu zeigen. Aber am Ende hatte sie die Zurückweisung zu sehr gefürchtet, gerade mit diesem Projekt, weil es so persönlich war. *Beloved* hatte sie es genannt. Mit etwas so Persönlichem wollte man nicht scheitern.

»Gut genug! Ha! Das ist so typisch für dich, Kim. Immer suchst du die Fehler bei dir, wünscht dir Perfektion. Aber in der Kunst gibt es keine Perfektion.« Clement ereiferte sich so sehr, dass er mit seiner Gabel wild in der Luft herumfuchtelte.

»Du musst anfangen, dich und das, was du tust, zu akzeptieren und einfach zu mögen. Meine Güte, fang endlich an, dir etwas zuzutrauen.« Clement deutete mit den Spitzen seiner Gabel auf Kim. Es sah so abstrus aus, dass sie die Hände hob, als würde ihr Freund sie mit einer Waffe bedrohen.

»Ist ja gut, ist ja gut. Du hast auf jeden Fall gewonnen. Ich ergebe mich.«

Alle am Tisch lachten.

Was sich hier entwickelte, war für Kim so viel, dass sie sich ein wenig davon überrannt fühlte und das Bedürfnis hatte, die Neuigkeiten erst mal zu verarbeiten. Sie würde eine Ausstellung haben. Sie würde eine Künstlerin sein. Sie, die sich zuletzt jahrelang für eine Grafikerin und Werbetexterin gehalten hatte, kehrte zu den Wurzeln ihrer Kreativität zurück. Ja, das war ein gutes Gefühl, aber …

»Ich glaub, heute bestell ich mir mal einen Sambuca«, beschloss Kim und schaute sich nach Valentina um. Als sie die Gesuchte an der Bar erblickte, stand sie auf und schlenderte zu ihr hinüber, um den Anisschnaps zu bestellen.

Fang endlich an, dir etwas zuzutrauen. Clements Worte hallten in Kim nach. Sie wusste, ja, spürte, dass sie den Kern genau trafen.

15. CAIPIRINHA

Die Sonne ging gerade unter, als Kim, Elli und die beiden Frischverlobten im Mamba Beach Club eintrafen. Den, behauptete Clement, müsse man während eines Gardasee-Aufenthalts einfach besucht haben, sonst hätte man Limone nicht in seiner Ganzheit gesehen. Jetzt standen sie mit Caipirinhas und einer alkoholfreien Version des Getränks für Elli neben dem lila beleuchteten Pool. Kim liebte die Mischung aus Limetten und braunem Zucker. Auf der Wiese gab es weiße Liegen, weiße Schirme, weiße Couchen. Der Laden hatte Stil, keine Frage. Und er war schon ziemlich voll. Vermutlich war hier immer etwas los. Der herrliche Pool lockte sicher auch untertags Gäste an.

Die Berge gegenüber wurden langsam dunkelblau und verschwammen zu Silhouetten, als die Sonne ganz verschwunden war. Die leise Clubmusik wurde lauter gedreht, was dafür sorgte, dass Ernesto mit dem rechten Fuß zu wippen begann, was Kim amüsiert feststellte. Elli trug ein wallendes, langes Kleid und hatte wie so oft eine Hand auf ihren Bauch gelegt. Sie sah so schön aus, fand Kim.

Nach dem Abendessen im Hotel waren sie losgefahren. Elli hatte angeboten, sie zu chauffieren, da sie ohnehin keinen Alkohol trinken konnte. Ihr Cabrio verstärkte die Urlaubsstimmung, der Wind in den Haaren, die laue Sommerluft, laute italienische Musik – es war ein perfekter Abend.

Kims Gedanken wanderten wieder und wieder zu *Arts and Crafts*. Dennoch blieb sie im Hier und Jetzt und genoss das Zusammensein mit den Freunden in vollen Zügen.

Ein Stück weiter drüben auf der Wiese stand ein eng umschlungenes Paar und schaute auf den See hinaus. Kim verspürte ein sehnsuchtsvolles Ziehen. Sie dachte daran, wie sie den Aperol Spritz mit Luca getrunken hatte und sie einander nähergekommen waren, auch während des Sonnenuntergangs, der romantischsten Zeit des Tages.

Sie sah, dass auch Elli das Paar beobachtete, ihr Ausdruck war ernst und – unverkennbar auch ein wenig wehmütig.

Sie ging zu ihr und legte die Hand auf ihre Schulter. »Es tut mir so leid, Elli. Vielleicht hätte ich es dir gar nicht sagen sollen.«

»O doch. Ganz sicher. Weißt du, erst war ich wütend auf dich, das gebe ich zu. Einfach, weil ich dir gar nicht glauben wollte, was du gesagt hast, obwohl meine innere Stimme bestätigte, dass du die Wahrheit sagst.« Elli lächelte ihr trauriges Lächeln. »Als ich dann reingekommen bin, musste ich gar nichts fragen. Dirks Miene sprach Bände. Er hat trotzdem erst geleugnet. Aber dann hat er mich angefleht, ihm zu verzeihen, mich beschworen, das würde nicht mehr vorkommen, und so weiter. Aber – na, er hat jahrelang gelogen, oder? Außerdem bin ich nicht allein.« Elli strich sich über den Bauch. »Ich möchte meiner Tochter ein Vorbild sein. Wie empfindet sie sich später als Frau, wenn ich mich betrügen und schlecht behandeln lasse? So etwas sollte keine Frau einstecken. Wir Frauen sind stark, wir gehen unseren Weg, auch wenn eine Strecke davon wehtut.« Ellis Augen verschwammen, aber sie blinzelte es weg.

Plötzlich sah sie sehr entschlossen aus. »Ich weiß, ich schaffe das. Ich brauche Dirk nicht.«

Ihre Frage klang unsicher, so, als wäre Elli nicht ganz von ihren Worten überzeugt. »Natürlich«, Kim war um einen festen Ton bemüht, »du wirst das schaffen, da besteht überhaupt keine Frage.«

»Und ich danke dir für deine Ehrlichkeit. Ich meine, ich habe es ja ohnehin schon lange geahnt, aber jetzt ist es sicher. Ich muss zu Hause auch erst mal schauen, wie es weitergeht, auch mit der Firma. Um ehrlich zu sein – ich war nie begeistert von der Werbung. Aber ich habe die Agentur nun mal geerbt, da lag es auf der Hand, den Laden weiterzuführen. Deshalb war ich wohl auch dankbar, als ich Dirk kennenlernte und mich ein wenig rausnehmen konnte.«

Offenbar hatte auch Elli ihren Vater sehr geliebt. Kim konnte Ellis Handeln nur zu gut nachvollziehen. »Ich versteh dich vielleicht sogar besser, als du glaubst, da brauchst du kein schlechtes Gewissen zu haben. Hätte ich beruflich ein Erbe meines Vaters gehabt – ich wäre ebenfalls in seine Fußstapfen getreten. Stattdessen habe ich ihn gemalt und …« Kim stockte mitten im Satz. Lucas Lockenmähne! Kim hätte sie unter Tausenden Menschen erkannt. Jetzt stand er nur ein paar Meter weiter an der Bar, ihm gegenüber die Blondine, vermutlich dieselbe wie auf dem Wasser. Jetzt, wo sie Lucas Anwesenheit gewahr geworden war, hörte sie auch sein Lachen unter all den Stimmen heraus, einfach, weil sie sensibilisiert dafür war. Die Blondine hatte ihre Haare zu einem schmucklosen Zopf im Nacken zusammengefasst und war ein wenig kleiner als Luca. Offenbar unterhielten die zwei sich gut, denn er lachte erneut, laut und unbeschwert.

»Kim? Ist alles klar?«

»Nein. Nicht wirklich. Da vorne steht der Grund, warum ich dir alles über Dirk erzählt habe. Dieser Typ da, mit den wilden dunklen Haaren, siehst du den?«

Elli nickte.

»Das ist Luca. Ich habe hier im Urlaub etwas mit ihm ange-fangen, einen Flirt, wenn man so will. Blöderweise mochte ich ihn sehr schnell viel zu sehr. Aber er scheint auf Blondinen zu stehen. Das ist die Kurzzusammenfassung.« Kim schluckte. »Ich hab ihn mit dieser Frau gesehen, auf dem See, genau an der Stelle, wo wir uns das erste Mal geküsst haben. Und es hat sich, obwohl ich ihn ja kaum kannte, so schrecklich angefühlt, dass mir klar wurde, dass ich dir alles erzählen muss, was zwischen Dirk und mir passiert ist. Denn so weh es mir auch getan hat, so sehr war ich auch froh, die Wahrheit zu wissen, woran ich bei ihm war.«

Kim trank einen riesigen Schluck ihres Cocktails.

»Hast du es ihm gesagt?«, fragte Elli nach.

»Was?« Kim verstand nicht ganz. Immer wieder warf sie einen Blick in Lucas Richtung, um sich dann schnell wegzudre-hen, damit er sie nicht bemerkte.

»Na, was du von ihm hältst.«

»Na ja. Also – wie man es nimmt, schätz ich.« Sie dachte an ihren Streit mit Luca vor dem Hotel. Daran, wie sie ihn angeblafft hatte, an sein überraschtes Gesicht und wie sie ihn schließlich stehen gelassen hatte.

»Hm.« Elli nippte an ihrem Drink. »Meinst du nicht, er verdient Klarheit oder«, sie grinste verschmitzt, »eine ordent-liche Abreibung, weil du ihn sozusagen auf frischer Tat ertappt hast?«

Kim hatte bereits mehr getrunken, als sie es sonst tat. War sie deshalb so empfänglich für Ellis Worte?

Sie schaute sich nach Clement um; vielleicht sollte sie fra-gen, was er davon hielt, wenn sie sich Luca hier vorknöpfte. Aber das schwule Paar war wie vom Erdboden verschwunden. Na, dann würde sie einfach rübergehen, es waren nur ein paar Schritte. Entschlossen stellte sie ihr Glas auf die Theke und nickte Elli zu. »Du hast völlig recht. Entschuldigst du mich für einen Moment?«

Elli nickte. »Ich wollte eh mal vor ans Wasser.«

Damit war die neue Freundin auch schon losgeschlendert.

Kim holte tief Luft, fasste all ihren Mut zusammen und ging zu Luca hinüber.

»Ciao!«, rief sie über die Schulter der Blondine, wollte den Überraschungseffekt nutzen.

Lucas Gesichtszüge verrieten seine Überraschung. Aber Sekunden später hatte er sich schon wieder im Griff und schaffte es sogar, erfreut auszusehen. »Kim, wie schön!«, rief er laut aus.

Ha, wie schön! Gleich würde sie es ihm zeigen. In Kims Kopf ballten sich schon die Sätze, die sie Luca an den Kopf zu werfen gedachte. Sie würde ihm zeigen, wie man sich einer Frau gegenüber eben nicht verhält. Das war ja wohl die Höhe!

In diesem Moment passierten ein paar Dinge gleichzeitig. Kim trat einen weiteren Schritt vor, sodass sie die Blondine von vorn sehen konnte. Luca streckte Kim die Hand zur Begrüßung hin, verlegen, weil er offenbar nicht wusste, wie er sie begrüßen wollte, und Kim sah das Gesicht ihrer Konkurrentin. Besser gesagt, einen Teil davon, denn die untere Hälfte bedeckte ein dichter blonder Bart.

»Darf ich dir Leo vorstellen? Er ist mein bester Freund. Und er surft wie ein Gott.«

Kim brachte vor Verblüffung keinen Ton heraus, als Leo ihr die Hand hinhielt. Sie ergriff sie wie in Trance. Der kräftige Händedruck, sein strahlendes Lächeln – ein durch und durch sympathischer Mann mit langen blonden Haaren. Kim zählte blitzschnell eins und eins zusammen. Die Blondine auf dem Wasser hatte genau solche Haare gehabt. Sie war sich ziemlich sicher, dass Leo die Blondine war – nur dass es sich bei ihm eben nicht um eine Frau, sondern um Lucas besten Kumpel handelte.

Wie dämlich von ihr! Kim wollte im Boden versinken. Das war jetzt schon das dritte Mal, dass sie sich Luca gegenüber bescheuert verhalten hatte, und das zweite Mal, dass sie ihm – zu Unrecht – unterstellt hatte, er sei ein Playboy sondergleichen, schlimmer noch, er habe sie betrogen.

Sie konnte seine Freundlichkeit, die Tatsache, dass er ganz offensichtlich bereit war, ihr immer wieder eine Chance zu geben, gerade kaum aushalten. Ja, sie fühlte sich mit sich selbst so unwohl, dass sie nichts als weg wollte. Einfach, weil sie sich als Mensch so mies fühlte. Was sollte sie jetzt auch sagen? Es gab nichts, das ihr Verhalten in den letzten Tagen irgendwie entschuldigte.

»Ich … muss los«, brachte sie hervor, bevor sie ein paar Schritte nach hinten taumelte. Sie hielt das Gleichgewicht. Da, wo vorhin noch all die Worte in ihrem Kopf darauf gewartet hatten, Luca entgegengeschleudert zu werden, war jetzt nichts mehr übrig als gähnende Leere.

»Schönen Abend noch.« Kim drehte sich um und rannte einfach los.

»Kim? Bist du okay?« Die besorgte Frage, die sie hinter sich noch rufen hörte, konnte sie nicht beantworten. Sie hatte sogar Elli für den Moment vergessen. Ohne einen Blick nach links oder rechts stürmte sie zum Ausgang und in die anbrechende Nacht hinaus.

* * *

Kim saß am Ufer des Gardasees. Es hatte sie geradezu magisch hinunter ans Ufer des Sees gezogen und so war sie schon in der Morgendämmerung losgezogen. Sie hatte kaum geschlafen in der Nacht, sich nur unruhig herumgewälzt und versucht, ihre Gedanken zu sortieren. Wieder fragte sie sich, ob sie ihre

Negativerfahrung mit Dirk auf Luca übertragen hatte. War es sein Aussehen, seine lockere Art, seine Unbeschwertheit, die sie falsche Rückschlüsse hatte ziehen lassen? Konnte sie nach Dirk einfach nicht mehr vertrauen?

Außerdem hatte sie Luca gegenüber anklingen lassen, dass ihre Beziehung eine lockere Affäre sei – kein Wunder, wenn er sich dann auch locker verhielt, oder? Sie hatte ihm schließlich ihren emotionalen Wandel nicht kommuniziert. Wie also sollte er wissen, dass ihre Gefühle sich verändert hatten, was ihn anging? Und war er nicht da gewesen, mit der Flasche Wein in der Hand, um Kim wiederzusehen?

Ihre Gedanken kreisten. Alles war ein einziges Durcheinander. Sie wollte, sie hätte ihren Block dabei, einen Stift. Das Bedürfnis nach einem Kanal für ihre verstörenden Empfindungen war fast übermächtig.

Sie würde es nie schaffen, mit Luca über all das zu sprechen, was ihr gerade durch den Kopf ging. Die Überwindung, die Offenbarung – alles kam ihr zu groß vor, um von ihr in Worte gefasst zu werden.

Das Wasser lag ruhig da, so ruhig, dass es dazu einlud, mit dem SUP loszufahren, fand Kim. Es kam Bewegung in sie. Bestimmt konnte man irgendwo ein Board ausleihen. Kim stand auf. Ja, es würde ihr guttun, sich zu bewegen und sich wieder klarer zu spüren. In ihr herrschte schrecklicher Aufruhr, den sie nicht zur Ruhe bringen konnte.

In der Via Lungolago Marconi gab es einen Verleih für Boote. Vielleicht ließ sich dort auch ein SUP auftreiben. Sie würde einfach mal rübergehen. Langsam wurde es warm und da Kim nur ein ganz leichtes, kurzes Kleid anhatte, das auch nass werden durfte, könnte sie sofort loslegen. Allein schon den Entschluss gefasst zu haben, tat gut. Mit neuer Energie machte Kim sich auf den Weg.

Es war herrlich auf dem Wasser. Sie fühlte sich kein bisschen unsicher, sondern beschützt und zufrieden, als sie lospaddelte. Das leise Plätschern beruhigte Kim, die gleichmäßige Paddelbewegung hatte eine geradezu meditative Wirkung und das zarte Brennen ihrer Rückenmuskulatur sorgte dafür, dass Kim sich selbst wieder spürte. War sie zuerst ziellos aufs Wasser hinausgepaddelt, zog es sie schnell in eine Richtung. Mit starken Paddelzügen glitt sie am Steilufer entlang durchs Wasser. Erst war ihr selbst gar nicht klar, welches Ziel sie ansteuerte, doch dann sah sie den kleinen Felsvorsprung, auf dem sie Luca zum ersten Mal geküsst hatte. Sie spürte noch seine Hände an ihren Hüften, wenn sie die Augen schloss, den Moment, als ihre Lippen sich zum ersten Mal fanden, als sie … Kim wollte die Erinnerungen abschütteln. Zu groß wurde ihre Sehnsucht nach Luca, wenn sie sich von ihnen übermannen ließ. Und Luca hatte mit Sicherheit und jedem Recht die Schnauze voll von ihr. Sie wagte gar nicht, sich vorzustellen, wie er auf sie reagieren würde, wenn sie auf ihn zukäme. Der Gedanke an seine Zurückweisung war so unangenehm, dass sie auf diese Abfuhr lieber verzichtete.

Sie kam an dem Vorsprung an, sprang in ihrem Kleid ins Wasser und hievte das Brett auf den Felsen. Dann kletterte sie auf den warmen Stein. Herrlich war es hier. Kein Wunder, dass Luca so gern hierherkam. Kim streckte ihr Gesicht in die Sonne und blieb minutenlang regungslos sitzen. Dann öffnete sie die Augen wieder und schaute sich um. Ein Stück weiter draußen fuhr ein Fährschiff vorbei, ein paar Surfer vergnügten sich auf dem See, obwohl es noch so früh am Tag war und der Wind noch dazu zu wünschen übrig ließ.

Kim wandte ihren Blick zur Felswand, sah vor ihrem inneren Auge, wie Luca hier geklettert war, wie fließend seine Bewegungen ausgesehen hatten, so einfach und dynamisch hatte er sich die Wand hinaufgearbeitet. Ha, von wegen einfach!

Kim stand auf und beugte sich ein wenig zum Fels. Hier hatte Luca auf einer kleinen Felsleiste ein Stück nach links gequert, bevor er mit dem Klettern begonnen hatte. Kim griff nach einem Felsvorsprung, verlor fast das Gleichgewicht und fing sich gerade so wieder. Jetzt bekam sie Stein zu fassen. Es fühlte sich stabil und solide an. Vorsichtig setzte sie ihre nackten Füße auf die Leiste. Der grobe Fels tat ein wenig weh an der Fußsohle, es war aber auszuhalten. Vorsichtig verlagerte sie ihr Gewicht. Jetzt stand sie mit beiden Füßen auf der Leiste. Sie zögerte. Sollte sie wirklich weiterklettern? Das war weit jenseits ihrer Komfortzone, ganz weit. Ihr Herz schlug schnell und sie hatte das Gefühl, dass ihre Hände kaltschweißig wurden. Würde sie mit den feuchten Fingern überhaupt noch Halt finden? Sie schluckte hart und schaute hinüber zu der kleinen Felshalbinsel. Der Gedanke, ihr Vorhaben abzubrechen, war wirklich verlockend. Dann schaute sie an der Wand hinauf, die sich hier sogar leicht nach außen neigte. Was konnte passieren? Sie nahm einen tiefen Atemzug. Nichts, beantwortete sie sich ihre Frage. Wirklich, so gut wie nichts. Wenn sie fiel, würde sie einfach ins Wasser plumpsen. Nicht einmal einen Bauchplatscher musste sie befürchten, wenn sie geistesgegenwärtig ihren Körper versteifte und einfach eine Kerze ins Wasser machte. Dazu kam, dass sie eine Schwimmweste anhatte. Die würde sie sofort an die Wasseroberfläche bringen, sogar ganz ohne ihr Zutun.

Zögernd ließ Kim mit einer Hand los, um weiter oben nach einem Griff zu suchen. Der Fels bot viele Möglichkeiten, sich festzuhalten, stellte sie fest. Es war viel leichter als gedacht. Langsam zog sie sich hoch, setzte ihre Füße ein Stück höher, griff wieder nach. Irgendwann schaute sie nach unten. Die Knie wollten nicht mehr still halten, ihre linke Wade begann zu zittern. Das waren jetzt sicher schon drei Meter. Kims Finger verkrampften sich um den Felsgriff, ihr rechter Unterarm brannte wie Feuer. Sie stöhnte leise auf. Ihr Körper wollte loslassen, einfach nur loslassen. Aber plötzlich wirkte die Wasseroberfläche wie eine weit entfernte glatte Betonfläche und ihr Geist hielt sie oben, trotz des Brennens in ihren Armen und den zittrigen Beinen. Kim wusste, sie würde sich nicht mehr lange halten können, und sie spürte, dass ihre Kraft auf keinen Fall dafür reichte, wieder hinunterzuklettern. Der Schweiß stand auf ihrer Stirn, ihr Herz klopfte bis zum Hals. Immer wieder schaute sie zwischen Felswand und Wasser hin und her, aber es gab einfach keinen anderen Ausweg, als loszulassen und sich abzustoßen, wie Luca es getan hatte, aber zu dieser bewussten Entscheidung konnte sie sich einfach nicht durchringen.

Nach weiteren Augenblicken, die sich wie Ewigkeiten anfühlten, konnte sie förmlich beobachten, wie ihre Finger, die sie längst nicht mehr spürte, sich vom Felsen lösten. Kim hatte bis zu diesem Augenblick nicht gewusst, wie sehr Muskulatur schmerzen und brennen konnte, wie sehr ein Körper sich verkrampfen konnte und über welche Willenskraft man verfügte, wenn es darauf ankam. Jetzt aber war sie kräftemäßig am Ende, sie kreischte laut auf, als sie spürte, dass sie nach hinten fiel. Es fühlte sich an wie eine Ewigkeit in der Luft, bevor sie auf das Wasser aufschlug. Kälte umschloss sie, eine Schocksekunde, eine weitere, dann wurde Kim von der Rettungsweste wieder nach oben getragen.

»Da hab ich mich ja total umsonst verrückt gemacht«, keuchte sie laut, während sie aus dem Wasser kletterte. Ihre Arme kribbelten, ihre Waden fühlten sich hart an. Sie setzte sich auf die kleine Felshalbinsel und wartete darauf, dass ihre Atmung sich beruhigte. Die Erfrischung am Ende der Kletterei war angenehm gewesen, kein bisschen schlimm. Langsam kam Gefühl zurück in ihre Finger, ein angenehmes Kribbeln. Sie schloss ihre Hände zu Fäusten und öffnete sie wieder. Allmählich beruhigten sich Kims Körper und Geist und sie spürte den Adrenalinkick, der wie ein Rausch durch sie hindurchfloss. Sie stand auf, beugte sich hinüber zum ersten Griff und stellte sich auf die Leiste.

»Noch mal!«, sagte sie entschlossen zu sich selbst und stand schon auf dem kleinen Felsvorsprung. Langsam und bedächtig stieg sie hinauf, ein Stück höher sogar als gerade eben. Sie schaute nach unten. Ja, es fühlte sich wieder hoch an. Aber – gerade eben war es einfach nur wunderbar gewesen, ins kühle Nass einzutauchen, nicht wahr? Statt weiter nachzudenken, ließ Kim los, stieß sich ein wenig ab, fiel nach hinten und tauchte ins Wasser ein. Herrlich! Jetzt, wo sie es ein zweites Mal versucht hatte, fand sie schon Gefallen an der Sache. Alles, was es brauchte, war ein klein wenig Mut, und schon machte es riesigen Spaß, die Wand zu erklimmen und sich ins Wasser fallen zu lassen.

Sie wiederholte die Übung noch drei-, viermal. Dann reichte die Kraft ihrer Arme nicht mehr aus, um sich Stück für Stück hochzuziehen. Kim war keine Kletterin, sie war generell nicht besonders sportlich gewesen in der letzten Zeit, aber das würde sich jetzt ändern.

Erschöpft lehnte sie sich gegen die Felswand und schloss erneut die Augen, war jetzt ganz im Moment. Vielleicht, kam ihr der Gedanke, verlangte das Leben manchmal einfach mehr Mut, als man zu haben glaubte. Und dann hatte man ihn einfach doch, indem man etwas riskierte. Ihre Fußsohlen taten weh, ihre Hände fühlten sich an, als hätte sie sich die Haut aufgeschürft, aber das Glücksgefühl, das es für sie bedeutete, über ihren Schatten hinausgewachsen zu sein, war unbeschreiblich und überlagerte jeden körperlichen Schmerz.

Was, dachte sie bei sich, wenn es mit seelischer Überwindung genauso war? Sie machte die Augen auf. Im ersten Moment blendete sie die Sonne enorm. Aber schnell gewöhnten sie sich an das Licht. Kim sprang auf. Wie hatte Clement gesagt? Sie solle sich und ihrer Kunst mehr zutrauen. Das war letztlich die gleiche Situation wie hier. Sie war nicht mit Luca geklettert, weil sie Angst gehabt hatte, sich zu blamieren, nicht gut genug zu sein. Sie hatte ihre Bilder nicht zeigen wollen, weil sie fürchtete, ihre künstlerischen Fähigkeiten seien zu wenig kreativ oder zu wenig ausgeprägt. Sie hielt sich für eine Stümperin, deshalb war die Tatsache, dass jemand so Erfahrener wie Ernesto ihre Bilder mochte, für sie auch so ein Wunder. Und letzten Endes hatte sie sich auch von Dirk so behandeln und ausnutzen lassen, weil sie sich selbst nicht mehr wert gewesen war.

Die Erkenntnis traf sie hart. Zugleich spürte Kim, dass sie durch und durch stimmte und das Akzeptieren dieser Wahrheit sie wirklich weiterbringen würde. Sie würde, das wurde ihr in diesem Augenblick auch klar, mit Luca sprechen. Gleich morgen nach der Yogastunde im Hotel würde sie mit ihm reden. Sie war es sich selbst schuldig, zumindest ihren Teil des Ganzen zu erklären, warum sie sich so fürchterlich benommen hatte, und außerdem wollte sie sich wenigstens für ihr Benehmen entschuldigen. Kim machte einen Hechtsprung ins Wasser, wollte weit nach unten tauchen, dorthin, wo das Wasser ganz kühl war, wurde aber von der Schwimmweste daran gehindert und nach oben gezogen. Beim Auftauchen musste sie lachen. Es war wirklich Zeit für ein Leben ohne Schwimmweste. In diesem Augenblick fasste Kim einen Entschluss. Wenn sie es schaffte, von der hohen Klippe rückwärst in den Gardasee zu springen, dann konnte sie mit Sicherheit noch ganz viel mehr.

* * *

Kim hatte irgendwann keine Lust mehr gehabt, im Stehen zu paddeln, also war sie ihrem Impuls gefolgt, hatte sich für die letzten Meter einfach auf das SUP gelegt und war im Liegen, das Paddel eng neben sich, nur durch leichte Ruderschläge mit den Armen langsam vorangetrieben.

Die Luft war herrlich warm und Kim fühlte sich wunderbar wohl auf dem Wasser. Die heutige Ausfahrt hatte ihre Standfestigkeit auf dem Board so sehr verbessert, dass sie sich jetzt durchaus vorstellen konnte, es noch mal mit dem klassischen Surfen zu wagen. Schade nur, dass sie es nicht mehr mit Luca versuchen konnte. Wieder spürte sie einen kleinen Stich, dem sie entgegenwirkte, indem sie begann, energischer zu paddeln.

Als das Wasser knietief war, rollte Kim sich seitlich vom Board und genoss noch einmal die erfrischende Kühle, bevor sie das Brett aus dem Wasser hob und es ein paar Meter vom Wasser entfernt auf dem Strand ablegte. Dann ging sie auf die Surfschule zu. Die Tür der kleinen Hütte stand offen, wie ein Wink des Schicksals. Ihr Kleid hing tropfend an ihr hinunter, aber das war ihr egal. Das war sie, Kim. Sie war eine Frau, die in einem pitschnassen Kleid mit einer Schwimmweste darüber und nassen Haaren zu dem Mann ging, der dringend eine Entschuldigung von ihr verdiente.

Ihr Herz schlug schnell, aber heute fand sie es erfrischend. Heute war es gut, sie fühlte sich von ihrem starken Puls motiviert, stark und zielstrebig.

Sie rief seinen Namen schon, bevor sie an der Hütte ankam. Es roch leicht nach Räucherstäbchen und Kim lächelte. Sie hatte im Zusammenhang mit Luca noch nie an Räucherstäbchen gedacht, aber jetzt, wo sie den feinen Duft wahrnahm, passte er perfekt zu ihm. »Luca? Bist du da?«

Ein Traumfänger baumelte innen in der offenen Tür und auch das passte für Kim perfekt zu Luca. Sie klopfte an den Türstock. Er saß im Inneren des Holzhäuschens, hatte Kopfhörer auf und wippte im Rhythmus der Musik. Da sie im Türrahmen stand, verdunkelte sie den Raum; er schaute von seinem Schreibtisch hoch, auf dem ein Laptop stand. Das Zimmer war nicht groß, eine Wand war über und über mit

Fotos von Surfern, hohen Wellen und Bildern vom See dekoriert, während an den übrigen Wänden Surfbretter lehnten, die dem Raum etwas Lässig-Farbenfrohes verliehen, was die Offenheit und Fröhlichkeit widerspiegelte, die Lucas Charakter kennzeichneten.

Er sprang auf und verhedderte sich mit seinem Arm im Kopfhörerkabel. Fast hätte er den Laptop auf den Boden geworfen; er fing ihn gerade noch auf, dann zog er sich die Kopfhörer von den Ohren.

»Was machst du denn hier?«

Kim konnte seinen Tonfall nicht deuten. Auf jeden Fall war er überrascht, keine Frage. Unweigerlich musste sie lächeln. Er sah mit seinen zerzausten Haaren so wahnsinnig liebenswert aus. Gleichzeitig schienen seine dunklen Augen regelrecht zu glühen, was Kim sofort wieder ihre Nacht in Sirmione in Erinnerung rief. Jetzt war sie doch aufgeregt. Ihn vor sich stehen zu sehen, seinen Duft einzuatmen, wirkte so, als würde ihr jemand all die Worte, die sie sich beim Paddeln hierher zurechtgelegt hatte, einfach aus dem Hirn wischen.

»Ich ...« Sie räusperte sich.

Luca verschränkte die Arme vor der Brust. Er stand vor ihr wie eine Mauer. »Hast du dich verlaufen?« Er grinste schief. Traurig sah das aus.

Eine kurze Schweigepause entstand, und Kim fühlte sich beinahe wieder so wie am gestrigen Abend, als sie davongestürmt war. Dann aber erinnerte sie sich an ihren Sprung von der Klippe.

»Nein. Ich wollte zu dir.« Sie zwang sich, über ihren Schatten zu springen und genau das zu sagen, was sie dachte. Sie würde zu sich selbst stehen.

»Ich hab mich gestern fürchterlich benommen.« Keine Umschweife mehr. Lucas Haltung blieb gleich. Er wirkte angespannt und ernst. Kim sprach weiter. »Und eigentlich auch das letzte Mal schon, als es um deine Schwester ging. Es hat mit meiner Lebenssituation zu tun. Ich dachte, du wärst ein Dirk.«

»Ein Dirk?« Jetzt runzelte Luca die Stirn.

Kim holte tief Luft. »Mein Ex heißt Dirk. Er hat mich betrogen und belogen. Deshalb habe ich dich irgendwann in Gedanken einen Dirk genannt. Aber – na, es ist wohl eher so, dass ich eine blöde Kuh bin.«

Luca schüttelte den Kopf. Er sah kein Stück schlauer aus als vor Kims Erklärung.

Deshalb fuhr sie fort: »Am Tag nach unserem Date in Sirmione hab ich so sehr darauf gewartet, dass du dich melden würdest. Aber du hast dich nicht gemeldet.«

Kim klang vorwurfsvoll, ohne es zu wollen. »Ich dachte, nachdem wir miteinander geschlafen haben, würde ich etwas von dir hören.«

Sie spürte plötzlich wieder, wie sie sich beim Warten gefühlt hatte, ständig auf ihr Handy starrend, in der Hoffnung, dass er sich meldete – was nicht geschehen war. Lucas Blick hatte sich von ratlos und leicht verärgert hin zu Verstehen und auch einem Hauch Schuldbewusstsein verändert. Er sagte nichts, nur daran, dass sein Mund zu einer schmalen Linie wurde, sah Kim, dass ihre Worte ihn berührten.

Sie sprach weiter. »Am Tag nach unserem Date war ich dann oben auf der Klippe. Von dem Weg, der dort entlangführt, sieht man genau runter auf den Felsvorsprung, den du mir gezeigt hast, und – da sah ich dich plötzlich mit einer Blondine. Das dachte ich zumindest ...«

Jetzt weiteten sich Lucas Augen. Seine Arme lösten sich aus der verkrampften Haltung, um sie Sekunden später wieder einzunehmen. »Du hast mich mit Leo gesehen.«

Kim nickte. »Ganz genau. Ich dachte, du hast etwas mit einer Blondine. Ich war ja so weit weg, dass ich ihn nicht als Mann erkannt habe, und weil du dich nicht gemeldet hast ...«

Sie vollendete den Satz nicht.

»O je.« Luca klang sanft, aber er trat nicht näher.

»Als ich dich dann in der Bar mit derselben Blondine sah, da sind bei mir alle Sicherungen durchgebrannt. Und dann entpuppte sich die Blondine plötzlich als ein Kerl und – um ehrlich zu sein, ich hab mich so geschämt, dass ich Reißaus genommen habe. Ich wollte mich jedenfalls für meine voreilige Unterstellung bei dir entschuldigen.«

Luca schüttelte den Kopf. »Musst du nicht. Ich glaube, mir wäre es an deiner Stelle genauso gegangen.«

»Es war auf jeden Fall nicht fair von mir. Ich hätte dich fragen müssen. Aber das habe ich nicht. Ich habe einfach nur überreagiert.«

»Du hattest nach unserem Date ja auch nichts von mir gehört, ich versteh das schon.«

Kim konnte gar nicht fassen, dass Luca jetzt auch noch verständnisvoll reagierte.

»Danke«, sagte sie deshalb nur.

»Oh, nichts zu danken. Du …« Luca löste seine Arme, holte tief Luft, stemmte die Hände in die Hüften und schaute auf den Boden. Eine Welle Räucherstäbchenduft wehte vom Schreibtisch herüber.

»Weißt du, ich wollte dich anrufen, aber dann habe ich mich nicht getraut.«

»Du hast dich nicht getraut?« Kim konnte kaum glauben, was sie da hörte.

Luca schüttelte den Kopf. »Nein.«

»Warum nicht?« Sie trat einen kleinen Schritt auf ihn zu, aber er wich tatsächlich zurück.

»Ich bin kein Typ für eine Beziehung, weißt du.«

Seine Worte trafen sie wie ein Faustschlag mitten in den Magen. Alles in Kim krampfte sich zusammen. Ein Urlaubsflirt, wie sie selbst es ja auch am Anfang gedacht hatte – bis sie sich in Luca verliebt hatte. Nur ein Urlaubsflirt. Mehr war sie also nicht für ihn.

Ihr schossen Tränen in die Augen. Da war keine Wut wie bei Dirk. Luca hatte sie nie betrogen, er war aufrichtig gewesen. Sie hatten einander schließlich nichts versprochen. Es war nicht seine Schuld, dass sie nicht der Typ für einen Urlaubsflirt war. Aber das, nein, das würde sie ihm nicht sagen. Warum sollte sie ihn mit ihren Gefühlen belasten? Es hatte keinen Sinn, ihm zu sagen, dass sie sich eine feste Beziehung wünschte, einen Heimathafen, wenn man so wollte.

»Okay«, sagte sie stattdessen. »Ist okay. Okay.« Sie wiederholte das Wort mehr für sich selbst, vielleicht wurde es dann wahr, denn es fühlte sich alles andere als in Ordnung an.

Luca schwieg.

»Na dann – jetzt weißt du, weshalb ich gekommen bin. Mir war einfach nur wichtig, dir den Grund für meinen fürchterlichen Auftritt zu erklären.« Der Duft der Räucherstäbchen umfing Kim.

Sie standen einander gegenüber, beide wussten nichts mehr zu sagen. Ihre Blicke fanden sich. Es waren Sekundenbruchteile, bis sie ihre Blicke wieder abwandten.

Kim machte einen Schritt zurück in Richtung der Tür, hinaus in die Hitze des Tages. »Ich wünsch dir was, Luca. Danke für die schönen Stunden.« Sie verzog ihr Gesicht zu einer Grimasse. Es wurde kein Lächeln.

Verzweifelt schluckte sie den Kloß hinunter, der sich in ihrem Hals gebildet hatte. Sie wollte die Fassung wahren. »Immerhin bist du kein Dirk.« Jetzt lächelte sie doch. »Bis irgendwann vielleicht.« Kim tat noch einen Schritt zurück.

»Warte. Lass es mich dir erklären.« Jetzt kam Luca auf sie zu, blieb direkt vor ihr stehen.

Nun war es Kim, die sich die Arme um den Körper schlang. Sie wusste nicht, ob sie die Erklärung hören wollte.

»Ich finde dich sehr, sehr nett.«

»Nett?«, entgegnete Kim trocken.

Luca verdrehte die Augen in Richtung Decke. »Kim!«

»Ich höre dir zu.«

»Danke. Ich hab mich mit Leo getroffen, weil unser Date mich aus der Bahn geworfen hat. Er ist mein bester Freund und ich brauchte seinen Rat.«

Schweigend sah Kim ihn an.

Luca war rot geworden. »Ich mochte dich zu sehr. Das war der Grund, warum ich mit ihm geredet habe. Ich wusste, dass du nur ein Abenteuer erleben wolltest, und ich habe gespürt, dass ich das irgendwie nicht wollte. Der Tag mit dir war für mich anders, aber – ich bin einfach kein Typ für das.«

»Du? Der Surflehrer?« Die Worte waren draußen, bevor Kim sie zurückhalten konnte.

Luca lächelte und hob mahnend den Zeigefinger. »Das ist ein Vorurteil. Bei mir brennen Räucherstäbchen!« Er warf einen schnellen Blick über die Schulter.

Kim grinste unweigerlich. Der Draht, den sie zwischen sich und Luca von Anfang an gespürt hatte, war noch immer da. Aber Luca lachte nicht mit. Er war ganz ernst.

»Du hast gewonnen! Ich kapituliere.« Seine Worte hatten sie beschwingt. Auch er wollte keine Affäre, das war eher gut, oder? Waren sie am Ende auf einer Seite? Mochte er sie doch auch? Anders – was hieß das, anders?

»Aber dann hätten wir das geklärt, oder? Wir wollten beide keine Affäre.« Kim streckte instinktiv ihren Arm aus und strich ihm kurz über den Oberarm, was ihn zurückweichen ließ.

»Nein, keine Affäre, aber auch keine Beziehung mit dir.« Seine Ehrlichkeit schmerzte, ihr kurzes Zwischenhoch wurde sofort von neuen dunklen Wolken vertrieben.

»Ist gut. Danke, dass du so ehrlich zu mir bist.« Anders war nicht gut. Anders war einfach nur anders.

Sie drehte sich um, wollte nicht, dass er sah, wie verletzt sie war. Ihr Fluchtreflex war der eines Kaninchens beim Anblick eines Fuchses. Als sie bei dem SUP war und Anstalten machte, es hochzuheben, hörte sie seine Stimme.

»Es hat nichts mit dir zu tun!«

Kim hielt in ihrer Bewegung inne und drehte sich um. Sie erschrak, als Luca genau hinter ihr stand. Seine Augen glühten regelrecht und seine Haare schienen wie elektrisch geladen vom Kopf abzustehen.

»Es liegt an mir.«

»An dir?«

»Ja. Ich habe nichts zu bieten. Ich bin nicht gut für eine Frau. Ich …« Luca sprach im Brustton der Überzeugung.

»Wie bitte?«

»Verdammt.« Luca, den Kim noch nie gewalttätig erlebt hatte, schlug seine rechte Hand in die linke Handfläche. Dann fasste er sich mit beiden Händen in die Haarmähne und zog sich selbst an den Haaren. Kim hätte nie gedacht, dass Luca überhaupt zu so einem Ausbruch fähig war.

»Du hast recht, okay? Nach unserem Date habe ich mich nicht bei dir gemeldet, weil ich mit meinen Gefühlen für dich nicht klarkam. Ich wollte sie nicht. Es ging mir ein bisschen wie dir. Ich dachte, du seist eben ein Flirt. Damit kann ich leben. Das kenne ich und habe ich auch ein- oder zweimal im Jahr. Aber unsere Nacht hat mich aus der Bahn geworfen. Also habe ich mich mit Leo verabredet und ihm mein Herz ausgeschüttet.«

»Ich kapier einfach gar nichts.« Kim schaute Luca an, der seine Hände noch immer in seinen Haaren vergrub und dessen Gesicht gequälte Züge angenommen hatte.

»Ich bin kein Mann, der eine ernst zu nehmende Partnerschaft haben kann. Ich bin Surflehrer.«

»Ähm – und?«

»Ich bleibe auch Surflehrer. Ich lebe für meinen Job hier. Yoga, Surfen – das bin ich, weißt du? Ich habe keine große Zukunft wie meine Schwester oder ein tolles Leben wie mein Vater. Mein Leben ist nur für mich selbst gut, verstehst du? Ich werde nie gut verdienen, ich werde immer mit meinem Bus verreisen, einfach, weil das mein Lebensstil ist.« Er klang leidenschaftlich, traurig und wütend zugleich, wie er dastand und sich die Haare raufte. Trotz seiner Intensität hatte sich Kim noch immer nicht erschlossen, was gerade sein Problem war. Es war doch etwas Gutes, wenn er wusste, wer er war, wie er leben wollte, was ihn glücklich machte.

»Was ist denn daran jetzt schlecht?«, fragte Kim deshalb auch.

»Dass ich ein Lebenskünstler bin. Dass ich jemand bin, der keine Familie ernähren kann. Ich bin kein ganzer Mann, frag meinen Vater. Meine eigene Schwester ist mehr Mann als ich. Sie hat immerhin etwas geschafft.« Vorhin hatte er liebenswert chaotisch gewirkt. Jetzt standen seine Haare so wirr nach allen Seiten ab, dass er Pumuckl mit seiner Frisur Konkurrenz machen könnte, nur eben, dass seine Haare nicht rot waren. Kim hatte noch nie stärker den Drang verspürt, ihn zu küssen, als in diesem Moment der Verletzlichkeit, in dem man ihm ansah, dass er unter den Vorwürfen seines Vaters litt, in dem Kim schlagartig klar wurde, dass der Gardasee nicht nur sein persönliches Panama, sein Paradies, sondern auch ein Fluchtpunkt war, um den Ansprüchen seiner Eltern zu entkommen.

Jetzt war Luca still, als hätte er alle Worte gesagt, die schon lange aus ihm herausdrängten.

»Weißt du, dass ich heute draußen war, bei der Steilwand, und dass ich sie hochgeklettert bin?« Sie spürte ihr Abenteuer noch immer in den Unterarmen.

»Und?«, fragte er nach.

»Lass mich erzählen, okay?«

»Okay. Entschuldige.« Er lächelte freudlos und setzte sich auf ihr SUP, ganz so, als ob ihn jede Kraft verlassen hätte. Kim setzte sich neben ihn.

»Tatsache ist, dass ich mich nicht getraut habe, als wir dort waren. Ich dachte, es könnte etwas ganz Schlimmes passieren, ich würde mich blamieren, weil ich schlechter klettere als du und mich ungeschickt anstelle. Ich hab mir über tausend Sachen Sorgen gemacht. Um ehrlich zu sein, habe ich das jahrelang getan. Ich war in der Werbeagentur angestellt, hab Tag und Nacht gearbeitet und großartig verdient. Dabei war alles, was ich je im Leben wollte, ein paar Bleistifte und ein Blatt Papier.«

Sie saßen nebeneinander. Kim spürte die Wärme, die von Luca ausging, an ihrem Oberarm.

»Papier?«

»Ja. Ich bin Künstlerin, weißt du. Und eigentlich weiß ich das schon, seit ich sechzehn bin. Ich male leidenschaftlich gern. Damit kann man bestimmt nicht reich werden, aber es macht mich glücklich. Ich habe mich eine halbe Ewigkeit in nichts mehr so vertieft wie in den letzten paar Tagen mit meinem Block und meinen Stiften. Das Gefühl, Jahre meines Lebens verschwendet zu haben, um in die Gesellschaft zu passen, das ist es, was mich wirklich fertigmacht. Du warst klüger. Du hast für dein Glück auf einen doppelten Boden und ein Sicherheitsnetz verzichtet. Du bist Luca, Surfer und Yogalehrer mit Freude an Wellen, Sonne und Räucherstäbchen. Du bist du, verstehst du? Das sollte doch verdammt noch mal reichen!« Kims Ton war immer eindringlicher geworden, je weiter sie in ihrer Rede vorgeprescht war, weil sie unbedingt wollte, dass Luca sie verstand.

Der hob einen Stein vom Boden auf und warf ihn mit Schwung in Richtung See, wo er auf der Wasseroberfläche aufkam und das Wasser in alle Richtungen spritzen ließ.

»Ich bin ich«, sagte er dann und wandte seinen Blick, der dem Stein gefolgt war, Kim zu. Er musterte sie, als hätte er sie noch nie zuvor in seinem Leben gesehen. Jedes Detail ihres Gesichts schien er in sich aufzunehmen, bevor er endlich weitersprach. »Das hat Leo auch gesagt. Deshalb war ich an dem Abend mit dem Wein da. Aber ich hab mich so unsicher gefühlt, das kannst du dir gar nicht vorstellen. Als du dann kamst und sehr eindeutig formuliert hast, was du nicht willst – da hat es mich nicht verwundert.«

Er hob einen weiteren Stein von beachtlicher Größe hoch und warf ihn. Ein dumpfes Platschgeräusch ertönte, als der Stein die Wasseroberfläche durchdrang.

»Ja, da hab ich mich nicht mit Ruhm bekleckert. Das habe ich vorhin versucht dir zu erklären.« Nun suchte Kim mit den Augen nach einem schönen Stein.

»Ein Dirk, ich weiß.«

»Genau.« Kim musste lachen und Luca tat es ihr nach. Ihre ganze Angespanntheit entlud sich in diesem Lachen, endlich waren sie wieder nur zwei Menschen, die einander mochten. Kim lehnte sich an Luca und der legte den Arm um ihre Schulter.

Dann räusperte er sich. »Vielleicht ist jetzt der Zeitpunkt, den Kreislauf der Unsicherheiten zu durchbrechen, hm? Ich meine, du bist du und ich bin ich. Vielleicht können wir ja auch einfach wir sein?«

Kim richtete sich auf. Seine Augen, oh, diese wunderschönen Augen. Sie beantwortete seine Frage nicht. Stattdessen gab sie einfach dem nach, was sie tun wollte: Sie beugte sich ein kleines Stück vor und dann noch ein kleines Stück. Dann trafen sich endlich, endlich ihre und seine Lippen zu dem einzigen, wahren Kuss, von dem Kim schon ihr Leben lang geträumt hatte. Denn sie war endlich die Kim, die sie in ihrem Herzen schon immer gewesen war, und tat genau das, was sie wollte.

16. LOVE AND ROSES

... vier Monate später

Kim hatte keine Sekunde geschlafen, nicht eine einzige winzige Sekunde. Stattdessen waren ihre Gedanken durchs Zimmer geflogen, immer wieder neu aufgeflattert, sobald sie auch nur ein wenig zur Ruhe zu kommen schien. Und wenn doch einmal ein Gedanke sich beruhigte und still wurde, flatterte ein anderer auf und der Wirrwarr begann von Neuem.

Als endlich der Tag anbrach, fühlte Kim sich wie gerädert. Sie musste nicht in den Spiegel schauen, um zu wissen, dass sie schrecklich aussah.

Heute war also der große Tag. Sie drehte sich ein weiteres Mal in ihrem Bett um, aber das brachte ja wohl nichts. Sie würde sicher kein weiteres Mal einschlafen, und wenn, dann würden die zehn Minuten Wegdämmern sie sicher auch nicht wacher machen.

Kim schlug die Bettdecke zurück und schwang die Beine aus dem Bett.

Yoga. Sie würde es mit ein wenig Yoga versuchen. Kim zog ihre Matte unter dem Bett hervor. Es war ihr zum festen Ritual geworden, morgens eine halbe Stunde Yoga zu machen. Einmal

239

die Woche besuchte sie sogar einen Kurs bei einer sehr netten Yogalehrerin und das tat ihr immer sehr gut.

Kim ging ins Wohnzimmer und rollte die Matte aus. Als sie sich entspannt aufrecht hinsetzte und sich auf ihre Atmung konzentrierte, ließ ihre Unruhe tatsächlich ein wenig nach.

Die letzten Tage waren extrem anstrengend gewesen. Ernesto hatte quasi Tag und Nacht gearbeitet, um ihre Ausstellung in perfektes Licht zu rücken. Kim war zu Interviews eingeladen worden, hatte sogar einen kleinen Auftritt bei einem regionalen Fernsehsender absolviert und war überglücklich, weil sie den Auftritt so mir nichts, dir nichts bewältigt hatte, ohne sich dabei auch nur ein einziges Mal seltsam zu fühlen. Allein den Farbton der Wände zu bestimmen, auf denen die Bilder ideal zur Geltung kamen, dauerte Tage. Als der Maler die Wände einen Tick zu grün strich, war Clement einem Nervenzusammenbruch nah. Kim hätte es gar nicht so schlimm gefunden, aber ihre beiden Freunde waren ganz sicher, dass nachgebessert werden musste. Jede der Zeichnungen steckte jetzt in einem goldenen Bilderrahmen, die Wände zierte ein zartes Lindgrün, ein Gardasee-Panorama, das die ganze Stirnseite des Hauptausstellungsraums einnahm, war ein zusätzlicher Blickfang. Kim gefiel außerordentlich gut, was Clement und Ernesto aus der Galerie gemacht hatten. Wie gern hätte sie Luca durch die Ausstellung geführt. Aber natürlich war das nicht möglich. Er hatte jetzt, im September, extrem viel zu tun, wie er sagte. Eine Schulklasse aus Norddeutschland hatte ihn gebucht, um Surfen zu lernen. Er würde sie in Kleingruppen unterrichten und war damit die ganze Woche hindurch so ausgelastet, dass nicht daran zu denken war, für die Ausstellung nach München zu kommen.

Kim seufzte. Schon war sie wieder aus ihrem Atemrhythmus gerutscht, weil ihre Gedanken zu Luca gewandert waren.

Kim dachte an ihr Treffen im Juli, wo sie zu Luca gefahren war. Sie hatten eine ganze Woche zusammen in seiner winzigen Wohnung in Limone gewohnt, waren für eine Nacht nach Sirmione gefahren und genau in dem Hotel abgestiegen, in dem sie ihre erste gemeinsame Nacht verbracht hatten. Es war genauso romantisch gewesen, aber viel vertrauter als beim letzten Mal. Es war ganz selbstverständlich geworden, sich zum Einschlafen in Lucas Arme zu schmiegen. Die Berührung seiner Lippen auf den ihren … wenn sie die Augen schloss, konnte sie sich sogar jetzt noch das Gefühl wiederherstellen, das Luca mit seinem Kuss in ihr auslöste.

Kim öffnete die Augen. An heiße Küsse zu denken, half irgendwie auch nicht weiter. Sie stand auf und ging zu ihrem Handy. Keine Nachricht von ihm. Allerdings auch kein Wunder, es war erst kurz nach sieben Uhr morgens und Luca gehörte nicht zu den frühen Vögeln. Sie legte das Handy zurück.

Wie überstand sie bloß die Zeit bis zur Ausstellungseröffnung? Sie ging ins Bad, schlüpfte aus ihrem Schlafshirt und stellte sich unter die Dusche. Das heiße Wasser tat ihr gut.

Dann zog sie sich an. Etwas, in dem du dich wohlfühlst, hatte Clement ihr geraten, und da ein warmer Tag war, entschied sie sich für das Kleid, das sie bei Clements und Ernestos Hochzeit getragen hatte.

Die kleine Feier im Palmenhaus von Schloss Nymphenburg war ein Traum gewesen. Nur der engste Kreis, Elli, Kim, ein paar Freunde und Geschäftspartner von Clement und Ernesto und natürlich Martin, der Schmuckdesigner, der den Ring von Clement gestaltet hatte, waren da gewesen. Bei einem romantischen Dinner mit Klaviermusik im Hintergrund hatten sie die Liebe der beiden Männer gefeiert. Jeder der Gäste hatte ein paar Worte über das Paar gesagt, und so war eine wohlwollende, liebevolle Stimmung unter den Gästen entstanden, die ihresgleichen suchte. Martin hatte Kim ein paar Tage später zu einem offenen Künstlerkreis mitgenommen, in dem sie sich auf Anhieb wohlgefühlt hatte. Neue Kontakte waren entstanden, besonders die Tatsache, dass sie einen Platz in einer Werkstatt bekommen hatte, wo sie sich ein Atelier einrichten konnte, verdankte sie ihrer neuen Wahlfamilie, die Clement und Ernesto nur zu bereitwillig mit ihr teilten.

Kim hatte bei der Trauung ein lila Kleid mit gelbem Schal und gelben, flachen Pumps getragen. Seit sie sich selbst entdeckt hatte, war ihr Hang zu kräftigen Farben noch ausgeprägter und sie genoss ihr neues Ich. Ihre Haare hatte sie auf einer Seite noch kürzer schneiden lassen, während sie auf der anderen Seite länger geworden waren. Wenn Kim in den Spiegel schaute, fühlte sie sich sehr wie sie selbst. Schminken würde sie sich heute nicht, da hatte sie immer das Gefühl, zugekleistert zu sein.

Sie schlüpfte in das Kleid. Mit dem Tuch und den Schuhen würde sie ihrem Outfit nachher den letzten Schliff geben.

Als ihr Handy klingelte, hatte sie sich gerade die Haare mit Gel zu ihrer gewohnten etwas wilden Frisur gestylt.

»Hey, Elli!« Sie sah sofort die Nummer der Freundin auf dem Display.

»Hallo, Kim. Na, wie geht es dir heute? Bist du fit?« Elli klang fröhlich. Bald würde ihr Baby zur Welt kommen, wie erwartet ein kleines Mädchen.

»Wenn ich ehrlich bin, fühle ich mich ein wenig wie ein Stein.«

Elli lachte. »Ja, das kann ich mir vorstellen. Aber ich verspreche dir, dass es nicht so schlimm wird.«

»Na, dein Wort in Gottes Ohr.« Kim spürte beim Gedanken an die Ausstellung sofort, wie ihr Herzschlag sich beschleunigte und ihr, obwohl sie nur das leichte Kleid anhatte, heiß wurde.

Elli hatte es sich nicht nehmen lassen, in der Agentur zusätzlich zu Ernestos Bemühungen Flyer zu drucken. Außerdem war die Ausstellung mit einem riesigen Banner angekündigt worden, das seit zwei Wochen das große Panoramafenster der Galerie zierte. Darauf war vergrößert auch ihre Zeichnung von Clement und Ernesto zu sehen. Nie hätte Kim gedacht, dass ihr einfaches kleines Bild einmal so hohe Wellen schlagen würde.

»Sag, hast du Zeit für einen Kaffee?«, fragte Elli jetzt.

»Es wäre eine Erlösung. Ich hab mich die ganze Zeit schon gefragt, wie ich die nächsten vier Stunden rumkriegen soll. Ich bin bereits fertig angezogen, was völlig bescheuert ist, wenn man bedenkt, dass es um fünfzehn Uhr erst losgeht.«

Es war zu allem Überfluss auch noch Sonntag, und daher brauchte Kim dringend etwas, das sie ablenken würde. Außerdem: Wann hatte sie Elli das letzte Mal gesehen? Als sie das Banner aufgehängt hatten, richtig. Das war viel zu lange her.

»Super. Komm doch einfach zu mir, wir machen einen späten Brunch, ja? Und dann fahren wir zusammen zur Galerie, okay?«

Kim stimmte zu, legte auf und schlüpfte in ihre gelben Schuhe. Es konnte losgehen.

* * *

Elli lebte in einer Villa in Grünwald. Als Kim eintraf, öffnete ihr die junge Frau, die Elli als Au-pair eingestellt hatte, um später mit dem Baby nicht ganz auf sich gestellt zu sein. Sie arbeitete viel in der Agentur mit, denn natürlich gab es seit Dirks Wegfall viel zu tun. Elli hatte zwar vor, jemanden einzustellen, aber bis jetzt noch nicht die geeignete Person gefunden.

Zum Glück war die *Chocolate-Chase*-Kampagne genau der Erfolg, den Kim sich erhofft hatte. So stand die Agentur zumindest finanziell gut da.

Kim trat ein und wurde von der jungen Frau ins Esszimmer geführt. Elli hatte alles umgestaltet, nachdem Dirk ausgezogen war. Jetzt waren die Räume ganz bunt gestrichen. Das Esszimmer hatte eine weinrote Wand, einen herrlich kitschigen Kronleuchter, und Stühle und Tisch stammten vom Flohmarkt, was überraschend war, wenn man bedachte, welche Gewinne die Agentur abwarf. Aber Elli war über die Jahre sehr sie selbst geblieben, was bedeutete, dass sie keinen Wert auf Luxusgüter legte.

»Elli kommt gleich. Möchten Sie schon mal einen Kaffee?«

»Das wäre prima.« Jetzt erst, beim Anblick des gedeckten Tisches, spürte Kim, dass sie hungrig war.

»Gern. Setzen Sie sich einfach.« Die junge Frau lächelte freundlich, dann verschwand sie in der Küche.

»Kim? Bist du schon da?«

Vom Treppenhaus her hörte Kim ihre Freundin rufen.

»Ja, aber lass dir Zeit, dein nettes Au-pair-Mädchen macht mir gerade einen Kaffee, ich bin total zufrieden«, antwortete Kim und legte die Tüte mit den Brötchen, die sie unterwegs beim Bäcker besorgt hatte, auf den Tisch. Im Moment freute sie sich so sehr auf den Plausch mit der Freundin, dass ihre Aufregung in den Hintergrund getreten war.

Wenige Augenblicke später hörte sie Schritte auf der Treppe, die langsam näher kamen. Dann trat Elli in den Raum.

»Sag mir, dass das nicht wahr ist!« Kim sprang auf, als Elli auf sie zukam.

Sie war nicht allein. In ihren Armen hielt sie ein kleines Bündel. Man sah nur das Gesicht, der Rest des Körpers war fest in eine dünne Decke gepackt.

»Mein Gott, wie winzig sie ist!«, rief Kim aus.

Elli lächelte. Es war das ruhige, selbstsichere Lächeln einer frischgebackenen, glücklichen Mutter. »Darf ich vorstellen: Das ist Amrei.« Der Stolz in Ellis Stimme war unüberhörbar. »Möchtest du sie mal halten?«

Das Baby wog fast nichts. Leicht wie eine Feder lag es friedlich schlafend in Kims Arm.

»Warum hast du nicht eher angerufen?« Kim war völlig fasziniert von dem kleinen Wesen in ihrem Arm, dem friedlichen Gesichtsausdruck des Säuglings, der noch nichts von der Welt wusste und deshalb unbedarft selig schlief.

»Hab ich doch.« Elli lachte. »Nein, ernsthaft: Ich wollte, dass du meine Tochter einfach kennenlernst. Und ich wollte dich außerdem überraschen.«

»Na, das ist dir wirklich gelungen.« Das Gesicht des kleinen Mädchens in Kims Arm verzog sich zu einer herzallerliebsten Grimasse. Kim verspürte sofort den Wunsch, das Baby zu zeichnen. Das würde sie nachholen, sobald es ihre Zeit zuließ. Die perfekten Züge des Säuglings, die Ebenmäßigkeit der Haut, die wenigen Haare, die in die Stirn fielen und die vermutlich für ein Neugeborenes eine richtige Frisur darstellten und zusätzlich dafür sorgten, dass die kleine Amrei das niedlichste Baby war, das Kim je gesehen hatte.

»Sie ist wirklich wunderschön.« Kim flüsterte ganz automatisch beim Anblick des schlafenden Säuglings.

Aber Elli sprach in ganz normalem Ton. »Ja, oder? Du musst nicht leise sein. Amrei ist völlig egal, ob wir laut oder leise sind. Sie schläft eh immer.«

Kim reichte Elli ihre Tochter zurück. »Kommt ihr klar, ihr zwei?«

»O ja. Ich bin sehr glücklich. Vielleicht sind das die Hormone, keine Ahnung, aber bis jetzt kann ich mich echt nicht beklagen.«

»Du musst mir alles erzählen, ja? Ich will einfach alles wissen.« Kim konnte kaum abwarten, die Geschichte der Geburt und aller Umstände zu erfahren. Sie fand es unglaublich, dass Elli das alles bis jetzt für sich behalten hatte.

Elli lachte. »Natürlich! Ich brenne darauf, endlich jemandem zu erzählen, wie es war. Es ging nämlich ziemlich schnell, weißt du …«

Kim hing an den Lippen ihrer Freundin, als die von der spektakulären Fahrt ins Krankenhaus berichtete, bei der sie beinahe, aber dann doch nicht, das Baby bekommen hätte, bevor sie die Geburtsklinik erreicht hatten. So wie Elli die Geschichte erzählte, klang sie wie das größte Abenteuer aller Zeiten, und Kim vergaß völlig, dass sie heute auch noch selbst ein großes, wenn nicht sogar das bislang größte Abenteuer ihres Lebens erleben würde.

Sie war fasziniert von Elli, die das Baby in ihrem Arm hielt, als hätte sie nie etwas anderes getan, so selbstverständlich war sie Mutter. Das Au-pair-Mädchen brachte den Kaffee und schlug Ellis Einladung, sich dazuzusetzen, mit der Begründung aus, dass sie sich mit einer Freundin treffen wolle. So blieben die Freundinnen unter sich, und Kim schnitt Elli, die sichtlich die Hände voll hatte, das Brötchen auf und bestrich es mit Butter und Kirschmarmelade, wie gewünscht.

Die Zeit verging wie im Flug. Amrei wurde gestillt, und das friedliche Bild, das Mutter und Tochter boten, war schon wieder ein Anblick, den Kim am liebsten gemalt hätte. Vielleicht würde sie eine ganze Bilderreihe zum Thema Leben machen, dachte sie jetzt.

Schlagartig erinnerte sie der Gedanke ans Malen wieder an die Ausstellung und ließ sie auf ihr Handy schauen. Früher Nachmittag, so langsam musste sie sich auf den Weg machen, sie wollte auf jeden Fall da sein, bevor die Gäste und die geladenen Presseleute eintrafen.

Auch Elli sah auf die Uhr. »Deine Ausstellung geht bald los, oder? Ich pack Amrei in die Babyschale und dann können wir fahren.«

»Du kommst mit?«

»Was hast du denn gedacht? Natürlich kommen wir mit! Du brauchst schließlich Unterstützer, oder?« Elli reckte eine Faust in die Luft, als würde sie in einen Kampf ziehen, statt zu einer Kunstausstellung zu gehen. »Aber weißt du was? Ich zieh mich auch noch schnell um, damit ich dich nicht blamiere.«

Als Elli die Treppe hinaufhastete, trug Kim das Geschirr in die Küche, und kaum war sie damit fertig, kam auch schon die Freundin zurück. War das etwa das Sackkleid, das sie bei der Präsentation von *Chocolate Chase* getragen hatte? Insgeheim war Kim sehr amüsiert über die Wahl. Es fühlte sich ein wenig so an, als ob sich auf angenehme Weise ein Kreis schließen würde.

Das zarte Lindgrün, die goldenen Bilderrahmen, ihre Zeichnungen hinter Glas, fertig gemixte Cocktails auf runden, hohen Tischen.

»Dieser Cocktail heißt ›Love and Roses‹.« Clement reichte Kim ein Glas. »Maraschino, Zitrone, Gin, Champagner und so weiter und so fort.« Er winkte mit einer lässigen Handbewegung ab, dann ließ er sein Glas gegen Kims klirren und prostete ihr zu. Sie nahm einen Schluck. Köstlich erfrischend! Das kräftig rote Rosenblatt machte den Drink auch optisch zu einem Hochgenuss.

Elli stand mit Amrei in einer Bauchtrage vor einer Zeichnung, die einen Kletterer mit wirren, dunklen Haaren in einer steilen Felswand über dem Wasser zeigte. Sie war ganz und gar auf die Betrachtung konzentriert, während Amrei schlief. Immerhin: ihr schienen die Bilder schon mal zu gefallen.

Kim hätte Clement am liebsten um einen stärkeren Drink gebeten, so sehr spürte sie ihre Unsicherheit und ihre Angst, dass die Ausstellung kein Erfolg werden würde.

»Wo steckt eigentlich Ernesto?« Kim schaute sich suchend um. Weit und breit war nichts von ihm zu sehen.

Clement stand ganz gelassen neben Kim in seinem türkisfarbenen Jackett, das perfekt in das Ambiente passte, gerade weil es nicht mit der Wandfarbe harmonierte. »Ach, der holt noch etwas ab.«

»Aber es kommen schon die ersten Gäste und …« Sie würde eine Panikattacke bekommen, da war Kim sich plötzlich sicher. Am liebsten hätte sie alle Exponate von der Wand gerissen, eingepackt und wäre nach Hause gefahren. Sie fühlte sich fürchterlich allein mit all der Unsicherheit. Bestimmt würde morgen ein schrecklicher Verriss ihrer Arbeiten in der Zeitung zu finden sein, sie würde niemals von ihrer Malerei leben können, nein, sie war eine Stümperin und das würde den Leuten sofort auffallen. Mit einem Mal fror Kim in ihrem Sommerkleid, obwohl es nicht kalt war. Sie schaute sich erneut nach Ernesto um, der immer so glühend von ihrer Kunst schwärmte und sie in den vergangenen beiden Wochen schon mehrfach wieder auf den Boden der Tatsachen zurückgebracht hatte, wenn sie kurz vor dem Durchdrehen stand.

»Na, zum Glück kommen Gäste. Stell dir mal vor, niemand hätte sich für die Ausstellung interessiert!« Clement nahm noch einen Schluck seines Cocktails. »Oh, da drüben ist der Kulturchef von dieser Zeitung, wie heißt sie doch gleich …« Clement schnippte mit den Fingern, als ob das seiner Erinnerung auf die Sprünge helfen könnte. »Ich geh mal rüber und sag ihm Guten Tag. Wenn er früh genug einen Cocktail und ein Lachshäppchen in der Hand hält, wird die Zusammenarbeit mit ihm ganz wunderbar, du wirst sehen.« Clement zwinkerte Kim zu und dann war auch ihr letzter Rettungsanker weg und Kim stand da wie bestellt und nicht abgeholt. Gut, dass Elli … Wo war Elli? Verdammt, es würde ein Fiasko sondergleichen werden. Die Gänsehaut auf ihren Armen war so deutlich sichtbar, dass Kim fürchtete, sie würde wirklich jedem Gast auffallen, einfach, weil sie da war.

Was hatte Luca gestern am Telefon noch gesagt? »Wenn du eine Panikattacke bekommst, musst du einfach weiteratmen. Ganz tief ein, drei Stöße aus. Am besten machst du die Augen dabei zu.«

Kim schloss die Augen. Gerade beachtete sie sowieso niemand. Sie atmete tief ein, so tief, dass sie das Gefühl bekam, bis in die letzten Ecken ihrer Lunge zu atmen. Dann stieß sie die Luft wieder aus, wie Luca es ihr gesagt hatte. Sie wiederholte und wiederholte den Vorgang, sicher fünf Mal. Das tat gut. Tatsächlich spürte sie, wie ihre Anspannung sich ein wenig löste und sie sich endlich wieder wohler fühlte. Sie war sehr bei sich, spürte wieder, wer sie war, atmete erneut tief ein und …

»Freut mich, dass du meine Ratschläge beherzigst«, hörte sie eine Stimme.

Kim riss die Augen auf. Ungläubig starrte sie auf ihr Gegenüber. Wirre Locken, ein weißes Hemd, ein strahlendes Lächeln, Wärme in den Augen.

»Luca!« Sie rief den Namen so laut, dass die ersten Gäste, die im Raum waren, sich nach ihr umdrehten. Aber das war jetzt egal. Er war da, er war es tatsächlich. Und hinter ihm stand ein lächelnder Ernesto. Das war es also, was er noch abgeholt hatte: Luca!

Um sich zu vergewissern, dass sie nicht träumte, trat Kim einen Schritt nach vorn, umfasste mit beiden Händen Lucas Gesicht und küsste ihn auf den Mund. Ja, genau so fühlten sich Luca-Küsse an. »Du bist gekommen!«

»Ich konnte dich wohl kaum allein lassen an deinem großen Tag, oder?« Er lachte Kim schelmisch an, es war unverkennbar, dass er sich genauso sehr über das Wiedersehen freute wie sie selbst.

»Aber du hast doch diese Gruppe und …« Kim konnte es noch immer nicht fassen.

»Leo. Er hat mir angeboten, auszuhelfen, weil er in letzter Sekunde frei bekommen hat. Da habe ich mich schleunigst in den Zug gesetzt. Der Bus ist nämlich kaputt und – ach, das ist eine lange Geschichte.« Luca winkte ab und lachte. Sein bester Freund, die vermeintliche Blondine, hatte ermöglicht, dass ihr Liebster jetzt hier war! Kim würde Leo auf ewig dankbar sein dafür, dass er Luca ermöglicht hatte, in diesem Augenblick bei ihr zu sein.

»Könnte ich jetzt endlich meine Freundin umarmen?«, fragte Luca und breitete seine Arme aus.

Das ließ Kim sich nicht zweimal fragen. Sie verschwand in Lucas fester, stabiler Umarmung, und plötzlich spürte sie mit aller Gewissheit, dass ihre Ausstellung ein Erfolg werden würde – nämlich für sie persönlich, ganz unabhängig davon, was alle anderen Leute von ihren Bildern dachten.

»Ich will dir sofort etwas zeigen!« Kim löste sich aus Lucas Umarmung. »Es ist dort hinten.« Sie deutete in die Richtung und nahm Lucas Hand. »Entschuldigt ihr uns für einen Moment?«, wandte sie sich noch an Clement, der einen Arm um Ernesto gelegt hatte und die Szene mit romantisch-verklärtem Blick beobachtet hatte.

»Selbstredend. Wir wollten eh Fritz Plaum vom *Kulturspezial* begrüßen, nicht wahr?« Ernesto küsste Clement sanft auf die Wange, dann zog er ihn auch schon mit sich davon.

»Was willst du mir denn so dringend zeigen?«, fragte Luca neugierig, als sie alleine waren.

»Eine Zeichnung.« Kim fühlte sich wohlig warm, alle Kälte war aus ihrem Körper gewichen. Sie hatte das Gefühl, nie wieder in ihrem Leben zu frieren. Nie wieder!

Dann standen sie auch schon vor dem Bild.

»Oh«, war alles, was Luca sagen konnte. Mit offenem Mund starrte er auf das Porträt von sich. Kim wusste, dass sie ihn perfekt getroffen hatte. Seine Augen waren fast schwarz, geheimnisvoll, abenteuerlustig, herausfordernd, Humor versprechend und voller Liebe, kurz: Es waren Lucas Augen. Die Augen, die ihren Blick jetzt auf Kim gerichtet hatten.

»Ich liebe dich, weißt du?« Kim hatte es ihm noch nie gesagt. Diese drei magischen Worte waren ihr bis jetzt noch nicht über die Lippen gekommen, denn sie wogen schwerer als alle anderen. Sie war noch nicht bereit gewesen zu einem so gewichtigen Geständnis. Aber jetzt, wo er vor ihr stand, wo er alle möglichen Hebel in Bewegung gesetzt hatte, um bei diesem Ereignis an ihrer Seite zu sein, und sie mit diesen Augen wie gemalt ansah, spürte sie es so sehr, dass sie es ihm einfach sagen musste.

Als Luca sich zu ihr beugte und ihre Lippen sich zu einem Kuss vereinten, wusste sie, dass sie diesen Kuss in ihrem ganzen Leben nicht vergessen würde.

EPILOG

»Wann fängt denn endlich der Yogakurs an?«

Was für ein Ton. Mit manchen der Gäste war es wirklich nicht einfach, fand Antonella. Sie trat einen Schritt auf die Dame zu, die sich im Eingang zu ihrer Küche postiert hatte und neugierig auf die Bomboloni und die Cornetti con crema starrte, die für das Frühstücksbüfett bereitstanden. Clara Hintermayr, Alleinreisende im Doppelzimmer, Obstsalat zum Frühstück, Salatbüfett am Abend, keine Pasta, nur mageres Fleisch, Sport als Motto, leierte Antonella in Gedanken das herunter, was sie von der Frau wusste. Sie war – noch – ein Geheimnis, das Antonella nicht ergründet hatte.

»Oh, Signora Hintermayr, heute gar nicht«, ging Antonella auf die Frage des Gastes ein. »Das steht vorne an der Rezeption auf einem Schild. Haben Sie es nicht gesehen?« Antonella war natürlich freundlich.

»Aber – ich habe wegen des Yoga hier im Hotel gebucht. Da hätte ich ja überall hingehen können!« Die Frau machte ein Gesicht wie sieben Tage Regenwetter. Sie war sehr dünn, fast hager und wirkte so, als würde ihr eine Sportpause gerade guttun. »Wirklich, das stimmt mich jetzt sehr ungehalten und ich werde mich beschweren.«

»Natürlich!« Antonella nahm ungerührt einen kleinen Teller, legte ein Cornetto darauf und bestäubte es mit zusätzlichem Puderzucker. Jetzt sah es aus wie eingeschneit – aber sehr lecker.

Dann ging sie direkt auf die sprachlose Frau Hintermayr zu. »Darf ich?«

Die Angesprochene nickte, und Antonella drückte sich an ihr vorbei, während diese wie angewurzelt keinen Zentimeter von der Stelle wich.

»Würden Sie mir bitte folgen? Sie wollten doch den Chef des Hotels sprechen, nicht wahr?«

»Äh – richtig, sehr richtig.« Frau Hintermayrs Kehlkopf bewegte sich vor Aufregung auf und ab wie ein Flummiball. Das wirkte so lustig, weil es in krassem Kontrast zu den tiefen Falten stand, die sich um die Mundwinkel herum gebildet hatten. Antonella wusste, dass die Dame längst nicht so alt war, wie sie aussah. Und sie würde herausfinden, warum.

Sie waren bei der Bar angekommen. »Valentina, würdest du uns zwei Cappuccini machen und dann so lieb sein und in die Küche gehen? Ein paar Handgriffe sind noch zu machen.«

Valentina fragte nicht lang. Sie kannte ihre Chefin gut genug, um zu wissen, dass dafür jetzt nicht die Zeit war. Schnell waren die Cappuccini fertig und vor die Damen auf den Tresen gestellt.

»Ich möchte nun wirklich …«, fing Frau Hintermayr wieder an.

»… den Chef sprechen, ich weiß. Ich bin der Chef und heute findet die Yogaklasse nicht statt. Aber ich dachte, ich überreiche Ihnen dieses Cornetto und wir trinken dazu Valentinas perfekten Cappuccino. Manchmal ist ein nettes Gespräch besser als jedes Shavasana.«

Die Furchen im Gesicht der Frau vertieften sich noch. Antonella hätte nicht gedacht, dass das überhaupt möglich war.

»Shavasana«, korrigierte ihr Gast mit unverhohlenem Tadel in der Stimme.

»Oh, Verzeihung. Ich fürchte, ich bin mehr der Cappuccino- als der Yogatyp.« Antonella lachte und nippte an ihrer Tasse. »Göttlich, einfach göttlich! Ich werde nie genug davon kriegen!«, rief sie laut aus.

»Jetzt probieren Sie schon«, verlangte sie von ihrem griesgrämigen Gast.

»Na gut.«

Täuschte sich Antonella oder glätteten sich tatsächlich ein paar der Falten im Gesicht von Frau Hintermayr, nachdem sie den ersten Schluck Kaffee genommen hatte und zaghaft nach dem Teller mit dem Hörnchen griff.

Bevor sie hineinbiss, fiel ihr aber noch etwas ein. »Sagen Sie, warum fällt denn nun der Yogakurs aus?«

»Was, wenn ich Ihnen sage, dass der Yogalehrer krank geworden ist?« Antonella trank einen weiteren riesigen Schluck Cappuccino und schaute Frau Hintermayr dabei über den Rand ihrer Tasse hinweg an.

»Hm.« Frau Hintermayr sah für einen kurzen Moment nachdenklich aus, bevor sie sich besann. »Stimmt das denn?«

Antonella lachte. »O nein. Natürlich nicht!«

Überraschung und Entrüstung zeigten sich auf dem Gesicht ihres Gastes.

»Aber es dient dennoch der Gesundheit des Yogalehrers, dass er heute frei hat, das kann ich Ihnen verraten.« Antonella schaute voll Bedauern in ihre leere Tasse und dann wieder zu ihrem Gegenüber.

»Ich verstehe kein Wort.« Statt in das Hörnchen zu beißen, tupfte Frau Hintermayr nur mit ihrem Zeigefinger in den Puderzucker und steckte ihn dann kurzerhand – und sichtlich pikiert – in den Mund.

»Er ist seiner Liebe gefolgt, wissen Sie, seiner ganz großen Liebe!« Antonella lächelte versonnen. Insgeheim beglückwünschte sie sich dazu, genau diesen Surflehrer für Kim ausgesucht zu haben – und sie hatte es mit jedem Hintergedanken dieser Welt getan. Sie dachte daran, wie glücklich Kim und Luca gewirkt hatten, als sie bei Kims letztem Besuch in Limone einen Abend bei ihr im Hotel gegessen hatten. Es war ein wunderschöner Anblick gewesen, so schön, dass ihr beinahe der Auberginenauflauf im Ofen verbrannt wäre, so oft war sie zur Küchentür geschlichen, um das Paar im Speisesaal anzuschauen.

Antonella wandte ihre Aufmerksamkeit wieder Frau Hintermayr zu, die sie mit gekräuselter Stirn anstarrte, als hätte Antonella etwas gesagt, das nun wirklich niemand verstehen konnte.

Ganz aufrecht, als hätte sie einen Stock verschluckt, und bis in die letzte Faser ihres Körpers angespannt, thronte sie auf dem Barhocker und schüttelte missbilligend den Kopf. »Man kann doch nicht so einfach mir nichts, dir nichts seiner Liebe ...« Antonella ließ Frau Hintermayr nicht aussprechen.

»Ich glaube«, unterbrach sie die griesgrämige Dame, »es ist wirklich an der Zeit, dass Sie mal kräftig in mein Cornetto beißen. Und dann wollen wir mal sehen, ob es uns nicht gelingt, diesen Urlaub zum schönsten ihres Lebens zu machen.«

Zeitfracht Medien GmbH
Ferdinand-Jühlke-Straße 7
99095 Erfurt, Deutschland
produktsicherheit@kolibri360.de

Druck:
CPI Druckdienstleistungen GmbH
im Auftrag der
Zeitfracht Medien GmbH
Ein Unternehmen der Zeitfracht - Gruppe
Ferdinand-Jühlke-Str. 7
99095 Erfurt